Le Club des Baby-Sitters

Ce volume regroupe trois titres de la série
Le Club des Baby-Sitters d'Ann M. Martin

Le langage secret de Jessica (Titre original : *Jessi's secret's language*)
Édition originale publiée par Scholastic Inc., New York, 1988
Traduit de l'anglais par Marie-Laure Goupil et Camille Weil
© Ann M. Martin, 1988, pour le texte
© Éditions Gallimard Jeunesse, 1998, pour la traduction française

Le défi de Kristy (Titre original : *Kristy and the Secret of Susan*)
Traduit de l'anglais par Nouannipha Simon
Édition originale publiée par Scholastic Inc., New York, 1990
© Ann M. Martin, 1990, pour le texte
© Éditions Gallimard Jeunesse, 2000, pour la traduction française

Carla à la rescousse (Titre original : *Dawn and the Big Sleepover*)
Traduit de l'anglais par Sophie Merlin
Édition originale publiée par Scholastic Inc., New York, 1991
© Ann M. Martin, 1991, pour le texte
© Éditions Gallimard Jeunesse, 2001, pour la traduction française

© Éditions Gallimard Jeunesse, 2006, pour les illustrations

Le Club des Baby-Sitters

Nos plus grands défis

Ann M. Martin

Traduit de l'anglais
par Marie-Laure Goupil, Sophie Merlin, Camille Weil,
et Nouannipha Simon

Illustrations d'Émile Bravo

GALLIMARD JEUNESSE

La lettre
de KRISTY

Présidente du Club des Baby-Sitters

Au Club des Baby-Sitters, nous sommes plus que des amies... c'est comme si nous étions sœurs. Ensemble, nous sommes prêtes à relever les plus grands défis pour aider ceux qui nous entourent, comme vous allez le voir dans ce livre. Mais avant de commencer, la moindre des choses est de nous présenter. Même si nous avons beaucoup de points communs, nous avons chacune des caractères différents. Peut-être vous reconnaîtrez-vous dans l'une de nous...
Alors si vous voulez découvrir sept filles que rien n'arrête, lisez attentivement les pages qui suivent. Je vous souhaite de vous amuser autant que nous !

Bonne lecture à toutes !

Kristy

Comme promis, voici le portrait
des sept membres du

Club
des Baby-Sitters...

NOM : Kristy Parker, présidente du club
AGE : 13 ans – en 4ᵉ
SA TENUE PRÉFÉRÉE : jean, baskets et casquette.
ELLE EST... fonceuse, énergique, déterminée.
ELLE DIT TOUJOURS : « J'ai une idée géniale... »
ELLE ADORE... le sport, surtout le base-ball.

NOM : Mary Anne Cook,
secrétaire du club
AGE : 13 ans – en 4^e
SA TENUE PRÉFÉRÉE :
toujours très classique,
mais elle fait des efforts !
ELLE EST... timide,
très attentive aux autres
et un peu trop sensible.
ELLE DIT TOUJOURS :
« Je crois que je vais pleurer. »
ELLE ADORE... son chat,
Tigrou, et son petit ami, Logan.

NOM : Lucy MacDouglas,
trésorière du club
AGE : 13 ans – en 4^e
SA TENUE PRÉFÉRÉE : tout,
du moment que c'est à la mode..
ELLE EST... new-yorkaise
jusqu'au bout des ongles,
parfois même un peu snob !
ELLE DIT TOUJOURS :
« J'♥ New York. »
ELLE ADORE... la mode,
la mode, la mode !

NOM : Carla Schafer, suppléante
AGE : 13 ans – en 4^e
SA TENUE PRÉFÉRÉE :
un maillot de bain pour bronzer
sur les plages de Californie.
ELLE EST... végétarienne,
cool et vraiment très jolie.
ELLE DIT TOUJOURS :
« Chacun fait ce qu'il lui plaît. »
ELLE ADORE... le soleil,
le sable et la mer.

NOM : Claudia Koshi,
vice-présidente du club
AGE : 13 ans – en 4^e
SA TENUE PRÉFÉRÉE :
artiste, elle crée ses propres
vêtements et bijoux.
ELLE EST... créative,
inventive, pleine de bonnes idées.
ELLE DIT TOUJOURS :
« Où sont cachés mes bonbons ? »
ELLE ADORE... le dessin,
la peinture, la sculpture
(et elle déteste l'école).

NOM : Jessica Ramsey,
membre junior du club
AGE : 11 ans – en 6e
SA TENUE PRÉFÉRÉE :
collants, justaucorps
et chaussons de danse.
ELLE EST... sérieuse,
persévérante et fidèle en amitié.
ELLE DIT TOUJOURS :
« J'irai jusqu'au bout de mon
rêve. »
ELLE ADORE... la danse
classique et son petit frère,
P'tit Bout.

NOM : Mallory Pike,
membre junior du club
AGE : 11 ans – en 6e
SA TENUE PRÉFÉRÉE : aucune
pour l'instant, elle rêve juste
de se débarrasser de ses lunettes
et de son appareil dentaire.
ELLE EST... dynamique et très
organisée. Normal quand on a sept
frères et sœurs !
ELLE DIT TOUJOURS : « Vous
allez ranger votre chambre ! »
ELLE ADORE... lire, écrire. Elle
voudrait même devenir écrivain.

SOMMAIRE

Le langage secret de JESSICA

PAGE 15

Le défi de KRISTY

PAGE 135

CARLA à la rescousse

PAGE 267

Le langage secret de JESSICA

Je suis très bonne en langues. Une fois, je suis allée passer une semaine de vacances au Mexique avec mes parents et je suis devenue pratiquement bilingue.

(Ce qui signifie, au cas où vous auriez des doutes, savoir parler une langue vraiment, vraiment bien en plus de sa langue maternelle). Si je n'avais pas été aussi bonne en langues, tout cela ne me serait jamais arrivé.

Cela ne me serait pas arrivé non plus si je n'avais pas été aussi douée en danse. Si l'on y réfléchit bien, la danse est une sorte de langage, puisqu'on s'exprime avec son corps. J'ai l'impression de tourner autour du pot, je vais donc vous raconter mon histoire. Elle commence le jour où je suis allée passer une audition pour un rôle dans un spectacle que mon école de danse allait monter. A l'époque, je n'habitais Stonebrook, dans le Connecticut, que depuis quelques semaines...

J'ai ouvert les yeux avant que mon réveil ne sonne, comme je le fais depuis des années. Mais je programme toujours la sonnerie, au cas où j'oublierais de me réveiller à l'heure. Si je me lève aussi tôt, c'est pour pouvoir m'entraîner. Tous les matins, je suis debout à cinq heures vingt-neuf et je désactive la sonnerie avant qu'elle ne se déclenche et ne dérange toute la maison. J'enlève ma chemise de nuit, j'enfile mon justaucorps et mes jambières, puis je descends sur la pointe des pieds au sous-sol. Malgré toutes mes précautions pour ne pas faire de bruit, je sais que maman se réveille et tend l'oreille. Elle est comme ça. J'espère qu'elle se recouche après avoir vérifié que tout va bien. Mais je ne le saurai probablement jamais, bien que nous soyons très proches l'une de l'autre. Ce n'est pas le genre de choses dont on éprouve le besoin de parler.

Au sous-sol, j'ai une barre, et c'est une des choses positives de notre emménagement à Stonebrook. Comme je l'ai dit, nous ne sommes pas ici depuis longtemps. Avant, on habitait une petite maison dans une petite rue, à Oakley, dans le New Jersey. C'est là que suis née. Bon, pas dans la maison, à l'hôpital d'Oakley, mais mes parents habitaient déjà la maison. Peut-être devrais-je vous en dire un peu plus sur ma famille maintenant (je reviendrai à ma barre de danse plus tard). Voici les membres qui la composent : maman, papa, ma sœur Rebecca (que l'on appelle souvent Becca), huit ans, mon frère John Philip Ramsey Junior, surnommé P'tit Bout, et moi, Jessica Ramsey. J'ai onze ans. Ma famille est noire.

Je sais que cela paraît bizarre de l'annoncer comme ça. Si j'étais blanche, je n'aurais pas à le faire, parce que vous imagineriez que nous sommes blancs. Mais lorsque l'on appartient à une minorité, les choses sont différentes.

Naturellement, si vous pouviez me voir, il n'y aurait pas de doute. Ma peau a la couleur du chocolat, mes cheveux sont bruns et souples, mes yeux sont deux petits morceaux de charbon. C'est dire s'ils sont foncés. Je n'en ai jamais vu d'aussi noirs. Ma sœur Rebecca me ressemble beaucoup, en miniature, sauf qu'elle n'a pas les yeux aussi noirs que les miens ni d'aussi longues jambes. C'est peut-être pour cela qu'elle n'est pas danseuse (à moins que ce ne soit à cause du trac). Et P'tit Bout ressemble à un bébé. C'est vraiment tout ce que l'on peut dire de lui. Il n'a que quatorze mois. Lorsqu'il est né, c'était le plus petit bébé de la maternité et ce sont les infirmières qui lui ont donné ce surnom. Encore maintenant, il est plutôt petit pour son âge, mais il compense par son extrême intelligence.

Comme je vous l'ai dit, nous vivions à Oakley, dans le New Jersey. J'aimais beaucoup cette ville. Dans le quartier, il y avait à la fois des familles noires et des familles blanches. Mais dans notre rue, il n'y avait que des Noirs. L'école était mixte. Mes grands-parents et plein de cousins et de cousines, d'oncles et de tantes habitaient tout près de chez nous (ma meilleure amie était ma cousine Keisha, nous sommes nées le même jour).

Puis, l'entreprise de papa lui a proposé une grosse augmentation et une promotion. C'était formidable évidemment. Le problème, c'est qu'on lui demandait d'aller à Stamford, Connecticut, dans une filiale de sa société. Voilà pourquoi nous avons débarqué dans la petite ville de Stonebrook. Le travail de papa nous y a trouvé cette maison. Mes parents aiment beaucoup les petites villes ; et le trajet que doit faire papa chaque matin pour se rendre à Stamford est assez court.

Mais je crois qu'aucun de nous ne s'attendait à ce détail : il n'y a pratiquement pas de famille noire à Stonebrook. Nous sommes les seuls du quartier et je suis la seule fille noire de toutes les classes de sixième du collège... C'est incroyable.

Malheureusement, les choses ont été un peu difficiles pour nous. Je ne sais pas si c'est parce que les gens d'ici n'aiment pas les Noirs ou bien parce qu'ils n'en connaissent pas beaucoup, et que ça les rend un peu méfiants mais, ce qui est sûr, c'est qu'ils n'ont pas été très sympathiques avec nous au début. Les choses ont l'air de plutôt s'arranger (tout doucement).

Heureusement, tout est allé beaucoup mieux pour moi lorsque j'ai rencontré Mallory Pike. Je crois qu'elle va devenir ma nouvelle meilleure amie (en fait, elle l'est déjà mais cela me fait tout drôle de le dire, comme si cela pouvait faire de la peine à Keisha). Mallory est une fille de ma classe très gentille, qui est l'aînée d'une famille de huit enfants. Elle m'a fait entrer dans un groupe qui s'appelle le Club des baby-sitters, et ça a été formidable.

Bon, je crois que je me suis pas mal éloignée du sujet, je reviens donc à la barre du sous-sol. Vous savez la barre, c'est là où s'appuient les danseuses lorsqu'elles font leurs exercices de pliés et autres. Notre nouvelle maison est tellement plus grande que celle d'Oakley, et papa est tellement mieux payé, que mes parents ont aménagé cette salle de danse pour moi. Il y a de grands miroirs, quelques tapis pour s'échauffer et, bien sûr, la barre.

Donc, ce matin-là, je faisais mes exercices jusqu'à ce que j'entende maman et papa préparer le café dans la cuisine. C'était mon repère, je savais qu'il était temps d'aller me doucher et de me préparer pour aller à l'école. J'ai dit bonjour à mes parents et me suis précipitée à l'étage. En passant devant la chambre de P'tit Bout, je l'ai entendu babiller, alors je suis entrée et je l'ai pris dans mes bras.

– Bonjour !

– Ooh bla.

Il ne sait dire que quatre mots : « mama », « baba », « dada » (nous pensons que cela veut dire cheval) et « as » (nous savons que cela veut dire glace). Autrement, il n'émet que des sons bizarres. Je l'ai porté dans la chambre de Rebecca. Elle était toujours au lit. Elle a du mal à se réveiller le matin, j'ai donc déposé P'tit Bout sur elle. A mon avis, il n'y a rien de mieux pour se réveiller que de regarder P'tit Bout avec ses yeux tout noirs et de l'entendre roucouler ses « Aah-ada-dada ». Rebecca s'est mise à rire. Elle voulait se fâcher, mais elle riait trop fort pour paraître en colère. Je sais comment faire rire les gens.

Becca et moi, nous nous sommes préparées pour l'école. J'ai changé la couche de P'tit Bout, puis nous sommes descendus tous les trois prendre le petit déjeuner avec papa et maman.

Le petit déjeuner est un des moments que je préfère. Ensuite, c'est le dîner. Ce n'est pas que j'aime particulièrement manger, mais j'adore m'asseoir à table, entourée de ma famille, tous les cinq ensemble, réunis par quelque chose que je ne saurais pas expliquer mais que je ressens toujours.

– Alors, tu as une audition aujourd'hui, Jessica ? m'a demandé maman.

– Oui.

– Tu n'es pas trop nerveuse, ma chérie ?

– Comme d'habitude, je crois, enfin, pas plus que d'habitude. Ce n'est pas seulement que j'aimerais danser dans *Coppélia*, mais c'est aussi que je ne sais pas comment se passent les auditions dans ma nouvelle école.

L'école de danse de Stamford était plus grande et plus professionnelle que celle où j'allais à Oakley. Je savais que j'étais une bonne danseuse et, pourtant, même si j'avais passé les auditions et été acceptée dans le cours supérieur de ma nouvelle école, je manquais encore de confiance en moi. Tout ce que j'espérais, c'était de ne pas faire de bêtises. Je désire devenir danseuse professionnelle, j'adore la danse et les sensations qu'elle me procure, et je veux donner le meilleur de moi aux auditions.

– C'est quoi, *Coppélia* ? a voulu savoir Rebecca.

– Oh, c'est un ballet célèbre, ai-je répondu. Ça va te plaire. Nous irons le voir, même si je ne danse pas dedans. C'est l'histoire d'un fabricant de poupées, le docteur Coppélius, d'une de ses poupées qui paraît vivante, Coppélia, et de Franz, un beau jeune homme qui tombe amoureux d'elle. Il la voit de loin et croit qu'elle est réelle.

Je me laissais un peu emporter par l'histoire, mais Rebecca semblait intéressée, alors j'ai continué.

– Mais ce n'est pas le seul problème. Tu vois, Franz est fiancé à Swanilda (c'est elle, la danseuse étoile du spectacle), et quand Swanilda découvre que Franz est amoureux d'une autre, elle est à la fois jalouse et blessée. A ce moment, l'histoire se complique. Swanilda prend même la place de Coppélia et le pauvre docteur Coppélius pense que sa poupée est devenue vivante. A la fin, tout rentre dans l'ordre, et Swanilda et Franz se marient, comme ils l'avaient décidé.

– Ils vécurent heureux et eurent beaucoup d'enfants, a conclu Rebecca.

Maman et papa se sont mis à rire. Et papa s'est adressé à moi d'une voix grave :

– Je sais que tu te débrouilleras très bien, ma chérie.

– Peut-être, on verra. Merci, papa. J'espère que je ne m'écroulerai pas sur Mme Noelle ou que je ne m'écraserai pas contre un miroir.

Cette fois, nous avons tous ri car je n'avais jamais fait une chose pareille et que, tout de même, c'était assez peu probable. Cependant, je me sentais encore nerveuse.

– Allez, les filles. Il est temps d'y aller, a dit maman quelques minutes plus tard.

Nous avons avalé le reste de notre petit déjeuner, nous nous sommes ruées au premier, et nous nous sommes disputées pour savoir qui prendrait la salle de bains en premier. Finalement, nous avons décidé d'y aller ensemble et nous nous sommes brossé les dents en un temps record. Puis nous avons dit au revoir à nos parents. Rebecca panique souvent à cause de l'école (il y a pas mal de choses qui l'ennuient là-bas). Ce matin-là, elle a gémi :

– Maman, nous avons un contrôle de récitation, aujourd-d'hui !

– Rebecca, tu es probablement la meilleure de ta classe. Ne t'en fais pas.

– Pense à moi, ai-je répondu, j'ai une audition cet après-midi. Et il va falloir que je danse devant toute mon école.

Comme Rebecca ne semblait pas très rassurée, je lui ai pris la main.

– N'oublie pas qu'après ma danse j'ai une réunion au Club des baby-sitters, ai-je crié à maman.

Puis, Rebecca et moi, nous sommes parties. La journée commençait.

(2)

– Salut ! Excusez-moi, je suis en retard !
C'est comme ça que la plupart des réunions
du Club des baby-sitters commencent pour
moi, parce que je reviens soit d'un cours de
danse, soit d'une garde.

Ce jour-là, je sortais d'une audition de danse. Elle s'était plutôt bien passée, mais je devais attendre le prochain cours pour connaître le résultat.

– C'est bon, a répondu Kristy.

Elle avait un ton un peu sec mais, comme elle souriait, j'ai compris qu'elle était sincère.

Je me suis assise à côté de Mallory Pike, soulagée. Mallory et moi, nous sommes nouvelles au club, et nous ne voulons fâcher personne, surtout pas Kristy.

C'est la présidente du club.

Elle l'a créé pour aider les parents du quartier à trouver une baby-sitter et, bien sûr, aussi pour gagner de l'argent. Mais pour moi, le club a d'autres avantages. Il m'a permis de m'intégrer à Stonebrook. J'ai rencontré des tas de gens, surtout dans mon quartier. Comme ça, ils découvrent que moi, une fille noire, je ne suis ni effrayante ni horrible, que je ne suis rien d'autre qu'une fille de onze ans, qui se trouve avoir la peau noire. (Et qui se trouve aussi être une bonne danseuse, quelqu'un qui connaît des histoires drôles, qui aime lire, qui est bonne en langues et, le plus important, qui s'entend bien avec les enfants. Mais qui n'est pas très douée pour rédiger une lettre.)

Bref, je m'égare à nouveau. Laissez-moi vous parler de Kristy, de son club et des autres. Pour commencer, Kristy et toutes les filles, sauf Mallory, sont en quatrième. Mallory et moi, nous ne sommes qu'en sixième. Comme je le disais, c'est Kristy qui a créé le club il y a un an, en voyant les difficultés que sa mère avait pour trouver une baby-sitter pour son petit frère David Michael. Mme Parker devait passer coup de fil sur coup de fil et ne trouvait jamais personne.

Kristy a pensé que ce serait formidable si sa mère pouvait joindre plusieurs baby-sitters sur un simple appel. Elle s'est associée avec trois autres filles : Mary Anne Cook, Claudia Koshi, et Lucy MacDouglas, et elles ont formé le Club des baby-sitters. Comme Lucy n'habite plus à Stonebrook, Mallory, une autre fille, Carla Schafer, et moi, nous avons rejoint le club, mais je vous raconterai cela plus tard.

Les réunions du club ont lieu régulièrement les lundi,

mercredi, et vendredi de dix-sept heures trente à dix-huit heures. Les gens qui cherchent une baby-sitter appellent à ces heures-là. (Le club a fait de la pub et les clients savent comment nous joindre.) Ainsi, lorsqu'ils téléphonent, ils tombent sur six baby-sitters : Kristy, Claudia, Mary Anne, Carla, Mallory et moi !

Notre présidente, Kristy, dirige le club de façon très professionnelle. C'est elle qui a eu l'idée d'un agenda dans lequel nous écrivons toutes sortes de choses telles que nos rendez-vous, évidemment, des informations sur nos clients et l'argent que nous gagnons.

Kristy nous demande aussi de tenir un journal de bord. Nous devons tout y noter sur les baby-sittings : ce qui s'est passé durant nos gardes, comment **les** enfants se sont comportés et tous les problèmes que nous avons pu rencontrer. Une fois par semaine, chacune d'entre nous doit prendre connaissance de ce qui s'est passé durant la semaine et se tenir au courant. Nous trouvons toutes que Kristy a eu une bonne idée, et lire ce journal est très utile. Mais rédiger des notes peut aussi être une corvée.

Je sais pourquoi Kristy est la présidente du club. Elle est le genre de personne qui prend des initiatives et fourmille d'idées. Elle fait partie de ces gens qui commencent toujours leurs phrases par : « Je sais, on pourrait... » ou bien : « Et si on... » Elle a la langue bien pendue et adore diriger. Certains enfants ne l'aiment pas, mais moi si. J'apprécie les gens pleins de vie et qui peuvent vous étonner. Kristy a deux grands frères qui s'appellent Samuel et Charlie (et vont au lycée), et un jeune frère, David Michael, qui a sept ans. Depuis que sa mère s'est remariée, Kristy a maintenant un beau-père, Jim Lelland qui a lui-même une fille et un garçon de son premier mariage. Karen a six ans et Andrew quatre. (Le père de Kristy a quitté les siens depuis longtemps, et elle en entend à peine parler.)

Kristy habitait en face de chez Claudia Koshi (nos réunions ont lieu dans la chambre de Claudia) et à côté de chez Mary Anne, mais lorsque sa mère et Jim se sont mariés, les Parker sont allés vivre à l'autre bout de la ville, dans la propriété de Jim (Jim est millionnaire!). Kristy a mis du temps pour s'habituer à son nouveau quartier, et elle revoit toujours ses anciennes amies, les filles du club. Nous utilisons une partie de nos cotisations pour payer son frère, Samuel, qui l'accompagne et vient la chercher chez Claudia pour les réunions. En plus, elle va toujours au collège de Stonebrook, et Mary Anne et elle sont toujours les meilleures amies du monde. (Elles ont vécu dans des maisons voisines pendant toute leur enfance.)

Kristy est brune aux yeux marron, et plutôt petite. Elle porte toujours des jeans, des sweat-shirts et des baskets, et ne s'intéresse pas du tout aux garçons. Elle pense qu'ils n'apportent que des problèmes (je suis du même avis, d'ailleurs).

La vice-présidente du club est Claudia Koshi, surtout parce qu'elle a son propre téléphone et une ligne privée – c'est pratique de faire les réunions dans sa chambre. Quand les gens appellent, c'est nous qui répondons. (Une fois, avec Mallory, nous avons essayé de créer un club de baby-sitters chez elle, mais ses frères et sœurs voulaient toujours téléphoner et cela n'a jamais pu marcher. Et puis, notre club aurait eu besoin de filles plus âgées que deux sixièmes.) Quand le téléphone de Claudia sonne pendant une réunion, nous pouvons être sûres que c'est pour du baby sitting.

Claudia est certainement la plus sophistiquée de toutes les filles de treize ans que je connais. Elle est américano-japonaise, et a de très longs cheveux noirs et soyeux que je ne pense pas avoir jamais vus coiffés deux fois de la même façon. Elle les tresse, les porte en queue-de-cheval, ou les laisse flotter sur ses épaules. Elle y accroche des barrettes, les orne de rubans, de foulards ou de trucs qu'elle aime. Ses yeux sont presque aussi noirs que les miens, et elle a une de ces peaux ! Un jour, Kristy a dit qu'elle la tuerait pour ça (alors que Kristy n'a pas de problèmes avec sa peau). Et ses vêtements ! Mallory et moi, nous en avons parlé. Claudia porte des choses que nos mères ne nous laisseront jamais mettre avant l'âge d'au moins cinquante-cinq ans. Elle n'est jamais vulgaire ou quoi que ce soit, mais ses tenues sont absolument délirantes ! Mallory et moi, nous sommes subjuguées. Et je pense que Mary Anne aussi. Claudia s'habille toujours à la dernière mode et ajoute sa touche personnelle. Elle aime l'art et se fabrique parfois des bijoux, surtout de grosses boucles d'oreilles. (Bien sûr, elle a les oreilles percées, ce que Mallory et moi souhaitons désespérément mais que nos parents refusent pour le moment. Tout ce qu'on a le droit de porter, c'est des appareils dentaires…)

Toujours est-il que Claudia ne se contente pas d'aimer l'art, c'est une véritable artiste. Malheureusement, c'est une mauvaise élève. C'est déjà assez embêtant, mais quand, en plus, on a une sœur aînée surdouée comme Jane, la sœur de Claudia, ça devient carrément dur. Claudia assume cependant, elle fait de son mieux à l'école et se concentre sur son art et ses baby-sittings. Elle vit avec ses parents, sa sœur et sa grand-mère Mimi.

Mary Anne Cook est la secrétaire du club. Son travail consiste à tenir l'agenda, sauf pour l'argent (ça, c'est le travail de Carla, puisqu'elle est la trésorière). Il est difficile de croire que Mary Anne et Kristy sont amies parce que, d'une certaine façon, elles sont très différentes. Bon, d'accord, elles se ressemblent. Elles sont les plus petites de leur classe et toutes les deux brunes aux yeux marron, mais c'est là que s'arrêtent leurs ressemblances. Kristy est exubérante et extravertie, Mary Anne, timide et renfermée. Elle est sensible et soucieuse des autres. J'ai remarqué que les autres filles vont vers elle quand elles ont des problèmes. Elle sait écouter et prend les gens au sérieux.

Mary Anne, que vous le croyiez ou non, est la seule qui ait un petit ami stable. Elle s'est longtemps habillée très « petite fille », mais maintenant elle a l'air plus décontracté. Elle change. Claudia dit qu'elle mûrit. Et je crois que c'est dur pour Kristy. Mary Anne vit avec son père et son chat Tigrou. Sa mère est morte lorsqu'elle était toute petite. Je crois que M. Cook était vraiment sévère avec elle, mais il s'est un peu radouci ces derniers temps.

Vous vous souvenez, je vous ai parlé d'une fille qui s'appelait Lucy MacDouglas. C'était la première trésorière du club, mais elle et sa famille sont repartis à New York où ils vivaient avant. Et devinez quoi ? C'est nous, les Ramsey, qui avons emménagé dans leur maison ! Donc, quand Lucy est partie, c'est Carla Schafer qui l'a remplacée dans sa fonction de trésorière. Carla est arrivée de Californie quelques mois après la création du club par Kristy. Elle est devenue l'amie de Mary Anne et est aussitôt entrée au club. J'aime beaucoup Carla. Elle habite à côté de chez Mallory, et je la vois plus souvent que les autres filles du club.

Carla se décrit volontiers comme une vraie Californienne. Elle a de très très longs cheveux blonds, presque blancs. Elle aime la nourriture saine (elle ne touche jamais aux saletés que mange Claudia) et attend toujours l'été avec impatience.

Elle traverse une période difficile en ce moment. Elle est arrivée ici avec sa mère et son frère David parce que ses parents ont divorcé. Mais David était si malheureux qu'il est finalement retourné vivre avec son père en Californie.

Les autres membres du club sont Mallory et moi. Vous me connaissez déjà. Et vous savez que Mallory a sept frères et sœurs. Elle aime lire, écrire des histoires, et les illustrer. Elle pense que ses parents la traitent comme un bébé et elle attend avec impatience le jour où elle se fera percer les oreilles, et retirera ses lunettes. Elle meurt d'envie de porter des lentilles de contact et aimerait se faire défriser les cheveux. Comme le dit Mallory, c'est une véritable épreuve d'avoir onze ans. Elle et moi, nous ne sommes que des baby-sitters juniors puisque nous ne sommes autorisées à faire des gardes que dans la journée, après l'école, et le week-end, mais rarement le soir, sauf à la maison, quand il s'agit de garder nos frères et sœurs.

Voilà donc les six membres du club. Nous avons aussi deux intérimaires, qui n'assistent pas aux réunions. Nous les appelons quand nous sommes débordées. Il y a Logan Rinaldi – c'est le petit ami de Mary Anne! – et Louisa

Kilbourne qui habite en face de chez Kristy dans son quartier chic.

Pendant nos réunions, nous nous contentons de répondre au téléphone et de nous répartir les gardes. Entre deux appels, nous discutons. Nous parlons de nous et de ce qui se passe à l'école ou des enfants que nous gardons. Parfois, nous nous racontons des choses complètement folles et nous rions beaucoup. Par exemple, lors de la réunion qui a eu lieu le jour de mon audition, Carla nous a dit que si on pouvait toucher son nez avec sa langue, cela voulait dire que, peut-être vers dix-huit ans, on aurait un très grand tour de poitrine. Enfin, c'est ce qu'elle avait entendu dire. Cela nous a intriguées, surtout Mallory et moi, parce que nous ne voyions pas le rapport qu'il pouvait y avoir entre toucher son nez avec la langue et le tour de poitrine.

Mais nous avons dû nous calmer car le téléphone a sonné. Kristy a décroché :

– Bonjour, ici le Club des baby-sitters !

Elle s'est tue, puis a répondu :

– Oui... je vois... Eh bien, nous n'avons jamais gardé d'enfant sourd auparavant, mais cela ne change rien pour nous. Si, évidemment, vous êtes d'accord vous aussi. Nous aimons tous les enfants.

Après un long silence, elle a repris :

– Une formation ? Pourquoi pas, je vais en parler aux autres baby-sitters et je vous rappelle dans quelques minutes. Laissez-moi votre numéro. D'accord. Merci. Au revoir.

Kristy a raccroché et s'est tournée vers nous.

– C'est une nouvelle cliente. Elle s'appelle Mme Braddock. Elle a deux enfants : Helen, neuf ans et Matthew, sept ans. Les Braddock viennent d'arriver. Il y a deux problèmes. Tout d'abord, Mme Braddock désire une baby-sitter régulière deux après-midi par semaine. Ensuite, Matthew est sourd. Il utilise la langue des signes pour communiquer. Elle veut donc une baby-sitter qui puisse venir les lundi et mercredi après-midi, et qui soit disposée à apprendre cette langue. Elle l'enseignera elle-même à la baby-sitter. Elle a l'air vraiment gentille.

Nous en avons toutes discuté. Carla et Mary Anne ne souhaitaient pas s'engager l'après-midi. Elles voulaient avoir des emplois du temps souples. Claudia ne pouvait pas à cause de ses cours de dessin. Kristy habitait trop loin. Il ne restait que Mallory et moi. Mallory était intéressée mais elle devait souvent surveiller ses frères et sœurs le lundi quand sa mère s'absentait.

C'est donc moi qui ai obtenu le baby-sitting ! J'étais drôlement contente. Garder un enfant handicapé me semblait vraiment intéressant. La réunion était terminée et nous étions toutes sur le point de partir, quand Mallory s'est écriée :

– Hé, Jessica, comment s'est passée ton audition ?

– Oh, bien ! mais je dois attendre le prochain cours pour savoir.

– Eh bien, bonne chance, m'ont souhaité les autres.

– Merci ! ai-je répondu sur un ton léger.

Mais j'étais beaucoup plus nerveuse que je ne voulais le laisser paraître.

*– Et un et deux et trois et quatre et plié… plié,
mademoiselle Jones. Pliez-moi ces genoux !*
*Parfois Mme Noelle s'emportait un peu
durant le cours de danse.*

Elle battait la mesure en frappant le sol de son grand bâton.

– Et un (bang !) et deux (bang !) et trois (bang !) et
quatre (bang !). Sur les pointes, allez ! allez ! allez !

J'attendais avec impatience la fin du cours. En effet,
Mme Noelle allait annoncer les noms des danseuses qui
prendraient part au spectacle de *Coppélia*. Et tous les
élèves de la classe ne danseraient pas dans le ballet. Il y
avait eu une audition dans les autres cours de l'école, et il
n'y avait pas assez de rôles pour tout le monde.

J'ai regardé les élèves qui se trouvaient dans la salle.

Dans notre cours, nous dansons avec des pointes. Je n'oublierai jamais la peur que j'ai eue la première fois que j'ai dansé avec des pointes. C'est certainement le jour le plus extraordinaire dans la vie d'une jeune ballerine. Le problème, c'est que nous travaillons si dur qu'il nous faut renouveler continuellement nos chaussons. Maman et papa trouvent que cela revient cher, mais comme ils savent que je suis une élève sérieuse, ils l'acceptent très gentiment. J'utilise assez souvent l'argent de mes baby-sittings pour m'acheter de nouveaux chaussons afin que ce ne soit pas toujours mes parents qui les paient.

Dans mon cours, il y a onze filles. Je suis la plus jeune et je viens d'arriver. Ensuite, il y a deux filles de douze ans et les autres en ont treize et quatorze. Mme Noelle dit qu'il y avait bien longtemps qu'elle n'avait pas eu une élève si jeune dans son cours. Elle a présenté ça comme un événement. Je peux dire que Hilary et Katie n'ont pas apprécié. Ce sont les filles de douze ans. Avant mon arrivée, elles étaient les deux plus jeunes du cours. Elles ne m'aiment pas. Je suis désolée de les avoir détrônées, mais je n'y peux rien. Je veux dire que je ne l'ai pas fait exprès.

– Et un et deux et trois et... attention, mademoiselle Romsey.

Mlle Romsey. Ou plutôt Ramsey. C'est moi ! Il me faut toujours un moment pour en prendre conscience.

Au cours de Mme Noelle, on ne s'excuse pas quand elle nous reprend. On se redresse et on travaille encore plus dur. Je me suis appliquée, non sans remarquer que Hilary et Katie exultaient. Elles étaient contentes de me voir en difficulté.

Après les exercices à la barre, nous avons commencé le travail au sol. Puis nous avons fait des exercices avec la tête. Quand on tourne, on doit tourner la tête encore plus vite que le corps. C'est un peu difficile à expliquer. Enfin, Mme Noelle nous a enseigné une figure compliquée dans laquelle des groupes de quatre filles dansaient les mains croisées ou jointes. Personne ne voulait me prendre la main. Enfin, j'exagère. Ce n'est pas tout à fait exact. La vérité, c'est qu'Hilary et Katie étaient dans mon groupe et qu'aucune des deux ne voulait me prendre la main. Je n'avais donc plus qu'à me mettre en bout de file et à prendre la main d'une fille de quatorze ans qui était assez mature pour ne pas s'embarrasser de ces petits détails.

Mme Noelle a fini le cours cinq minutes à l'avance.

– Allez, mes petites…

Sachant qu'il y avait des filles de quatorze ans dans le groupe, cela faisait un peu bébé. Mais elle nous parlait toujours comme cela. Elle a frappé le sol de son bâton en ajoutant :

– En cercle, s'il vous plaît. Je vais donner les noms de celles qui ont été choisies pour danser dans *Coppélia*.

Mon cœur battait la chamade. Le jour de l'audition, la seule chose que je demandais était de ne pas faire de bêtises. Mais, puisque je n'en avais pas fait, j'espérais maintenant avoir peut-être un petit rôle, comme celui d'un des villageois.

Mme Noelle s'est éclairci la voix, nous étions toutes nerveuses, sauf Hilary et Katie, qui paraissaient sûres d'elles. Elles pensaient être les préférées du professeur, et j'imagine qu'elles étaient persuadées d'avoir de bons rôles dans le ballet.

Mme Noelle a d'abord annoncé les plus petits rôles :

– Dans ce cours, Mary Bramstedt et Lisa Jones incarne-ront deux des villageois. Carrie Steinfeld aura un rôle dans la *Valse des heures*. Hilary, bien que celui de la poupée chinoise soit en général interprété par un danseur, il est pour toi. Je pense que tu en es capable. Katie, tu seras Coppélia.

Mme Noelle s'est tue.

J'ai cru mourir. Je n'avais même pas réussi à avoir le rôle d'un des villageois. Comme c'était humiliant ! Et Hilary et Katie exultaient de plus belle. Celui de la poupée chinoise était très beau. Et que dire de celui de Coppélia ? Bon, j'imagine qu'il n'y avait pas de Noirs dans les petites villes européennes du XIXe siècle. Comment avais-je pu espérer danser dans *Coppélia* ?

J'étais si occupée à m'apitoyer sur mon sort que j'ai failli ne pas entendre Mme Noelle ajouter :

– Il reste un rôle. Je suis très heureuse d'annoncer que celui de Swanilda (c'est la danseuse étoile, vous vous souvenez) a été attribué à une élève de ce cours.

Presque tout le monde retenait sa respiration.

– Swanilda sera joué par Mlle Jessica Romsey.

Jessica Romsey ? Oh, Jessica Ramsey. C'était moi. Moi ! J'allais être Swanilda ?

– Je dois admettre que Jessica est un peu jeune pour le rôle, poursuivit-elle, mais je pense qu'elle en est capable. Jessica, ton audition était magnifique. Voilà tout. Les répé-titions commenceront samedi. Le cours est terminé.

Je me suis dirigée vers les vestiaires dans une sorte de brouillard. Je ne savais pas ce que je devais ressentir. J'étais à la fois ravie et morte de peur. C'était encourageant de penser que Mme Noelle se moquait d'avoir une Swanilda noire, mais pourrais-je vraiment apprendre le rôle? Je m'imaginais sur scène dans le superbe costume de Swanilda. Puis, je me vis danser et sauter dans les bras de Franz, le manquer et m'écraser dans les décors qui, en tombant, assommaient trois danseuses. Un vrai désastre!

J'ai ôté mes chaussons et mes jambières avec un petit frisson et j'ai cherché mon jean.

– Félicitations, Jessica, m'ont dit Mary Bramstedt et Lisa Jones.

J'ai émergé de mes pensées.

– Merci, ai-je fait en souriant.

– Félicitations, Jessica, ont ajouté deux autres voix mais, cette fois, mon sourire s'est évanoui.

Le ton était ironique, imitant celui de Mary et Lisa Imaginez que vous ayez complètement raté un truc et que l'on vous dise: « Oh, c'est merveilleux, c'est merveilleux. » C'était exactement l'intonation de ces voix. Je n'ai pas eu besoin de lever la tête pour savoir qu'il s'agissait d'Hilary et de Katie.

Que répondre?

J'ai décidé d'adopter une attitude détachée:

– Félicitations aussi. Le rôle de la poupée chinoise est très beau. Et Coppélia, Katie, c'est formidable.

– Oh, arrête! m'a-t-elle coupée méchamment. Coppélia ne fait presque rien. Elle reste assise, c'est tout. C'est une poupée et on mettrait une figurante à sa place, ce serait pareil.

– Mais non..., ai-je protesté.

Secouant la tête, Katie a pris Hilary par le bras et s'est assise en face de moi.

J'étais en train d'enfiler mon pull sur mon justaucorps quand j'ai entendu Hilary murmurer à Katie :

– C'est la chouchoute de la prof...

Elles parlaient de moi.

– Elle a eu le rôle parce que c'est la préférée de Mme Noelle. Et c'est la préférée parce que c'est la plus jeune et la petite nouvelle, a acquiescé Katie.

– Ouais, attends un peu qu'une autre fille arrive et elle verra, a ajouté Hilary.

Avaient-elles raison ? Avais-je eu le rôle parce que j'étais la préférée de Mme Noelle, ou parce que j'étais une bonne danseuse ? Si elles avaient raison, je ne pourrais pas le supporter. Ce serait bien pire que de ne pas danser du tout dans *Coppélia*.

Une fois habillée, j'ai quitté le cours, toute honteuse.

Je ne suis pas restée longtemps à me tour-
menter au sujet de Coppélia. Chez nous, c'est
impossible. Tout le monde remarque quand
quelque chose ne va pas.

Même P'tit Bout qui essaie de vous faire rire en recra-
chant sa compote de framboises.

Je n'étais pas revenue du cours depuis dix minutes que
maman m'avait fait raconter toute l'histoire.

– L'école de danse de Stamford est la meilleure des envi-
rons, non ? m'a-t-elle alors demandé.

– Si…

– Et nous nous sommes bien renseignés sur la réputation
de l'école et même sur celle de Mme Noelle, non ?

– Si.

– Y avait-il un détail qui nous ait fait penser que ce n'étaient pas des professionnels ?

– Non.

– Alors crois-tu vraiment ce que disent ces filles ? a conclu maman qui était assise à côté de moi et me caressait les cheveux tout en parlant. Crois-tu que ton professeur confierait le rôle le plus important à une danseuse qui ne serait pas la meilleure, et risquerait ainsi de compromettre tout le spectacle, juste par favoritisme ?

– Ben non.

– Je ne le crois pas non plus, a-t-elle dit en me prenant dans ses bras.

– Merci, maman.

Voilà comment s'est terminée cette histoire. Hilary et Katie étaient jalouses et je devais vivre avec. C'était leur problème, pas le mien. Cela m'ennuyait mais il faudrait bien que je m'y habitue.

Pour me changer les idées, j'ai pensé à Matthew Braddock, le petit garçon que je devais garder. Je devais me rendre chez lui pour m'initier à la langue des signes. Je me suis dit que, avant d'y aller, il serait bon que je me renseigne un peu. Voici le résultat de mes recherches : la langue des signes permet de parler avec les mains de manière à ce que les sourds puissent « voir » ce qu'ils ne peuvent pas entendre. D'après l'encyclopédie, il est beaucoup plus facile de parler par signes que de lire sur les lèvres, parce qu'il est difficile de distinguer les mots en voyant seulement les lèvres articuler.

La langue des signes est un langage spécialement conçu pour les sourds, dans lequel les mots ou les concepts sont représentés par des signes que l'on fait avec les mains. En fait, il existe différents types de langue des signes, comme il y a différentes langues. Matthew avait appris la langue des signes américaine.

En y réfléchissant, même les gens qui ne sont pas sourds font des gestes en parlant. Nous avons souvent reproché à papa de « parler avec les mains ». Il ne peut absolument pas s'en empêcher. S'il décrit quelque chose de grand, il écarte les mains. S'il veut signifier que quelque chose n'a pas d'importance, il fait un petit mouvement de balayage de la main. S'il s'adresse à quelqu'un, il le désigne en même temps du doigt.

Je n'arrivais pas à imaginer qu'il existe un signe différent pour tous les mots du monde.

Mais ma curiosité allait bientôt être satisfaite. J'ai sonné chez les Braddock le lundi à trois heures et quart. Mon emploi du temps allait être chargé. Le lundi : garde chez les Braddock, puis réunion du club ; le mardi : danse ; le mercredi : même chose que le lundi ; le jeudi, seul après-midi de libre. Le vendredi : cours de danse puis réunion du club.

Une fillette a ouvert la porte. Ce devait être Helen. Elle semblait petite pour neuf ans. Elle avait des cheveux blonds et courts avec une petite mèche plus longue sur la nuque (très à la mode) et ses yeux noirs étaient bordés de cils bruns et soyeux. Elle avait le visage en forme de cœur et le sourire charmeur qu'elle m'a adressé a découvert une dent manquante sur le côté droit.

– Bonjour, tu es Jessica ?

– Oui, et toi, tu dois être Helen.

– Oui. Entre.

Dès que je suis entrée, j'ai été accueillie par Mme Braddock. C'était le genre de mère calme et rassurante. Elle portait un jean, des baskets et un large sweat-shirt. Elle a posé sa main gauche sur l'épaule d'Helen tout en me serrant la main de la droite.

Une fois dans le salon, elle m'a fait asseoir.

– Matthew n'est pas encore rentré de l'école, mais il ne va pas tarder. Comme tu le sais, tu n'es pas venue aujourd'hui pour le garder. Je veux que tu fasses connaissance avec Matthew et Helen, et je souhaite t'expliquer un peu la langue des signes, si cela t'intéresse, naturellement.

– D'accord. Allons-y, j'adore les langues.

Mme Braddock a souri.

– Formidable !

– Est-ce que je pourrais être le professeur, maman ? a demandé Helen.

– Helen connaît aussi la langue des signes ? me suis-je étonnée.

– Nous la connaissons tous. C'est le seul moyen de communiquer avec Matthew et nous ne voulons pas qu'il soit tenu à l'écart de nos conversations.

Mme Braddock s'est tournée vers Helen.

– Voudrais-tu aller chercher le dictionnaire des signes ? Nous allons le prêter à Jessica quelque temps.

Tandis qu'Helen filait, elle a poursuivi :

– Avant que je te montre quelques signes, tu dois savoir certaines petites choses au sujet de cette langue. Tout d'abord, tout le monde n'est pas d'accord sur le fait que les sourds doivent communiquer avec des signes. Certains pensent qu'on devrait les obliger à parler et à lire sur les lèvres. Cependant, dans de nombreux cas, il est hors de question pour eux de pouvoir parler. Matthew, par exemple, est ce que nous appelons un sourd profond. Il était ainsi à la naissance. Nous pensons qu'il n'a jamais entendu un son de sa vie. Et comme il n'entend rien, il ne peut évidemment pas répéter de sons articulés. Il n'y a donc aucun espoir qu'il parle. Mais peu de gens peuvent comprendre cela.

– Et c'est difficile de lire sur les lèvres. J'ai essayé hier soir devant un miroir.

– Tu as déjà travaillé ! s'est-elle exclamée.

– Pourquoi demande-t-on aux sourds d'apprendre à lire sur les lèvres et à parler ?

– Parce que, ainsi, ils pourraient communiquer avec tout le monde. Matthew, par exemple, ne peut communiquer qu'avec nous, ses professeurs et les élèves de l'école. Quelques-uns de nos amis connaissent la langue des signes mais, dans notre famille, c'est assez rare. Quand Matthew grandira, il ne pourra rencontrer que d'autres sourds qui connaissent cette langue et peut-être quelques personnes qui la maîtriseront aussi, mais cela restera assez limité.

J'allais lui demander pourquoi ils avaient fait ce choix quand elle m'a expliqué :

– Nous ne sommes pas sûrs d'avoir fait le bon choix. Mais au moins nous pouvons communiquer avec Matthew depuis longtemps. La plupart des enfants mettent des années à apprendre à lire sur les lèvres et sont dans un état de frustration permanente, même avec leurs proches.

Elle a soupiré.

– Dans certaines familles, on ne se donne même pas la peine d'apprendre à signer, c'est-à-dire à parler la langue des signes, et les enfants sourds se sentent affreusement seuls.

Helen est revenue avec un gros livre et l'a déposé sur mes genoux.

– Voilà le dictionnaire, a-t-elle annoncé.

Je l'ai feuilleté et je suis tombée sur la lettre C. Le livre me faisait penser à un abécédaire que Rebecca possédait. Sous la lettre C apparaissait le mot « clé ». J'ai vu l'image de deux mains, une en haut, l'autre imitant une clé imaginaire que l'on tournerait dans la main du dessus.

– Oh, j'ai compris ! Ça semble amusant, me suis-je écriée.

– Oui, ça a l'air amusant. Mais il y a plusieurs milliers de signes là-dedans, a précisé Mme Braddock.

– Plusieurs milliers ! Je pensais qu'il y avait beaucoup de mots dans le monde, mais je ne pensais pas qu'il y en avait autant !

Elle m'a repris le dictionnaire des mains et l'a fermé.

– Ne t'inquiète pas. Je vais te montrer quelques-uns des signes que Matthew utilise le plus souvent. Quand tu seras chez toi, tu pourras regarder dans le dictionnaire pour retrouver les choses que tu ne connais pas ou celles que tu as oubliées.

– D'accord, ai-je répondu, soulagée.

Nous allions commencer quand la porte s'est ouverte Matthew est entré dans le salon.

– Bien, te voilà de retour de l'école ? s'est écriée Mme Braddock, en remuant les mains en même temps.

Le visage de Matthew s'est fendu d'un sourire qui, comme celui d'Helen, a laissé apparaître une dent manquante du côté droit. Il a fait un signe de la main à sa mère.

– Tu ne le croiras peut-être pas mais c'est le signe pour dire bonjour. C'est aussi celui pour dire au revoir.

– C'est facile à retenir, ai-je dit.

Mme Braddock a tourné Matthew vers moi puis vers elle pour qu'il puisse la voir et a commencé à parler et signer en même temps. Elle faisait les présentations.

– Existe-t-il un signe pour mon nom ? ai-je demandé.

– C'est une bonne question. La réponse est : pas exactement, ou peut-être pas encore. Ce que je viens de faire c'est d'épeler ton nom avec l'alphabet des sourds-muets, que je t'expliquerai plus tard. Mais comme cela prend trop de temps pour épeler les noms que nous utilisons souvent, ou ceux des professeurs de Matthew et de ses camarades de classe, les sourds créent des signes pour chacun d'entre eux.

Mme Braddock a signé, en disant en même temps :

– Matthew, montre à Jessica le signe de ton nom.

Il a levé une main en faisant mine de frapper quelque chose en l'air.

Sa mère a expliqué :

– Ça, c'est le M de Matthew, lancé comme une balle de tennis. Matthew adore le sport.

Puis elle a demandé à Helen d'emmener son frère dans la cuisine pour lui donner son goûter. Lorsque nous avons été seules, elle m'a expliqué d'autres signes.

Elle m'a montré ceux désignant la nourriture, les parties du corps et les mots « toilettes », « jouer » et « venir ». Puis elle a déclaré :

– Je pense que ce sera tout pour aujourd'hui. Je vais préparer le dîner. Tu peux emmener Helen et Matthew dans la salle de jeux en bas pour faire connaissance.

La salle de jeux des Braddock ressemblait à n'importe quelle autre salle de jeux. Il y avait une télé, deux divans, une étagère couverte de livres et plein de jouets.

– Demande à Matthew s'il veut jouer, ai-je proposé à Helen.

Helen a signé en regardant son frère d'un air interrogateur et Matthew lui a répondu.

– Il veut lire.

– Lire ? Il sait lire ?

– Il a sept ans et il va à l'école depuis l'âge de deux ans. C'est très important pour lui de savoir lire et écrire.

« Bien sûr, ai-je pensé, lire et écrire sont aussi des moyens de communiquer. »

Matthew a pris un livre d'images et s'est plongé dedans.

– Comment allons-nous pouvoir faire connaissance, s'il lit ? me suis-je demandé à voix haute.

– Et moi ? a répliqué impatiemment Helen, en jetant un bref regard à son frère.

Heureusement, il ne l'avait pas vue.

Ce regard en disait long. J'ai compris qu'il se passait quelque chose entre Matthew et Helen, mais j'ignorais quoi.

Ce soir-là, j'ai feuilleté le dictionnaire dans mon lit. Des centaines de questions me venaient à l'esprit, et je les ai notées pour m'en souvenir et les poser à Mme Braddock. Comment exprimer une question avec les signes ? Fait-on un point d'interrogation avec les doigts ? Comment indique-t-on le pluriel des mots ? Je veux dire s'il existe un signe pour le mot pomme, quel est celui pour le mot pommes au pluriel ? Qu'est-ce que l'alphabet des sourds-muets ? (Mme Braddock avait oublié de me l'expliquer.) Et peut-on enchaîner les signes et former des phrases comme lorsque l'on parle ? Je n'en étais pas sûre, parce que je ne trouvai pas les signes pour « un » et « une » ou « les ».

Mais j'étais sûre déjà d'avoir beaucoup appris, et d'aimer la langue des signes. C'était très expressif, presque autant que la danse.

(5)

Mercredi

Bon, nous sommes toutes d'accord là-dessus.
Jenny est trop gâtée et un peu capricieuse,
mais cela ne m'avait jamais gênée jusqu'à aujourd'hui.
Elle ne voulait rien faire, elle n'était pas habillée pour
aller jouer et ne voulait pas se changer.
Finalement, je l'ai emmenée se promener et nous sommes
tombées sur Jessica et les petits Braddock!
Jenny a été odieuse. Cette gamine a vraiment besoin
de prendre des leçons de politesse.
Peut-être devrions-nous commencer à lui donner
des cours.

Je dois reconnaître que rencontrer Mary Anne Cook et Jenny Prezzioso, cet après-midi-là, n'a pas été la meilleure expérience de ma vie, mais je crois que cela aurait pu être pire. Et ce n'était vraiment pas la faute de Mary Anne. Jenny devait être déjà comme ça à la naissance.

Mais une fois de plus, je m'éloigne du sujet. Mary Anne est allée chez les Prezzioso aussitôt après l'école. Mme Prezzioso l'a fait entrer et elle a trouvé Jenny assise dans la salle à manger en train de goûter. Elle dégustait un gâteau servi dans une assiette avec une petite cuillère en argent. Elle portait une robe à smocks, des chaussures vernies et avait un ruban de satin bleu dans les cheveux. Mais ne vous méprenez pas, Jenny n'était pas invitée à un anniversaire. Sa mère l'habille comme ça tous les jours. (J'attends avec impatience le moment où elle se révoltera et refusera de porter des smocks, des dentelles, des rubans, ou de faire des courbettes.) Autre chose : les Prezzioso ne sont pas riches, ils font partie de la classe moyenne, mais Jenny est leur princesse, leur unique enfant. Ils l'appellent « mon ange ».

Mme Prezzioso est partie enfin, laissant Mary Anne et Jenny seules.

– Termine ton gâteau, Jen, et nous irons jouer, a proposé gaiement Mary Anne.

– Mais il faut manger doucement ! a-t-elle répondu. Et ne m'appelle pas Jen. (N'oubliez pas, elle n'a que quatre ans !)

– Désolée, s'est excusée sèchement Mary Anne. Je ne pense pas t'avoir fait un affront.

Jenny a fini son gâteau.

– J'ai tout fini, a-t-elle annoncé quelques minutes plus tard, en présentant sa petite cuillère et son assiette.

– Très bien. Va les mettre dans l'évier.

Mary Anne n'avait pas l'intention de le faire à sa place, Jenny s'est donc exécutée de mauvaise grâce.

Mais Mary Anne se disait que tout ça avait bien mal commencé et se sentait coupable.

– Bon. Si on faisait un jeu ?

Jenny secoua la tête et dit :

– Je n'ai pas envie.

– Bon. Si on lisait *Bambi* ? C'est ton livre préféré.

– Non, c'est pas mon livre préféré et je n'ai pas envie de lire, s'est entêtée Jenny.

– Ah, je sais, nous allons faire de la peinture aux doigts ! a proposé Mary Anne.

– De la peinture aux doigts ? a répété la petite fille, intriguée. C'est vrai ?

– Oui, si tu te changes.

– Non, non, non et non. C'est ma nouvelle robe, je la garde.

– Bon, d'accord. Si tu ne veux rien faire, tu n'as qu'à rester là tout l'après-midi, moi, je vais lire.

Comme vous l'imaginez, ce n'est pas dans les habitudes de la gentille Mary Anne de parler comme ça.

Jenny l'a regardée, les yeux écarquillés.

– Tu veux dire que tu ne vas pas jouer avec moi ?

Mary Anne a soupiré.

– A quoi veux-tu jouer ?

– Je ne sais pas.

– A la poupée ?

– Non.

– A la maison de poupée ?

– Non.

– Tu veux faire un beau dessin pour ta maman ?

– Non.

Mary Anne était à bout. Elle a ouvert un placard, en a sorti un petit manteau d'été (évidemment Jenny n'avait pas de sweat-shirt, ou quoi que ce soit de pratique), le lui a enfilé, l'a boutonné tandis que celle-ci ne cessait de protester, puis elle l'a entraînée vers la porte.

– Maintenant, a-t-elle annoncé, nous allons nous défouler un peu.

Mais si vous vous souvenez bien, Jenny portait des chaussures vernies avec lesquelles il était difficile de gambader. La seule chose que Mary Anne pouvait envisager, c'était une sage petite promenade.

Et c'est ainsi qu'elles nous ont rencontrés Matthew, Helen et moi. J'étais allée chez les Braddock pour une leçon de langue des signes. J'en connaissais vingt. (Les Braddock en connaissaient un million, mais c'était nouveau pour moi et eux, ils pratiquaient cela depuis des années.) Après la leçon, Mme Braddock m'avait demandé d'emmener Matthew et Helen jouer dehors. Mary Anne et moi, nous avons été surprises de nous rencontrer.

– Salut !

Puis on a fait les présentations. Helen traduisait pour Matthew et j'intervenais dès que je connaissais un signe. J'ai remarqué que Jenny nous regardait, bouche bée.

– Qu'est-ce que vous faites ? a-t-elle fini par demander.

– Matthew est sourd, ai-je expliqué. Il ne nous entend pas mais nous pouvons lui expliquer des choses avec nos mains. Comme ça, il peut voir ce que nous disons.

Jenny s'est approchée de Matthew et lui a hurlé de toutes ses forces dans l'oreille :

– Est-ce que tu m'entends ?

Il a cligné les yeux et a fait un pas en arrière.

Helen lui a demandé de dire bonjour à Jenny.

Matthew s'est exécuté docilement.

– Il te dit bonjour, ai-je traduit.

– Tu veux dire qu'il ne peut pas parler non plus ? s'est exclamée Jenny, atterrée.

– Il peut faire des bruits, a corrigé Helen, sur la défensive.

Et à ce moment-là, Matthew a aperçu un marron qui roulait dans le caniveau. Il a ri. Son rire se situait entre des crissements d'ongles sur un tableau noir et le cri de l'oie. Je dois reconnaître que c'était étrange.

Jenny s'est réfugiée contre Mary Anne.

– Partons, lui a-t-elle dit, assez fort pour que Helen et moi puissions entendre, il est bizarre, je ne veux pas jouer avec lui.

– Tu n'es pas la première à dire ça, a répliqué Helen.

– Nous ferions mieux de partir, excuse-moi Jessica, je t'appellerai ce soir, d'accord ? s'est empressée de dire Mary Anne.

J'ai acquiescé.

Alors qu'elles s'en allaient, Helen a jeté un regard meurtrier à son frère qui était à quatre pattes et regardait le marron de près. Son grand sourire avait disparu.

– Tu sais, m'a-t-elle dit, c'est vraiment atroce d'avoir un frère comme Matthew.

Puis les larmes aux yeux, et elle lui a crié :

– Tu es atroce, Matthew ! Atroce !

Évidemment, son frère n'entendait rien.

– C'est si affreux ! Tout le monde pense que Matthew est bizarre, mais c'est faux. Les sourds ne sont pas bizarres. Tout le monde est injuste !

Puis elle est rentrée chez elle comme une tornade en claquant la porte derrière elle.

« Ah ! ah ! », pensai-je. Je commençais à comprendre Helen et Matthew. Les Braddock venaient d'arriver dans le quartier et Helen voulait s'intégrer mais Matthew rendait les choses un peu difficiles.

Eh bien, je compatissais. A Stonebrook, être noir n'était pas plus facile.

*J'ai gardé Helen et Matthew pour la première
fois toute seule ! Je dois dire que je me sentais
un peu nerveuse. Plus nerveuse même que
lors de la dernière répétition de Coppélia.*

Le travail fourni lors de la séance avait été très dur et, en
sortant, je me sentais endolorie, mais calme. J'étais plutôt
confiante. Et si j'étais capable d'être la danseuse-étoile du
ballet, il va sans dire que garder une petite fille de neuf ans
et un petit garçon de sept ans ne devait pas être très difficile. Mais Matthew n'était pas un enfant ordinaire. Je ne
connaissais qu'une petite quantité de signes, et je commençais à imaginer toutes sortes de problèmes. Et si Helen
n'était pas là et qu'il se sente mal, je ne saurais pas lui
demander ce qui n'allait pas, et s'il essayait de m'expliquer,
je ne comprendrais certainement pas.

Mais il était inutile de s'inquiéter. Évidemment, Helen serait là pour m'aider, et il n'arriverait rien à Matthew et, en plus, il savait écrire. Enfin leur mère ne partait que pour quelques courses et ne serait absente qu'une heure et demie maximum. Lorsque je suis arrivée chez eux, j'ai remarqué que Mme Braddock aussi était un peu nerveuse. Elle ne cessait de me rappeler toutes sortes de choses.

– Sois extrêmement prudente dehors, n'oublie pas que Matthew n'entend pas les voitures.

– Bien sûr.

– Ni les avertissements que tu pourrais crier, a-t-elle insisté.

– D'accord.

– Et dans la maison, il n'entend ni le téléphone ni la sonnette.

– Je ferai attention.

– Te souviens-tu du signe pour toilettes ?

– Oui.

– Pour manger ?

– Oui... et je peux toujours épeler avec l'alphabet des sourds-muets. Je l'ai appris en entier hier soir.

Mme Braddock m'avait expliqué qu'il existait un signe pour chaque lettre de l'alphabet, tout comme il y en avait pour les mots. Utiliser l'alphabet des sourds-muets prend plus de temps que parler par signes mais permet d'exprimer des mots inhabituels ou des noms propres.

– Tout l'alphabet ? a-t-elle répété, impressionnée.

J'ai hoché la tête.

– Et j'ai aussi pensé à trouver un signe pour mon nom.

J'ai fait un J avec mes doigts puis je l'ai promené sur la

paume de mon autre main. C'est le signe pour danse qui se fait en général en formant un V avec l'index droit et le majeur, pour faire deux jambes qui dansent.

– Vous voyez, c'est un J qui danse. Mais ne vous inquiétez pas, madame Braddock. Je ne sais pas encore très bien construire des phrases mais Matthew et moi, nous nous comprendrons. Il n'y a pas de problème.

Je me suis montrée plus rassurée que je ne l'étais en réalité.

– Et en plus, je suis là, a ajouté Helen d'un ton un peu hésitant, lorsqu'elle est apparue dans la cuisine, comme si j'allais déclarer que je n'avais pas besoin d'elle.

J'ai passé mon bras autour de ses épaules.

– Mais c'est ce que j'allais dire, tu es ma meilleure aide !

Helen m'a adressé un de ses sourires auxquels j'étais maintenant habituée.

Mme Braddock a regardé par la fenêtre pour voir si le car de Matthew était arrivé.

– Bon... Matthew devrait être là dans dix minutes environ. Je lui ai dit ce matin que tu serais là quand il rentrerait de l'école et que je serais de retour rapidement. Helen peut t'aider à le lui rappeler s'il semble inquiet. Mais je pense que cela se passera bien. Il t'aime bien, Jessica.

– Merci, ai-je répondu.

Elle est enfin partie. Helen et moi, nous nous sommes assises sous la véranda en attendant le retour de Matthew. Le car est arrivé exactement dix minutes après le départ de Mme Braddock.

Matthew a fait un signe d'adieu au chauffeur qui lui a répondu, puis il s'est adressé à un visage souriant qui était collé contre la vitre. Le petit garçon lui a fait un signe en réponse. Un deuxième garçon s'est joint à eux. Matthew et ses amis parlaient football, me semblait-il.

C'était étrange de voir toute l'énergie employée et autant de communication sans que l'on entende un seul bruit. Regarder les garçons, c'était comme regarder la télé sans le son.

Le car est reparti et Matthew s'est dirigé vers nous en souriant.

– Bonjour ! lui ai-je lancé avec le signe correspondant.

Il m'a rendu mon salut.

Je lui ai montré le signe pour mon nom (il l'a trouvé super), et je lui ai demandé comment ça s'était passé à l'école. (Le signe pour école c'est taper dans ses mains – comme un maître qui réclame l'attention de ses élèves.) Quand j'ai compris cela, je me suis alors demandé quel était le signe pour applaudir. Eh bien, vous touchez votre bouche de votre main, qui est une partie du signe qui veut dire « bon », puis vous tapez des mains.

Matthew m'a fait le signe qui voulait dire « très bien ». (Il a pointé son pouce contre sa poitrine et agité ses doigts d'arrière en avant, avec un large sourire.)

Puis il a posé ses livres de classe dans sa chambre. Ensuite, il a pris un rapide goûter. Nous allons voir si vous devinez en quoi consistait le goûter. On forme un P avec les mains, puis on fait comme si on allait manger le P. C'est le signe pour... pomme. Manger la lettre P. Ce n'est pas génial ?

Quand il a eu fini de goûter, je les ai emmenés dehors. J'avais une idée. Je n'avais cessé de penser à ce qui s'était passé lorsque j'avais rencontré Mary Anne et Jenny Prezzioso. Et j'étais décidée à ce que Helen et Matthew se fassent des amis dans leur quartier. Je me souvenais de Rebecca qui se sentait si malheureuse quand personne ne voulait jouer avec elle. Puis un jour, Charlotte Johanssen, qui a presque le même âge, était venue la voir, et Rebecca était folle de joie.

J'ai emmené Matthew et Helen chez les Pike.

– Où allons-nous ? me demanda Helen.

– Nous allons voir une famille de huit enfants qui habite tout près.

– Est-ce qu'il y en a un de mon âge ? m'a questionnée Helen, à la fois intéressée et sceptique.

– Oui, ai-je répondu, et je me suis soudain rendu compte que j'avais laissé Matthew en dehors de la conversation.

J'ai demandé à Helen de traduire.

– J'espère que ce n'est pas un garçon, a-t-elle dit, tout en signant.

Matthew a fait une grimace.

– Non, elle s'appelle Vanessa. Elle aime la poésie, ai-je expliqué.

Je ne savais pas du tout faire les signes pour dire tout cela à Matthew. Aussi Helen le faisait pour moi. Puis elle lui a dit où nous nous rendions.

– Y a-t-il un garçon de mon âge ? a-t-il voulu savoir.

Helen m'a regardée.

J'ai secoué la tête en faisant le signe pour fille, et Matthew a fait une grimace en retour. Ce n'était pas un signe mais cela voulait dire beurk !

– Dis-lui qu'il y a un garçon de huit ans.

Le visage de Matthew s'est éclairé, et j'ai épelé son nom avec les doigts : N-I-C-K-Y.

Nous arrivions chez les Pike. Matthew a sonné. C'est Mallory qui est venue ouvrir. Je l'avais prévenue que nous viendrions, je voulais qu'elle m'aide à faire les présentations.

– Les Barrett sont là. Ce sont des amis qui habitent dans la rue. Buddy a huit ans et Liz quatre, m'a-t-elle chuchoté en nous faisant entrer.

Elle s'est tournée vers Helen et Matthew, leur a dit bonjour, et a fait le signe en même temps. C'était moi qui le lui avais appris. J'étais contente qu'elle s'en soit souvenue. C'est une des raisons qui font d'elle ma meilleure amie.

– Tout le monde joue dans le jardin, nous a-t-elle informés.

Nous sommes donc sortis dans le jardin. Il ressemblait à un terrain de jeux. Les Pike et les Barrett se sont interrompus en nous voyant arriver.

Nous avons commencé les présentations. Signes et mots se mêlaient. Helen semblait à nouveau contrariée.

J'ai jeté un regard à Mallory. Elle m'a glissé quelque chose à l'oreille et une idée merveilleuse m'est venue à l'esprit. Mallory et moi adorons lire et, il n'y a pas longtemps, nous avons toutes les deux lu un livre formidable qui s'appelait *Le Langage secret*. C'est l'histoire de deux amis qui inventent un langage secret.

– Vous savez peut-être que Matthew n'entend pas et ne parle pas, mais il connaît un langage secret. Et il peut parler avec ses mains. Il peut dire tout ce qu'il veut sans prononcer un mot, ai-je expliqué aux enfants.

– Vraiment ? s'est étonnée Margot, qui a sept ans.

– Imaginez combien cela serait utile quand papa ou maman nous punissent et nous interdisent de parler pendant une demi-heure, on pourrait communiquer sans qu'ils n'en sachent rien, a remarqué Mallory.

– Waouh, impressionnant, a sifflé Nicky.

– Comment fait-on ? C'est quoi le langage secret ? a voulu savoir Vanessa.

Helen leur a donc fait une démonstration. Les enfants étaient fascinés.

– Et toi, Matthew, dis quelque chose, a demandé Claire, la plus jeune des petits Pike.

– Il ne t'entend pas, ai-je précisé.

– Je vais traduire ce que tu veux lui dire, lui a proposé Helen.

Matthew s'est mis à signer si vite que j'ai seulement compris qu'il était question de football.

Helen a traduit.

– Matthew dit qu'il pense que les Patriots vont gagner le Super Bowl cette année.

– Sûrement pas ! a répondu Buddy Barrett.

Helen n'a pas eu besoin de traduire. Matthew a compris ce que Buddy disait à la façon dont il bougeait la tête. Il s'est mis à signer furieusement.

– Qu'est-ce qu'il dit ? Qu'est-ce qu'il dit ? voulaient savoir les enfants.

Mallory et moi, nous avons souri. Nous étions assises sur le muret qui bordait le patio, soulagées, et regardions les enfants.

– Tes frères et sœurs sont formidables !

– Tu sais, quand tu es élevé dans une grande famille comme la mienne, tu finis par devenir tolérant.

Peu après, en consultant ma montre, je me suis rendu compte que Mme Braddock allait bientôt rentrer.

– Je ferais bien de ramener Helen et Matthew chez eux.

Je les ai appelés. Mais en fait, je n'ai ramené que Matthew. Helen s'amusait si bien chez les Pike qu'elle n'a pas voulu rentrer et m'a juré qu'elle connaissait le chemin du retour. Je la laissai enseigner d'autres mots aux enfants tels que « stupide ».

J'avais l'impression que, désormais, les conversations allaient devenir plutôt silencieuses dans le quartier.

Oh non ! Jessica, qu'est-ce qui t'a pris ? Mallory et moi, nous avons gardés les Pike hier et devine ce qui s'est passé ? Tu ne le croiras jamais.

Peut-être que si, ne tire pas de conclusions hâtives, Carla. Après tout, les enfants adorent les langues et les codes secrets.

Peut-être. En tout cas, hier soir, les Pike étaient complètement déchaînés…

Pas moi, je n'étais pas déchaînée !

Non, bien sûr, pas Mallory, vu qu'elle était baby-sitter, mais ses frères et sœurs, oui.

J'arrête de lire les notes de Carla et de Mallory. Laissez-moi juste vous raconter ce qui s'est passé ce soir-là. M. et Mme Pike dînaient chez des amis et Mallory et Carla avaient la responsabilité des enfants de six heures à onze heures. Elles devaient les faire dîner. Je sais que vous avez déjà rencontré quelques-uns des Pike, mais pour vous rafraîchir la mémoire, je vais vous rappeler rapidement leurs prénoms et âges. Il y a Mallory, l'aînée (elle a onze ans, comme moi) ; Byron, Adam et Jordan, les triplés de dix ans ; Vanessa, neuf ans ; Nicky, huit ans ; Margot, sept ans et enfin Claire, qui a cinq ans.

Ces enfants sont terribles, même pour deux baby-sitters expérimentées.

Carla est arrivée au moment où M. et Mme Pike partaient. Les enfants avaient faim et réclamaient leur dîner. Ce soir-là, Mme Pike avait mis sur le feu une grande marmite de spaghettis et avait gardé la sauce au chaud.

– Bon, puisque tout le monde a faim, mangeons, a lancé Mallory alors que la voiture de ses parents démarrait.

Carla avait suffisamment gardé les Pike pour savoir ce qui allait arriver. Les enfants se ruaient dans la cuisine comme des loups affamés. (J'exagère à peine.)

Puis ils s'asseyaient pour manger. Chez les Pike, la table de la cuisine ressemble à une table de cantine. Elle est immense avec un banc de chaque côté et une chaise à chaque bout. Quatre des enfants s'assoient d'un côté, quatre de l'autre, et leurs parents sur les chaises.

Ce soir-là, les garçons étaient assis en face de Vanessa, Margot et Claire. Mallory avait pris la place de sa mère. Le fait que les garçons soient assis en face des filles semblait dangereux à Carla. Mais, comme chez les Pike il n'y a pas de règle en la matière, elle ne leur a pas demandé de changer de place. Elle espérait que tout se passerait bien.

C'était avant la chanson du ver.

Les choses ont commencé innocemment. Adam, un des triplés, a fait une montagne avec ses spaghettis et a posé une mie de pain en haut. Puis il s'est mis à chanter :

– Tout en haut de mes spaghettis, recouverts de fromage, j'avais posé ma mie de pain, elle s'est envolée quand quelqu'un a éternué.

Adam a lancé un coup d'œil à Jordan, qui a fait mine d'éternuer.

– Eh, eh, arrête, garde tes microbes ! a protesté Claire.

Les garçons ont fait comme s'ils n'avaient pas entendu. Adam a continué sa chanson.

– Elle a roulé sur la table et par terre jusqu'à la porte d'entrée. Elle a roulé dehors et sous un buisson, et maintenant il ne reste plus que de la bouillie.

Adam a fait comme s'il allait envoyer sa boulette de mie de pain dehors et peut-être même vers la porte d'entrée, alors Mallory s'est levée et l'a prise avec sa fourchette.

– Eh, rends-la-moi, c'est la mienne !

Pendant ce temps-là, Byron, Jordan et Nicky essayaient avec les leurs. Ils faisaient rouler leur mie de pain du haut de leurs spaghettis jusqu'à ce que Carla leur dise que, s'ils ne se tenaient pas mieux, elle devrait les séparer.

– On arrête si Mallory me rend ma mie de pain, a dit Adam à l'autre bout de la table.

Mallory la lui a redonnée.

Pendant quelques minutes, Carla et les petits Pike ont mangé en paix. Les montagnes de spaghettis et les mies de pain ont disparu. Puis, tout doucement et si doucement que Mallory et Carla n'y ont pas pris garde, Nicky s'est mis à chanter une petite chanson qu'il était en train d'inventer. Mais comme il mangeait en même temps, cela paraissait tout à fait innocent.

– *Personne ne m'aime, ça me désespère, alors je vais manger des vers de terre.*

Il a pris un spaghetti qu'il a porté à sa bouche.

– Nicky ! avertit Mallory.

Nicky a avalé le spaghetti avec un gros bruit de succion en poursuivant sa chanson :

– *Le premier était visqueux.*

– Mallory, Carla ! Dites-lui d'arrêter, ça me dégoûte, a crié Margot.

Margot a l'estomac fragile. Un rien la fait vomir. Les manèges, la voiture, les décollages et atterrissages en avion. Il y avait de grandes chances que cela la rende aussi malade. Carla ne voulait surtout pas que ça vire au cauchemar et que tout le monde commence à se jeter des spaghettis à la tête. Mais il était trop tard. Trop tard pour arrêter la chanson.

Byron a porté à sa bouche une fourchette de spaghettis et les a aspirés.

– *Le deuxième était dégoûtant,* a-t-il repris en écho.

– Mallory ! a gémi Margot, verdâtre.

– Oh non, non, non ! Pas cette chanson ! S'il te plaît, fais cesser les garçons avant que cela ne tourne mal, a dit Vanessa, la future poétesse.

Adam a aspiré à son tour deux spaghettis en chantant :

– *Le troisième et quatrième ont glissé tout seuls.*

A ce moment, Margot est sortie de table précipitamment. Il y a eu un silence.

Puis elle s'est arrêtée, s'est retournée et a regardé ses frères.

– Espèces d'idiots ! Je vous ai bien eus, hein ?

Et elle s'est rassise. Tous les garçons lui ont tiré la langue. Margot semblait fière d'elle.

– Je ne veux plus entendre cette chanson, compris ? a ordonné Carla.

– Moui, ont-ils marmonné.

Mais au moment de débarrasser la table, la fin de la chanson a échappé à Nicky. Comme s'il ne pouvait s'en empêcher, il a chanté d'un trait :

– *J'ai mangé une pleine assiette de vers tout grouillants.*

– Ça suffit ! Carla ne vous a-t-elle pas demandé de vous taire ? s'est énervée Mallory. Allez tous dans la salle de jeux.

– Je veux vous voir tous en bas pendant une demi-heure. Interdit de courir, de sauter, de vous disputer. Tenez-vous bien et laissez votre sœur et moi ranger la cuisine, a décrété Carla.

Les sept Pike sont descendus dans la salle de jeux. Pendant dix minutes, Mallory et Carla ont travaillé en paix, nettoyant les plats, remplissant le lave-vaisselle et essuyant la table. Tout était presque terminé lorsqu'elles ont entendu un petit rire. Puis un autre et encore un autre. Mais aucun cri.

– Peut-être se sont-ils calmés, a suggéré Carla.

Puis on a entendu Vanessa qui disait :

– Pas comme ça !

– Non, comme ça ! s'est exclamé Nicky. Plie tes doigts.

– Et un éléphant ? Ce serait plus facile. Tu pourrais faire comme s'il avait de grandes oreilles, a dit Margot.

– Mais alors quel serait le signe pour « lapin » ? Ils ont aussi de grandes oreilles, a remarqué Jordan.

– Non, ils ont de longues oreilles, a corrigé Claire.

En haut, dans la cuisine, Carla et Mallory se demandaient ce qu'ils faisaient.

– Allons voir…

Elles sont descendues sur la pointe des pieds. Dans la salle de jeux, les petits étaient assis par terre en cercle et agitaient leurs mains.

– Un idiot, a annoncé Margot.

Elle louchait en tournant un doigt sur sa tempe.

– Une sorcière ! s'est exclamée Vanessa.

Elle a levé ses mains au-dessus de sa tête, en mimant dans les airs un chapeau de sorcière.

– Un chat, a crié Jordan.

Puis il s'est fait des moustaches.

Mallory et Carla se sont regardées, surprises.

– Le langage secret, a murmuré Mallory. Ils inventent le leur, je n'arrive pas à le croire !

– Tu es sûre que ce n'est pas le vrai ? a demandé Carla.

– Non, a répondu Mallory en riant. Il faudra inviter Helen et Matthew une nouvelle fois. Si ça leur plaît, ils pourraient apprendre la langue des signes.

– Et s'ils l'apprenaient vraiment, Matthew pourrait communiquer avec les enfants du quartier, donc avec des enfants qui ne sont pas sourds, a renchéri Carla.

Lorsque Mallory m'a raconté ça le lendemain, j'ai eu un coup au cœur. C'était plus que je ne pouvais espérer. C'était comme avoir le rôle de Swanilda alors que je pensais avoir celui d'un simple villageois.

Le langage secret des petits Pike montrait qu'ils allaient accepter Matthew. J'en étais sûre. Cela signifiait qu'ils voulaient communiquer avec lui. Et cela signifiait aussi autre chose : que les enfants avaient sans doute envie de connaître et d'aimer Helen pour elle-même.

Je brûlais d'impatience de voir Helen découvrir tout cela.

Mes os, mes muscles me faisaient mal. Chacun de mes orteils me torturait. Interpréter le rôle de Swanilda n'était pas chose facile. Nous répétions Coppélia depuis des heures.

– Nous voulons la per-fec-tion, disait Mme Noelle avec fermeté, la per-fec-tion, c'est tout.

Elle frappait le sol de son bâton.

– Mademoiselle Parson (c'était Katie), vous devez tourner la tête plus rapidement et commencer votre tour un peu plus tard. Juste une fraction de seconde plus tard, entendu ? Mademoiselle Bramstedt, plus haut sur vos pointes. C'est un ballet où il y a beaucoup de pointes. Excellent, mademoiselle Romsey.

J'ai fermé les yeux, soulagée. Bien sûr, j'avais fait de mon mieux, notamment en m'entraînant seule de longues heures à la maison, et en m'abandonnant presque totalement à la danse.

Les autres danseuses m'ont jeté un regard d'approbation. J'étais contente. Je voulais leur montrer que je pouvais donner une bonne interprétation de Swanilda même si j'étais jeune et nouvelle.

– Bien, le cours est terminé. C'était une bonne répétition. Vous pouvez aller vous rhabiller. Prochaine répétition samedi prochain, a annoncé Mme Noelle.

Alors que je me dirigeais vers les vestiaires, une main s'est posée sur mon épaule. Je me suis retournée : c'était Katie accompagnée d'Hilary.

– Bon travail.

– Ouais, bon travail. Du beau boulot.

Et elles sont parties bras dessus, bras dessous.

Ce n'était pas vraiment amical, mais moins sarcastique que leurs commentaires habituels. Katie avait presque souri.

Dans les vestiaires, j'ai pris mon temps pour m'habiller. Papa m'avait dit qu'il viendrait me chercher un peu plus tard. Bien que ce soit samedi, il travaillait. Il avait quelque chose d'urgent à terminer. Il m'avait dit le matin qu'il passerait me prendre à quatre heures et demie après une réunion importante.

Même en m'habillant lentement, j'étais prête à quatre heures dix. Je suis allée attendre mon père dans l'entrée. Assise sur un banc, j'ai regardé les groupes d'élèves sortir. Lorsqu'il n'est presque plus resté personne, j'ai remarqué que Katie était assise sur un autre banc, non loin du mien. Nous avons échangé un sourire embarrassé et baissé les yeux.

Un peu plus tard, j'ai levé la tête, Katie n'était pas seule. A côté d'elle était assise une petite fille, plus jeune qu'elle, qui devait avoir l'âge d'Helen. Elle ressemblait à Katie, ou lui aurait ressemblé si elle avait tiré ses longs cheveux en arrière comme elle.

Était-ce sa sœur ? Si c'était le cas, pourquoi ne parlaient-elles pas ensemble comme le font toutes les sœurs ? Lorsque je suis avec Rebecca, nous ne restons pas silencieuses longtemps.

Nos regards se sont croisés et Katie m'a dit :

– C'est ma sœur, Adèle.

– Bonjour, Adèle.

J'ai décidé de prendre un gros risque. Je me suis levée pour aller m'asseoir sur le banc d'à côté en expliquant :

– J'attends mon père, il ne viendra pas avant quatre heures et demie. Encore quinze minutes à attendre.

Katie a hoché la tête.

– Nous attendons notre mère. Elle parle à Mme Noelle. Elle n'est pas très contente à cause des chaussons que nous devons renouveler si souvent.

– Mes parents non plus n'apprécient pas, mais il n'y a rien à faire.

– C'est ce que j'essaie de faire comprendre à ma mère mais...

Elle a laissé sa phrase en suspens et j'ai compris qu'elle voulait dire : « Essaie d'expliquer ça à des parents. »

J'ai souri.

A ce moment-là, Adèle a touché le bras de Katie et, à ma grande surprise, elle a fait un signe pour « toilettes ». Elle utilisait la langue des signes !

A ma plus grande surprise encore, Katie a regardé sa sœur comme si c'était un insecte nuisible, puis s'est tournée vers moi, écarlate.

Adèle a donné un coup de coude à Katie et a fait le signe « toilettes » pour la deuxième fois. Elle avait le même regard que Rebecca quand elle veut dire que c'est extrêmement urgent.

– Hé, Katie, Adèle peut aller en bas. Personne ne dira rien, ai-je dit.

Je l'ai fait comprendre à Adèle en utilisant la langue des signes. Elle m'a adressé le sourire le plus incroyablement reconnaissant que vous puissiez imaginer, et a filé en courant. Quand elle est passée devant moi, j'ai remarqué qu'elle portait à l'oreille un appareil auditif.

Katie m'a lancé un regard intrigué.

– Elle voulait aller aux toilettes, ai-je dit.

– Tu veux dire que tu as compris ?

– Oui. Pas toi ?

Je savais que toilettes était un des mots les plus courants de la langue des signes, et sans doute le premier qui ait été inventé.

– Non, je ne connais pas la langue des signes, a répondu Katie, surprise.

– Non ? Mais comment fais-tu pour vivre avec Adèle ? Comment sais-tu quand…

– Oh, mais je ne vis pas avec elle. Enfin, pas vraiment. En réalité, elle va dans une école spécialisée pour enfants sourds dans le Massachusetts. Elle y est la plupart du temps. Elle ne rentre à la maison que pour les vacances, une partie de l'été et quelques week-ends.

– Mais quand elle est à la maison, comment lui parles-tu ? ai-je insisté.

– Eh bien, on ne parle pas vraiment. Je veux dire que mes parents et moi, nous ne lui parlons pas. Parfois, si nous crions très très fort, elle peut nous entendre un peu. Et elle peut lire un peu sur les lèvres aussi.

– Est-ce qu'elle parle ?

Katie a secoué la tête.

– Non, elle pourrait si elle voulait, mais elle est trop têtue.

J'ai médité ces dernières paroles, en me souvenant des sons qui étaient sortis de la gorge de Matthew.

Puis une autre pensée m'a traversé l'esprit. Matthew avait bien de la chance. Comme ce devait être horrible pour Adèle. Elle ne pouvait même pas communiquer avec sa propre famille sauf s'ils écrivaient tout, sans arrêt, ce qui paraissait peu probable.

Je ne savais toujours pas si les Braddock avaient fait le bon choix pour Matthew en lui enseignant la langue des signes, mais il avait tout de même une famille incroyable. Ils l'avaient gardé chez eux et avaient tous fait l'effort d'apprendre la langue des signes et, de plus, couramment. Adèle avait dû se sentir rejetée, elle.

– Tu sais, apprendre la langue des signes est un véritable jeu, c'est un peu comme danser, en un sens, ai-je expliqué à Katie.

– Qu'est-ce que tu veux dire ?

– Eh bien, c'est une façon de s'exprimer en utilisant son corps.

Katie a paru songeuse quelques instants. Puis elle m'a demandé :

– Comment se fait-il que tu connaisses cette langue ?

Je lui ai raconté l'histoire de Matthew et comment j'apprenais ce langage.

– Je pourrais te montrer quelques signes, ai-je proposé alors qu'Adèle revenait.

– Je ne sais pas...

– Oh, allez... C'est facile. Regarde, ça c'est le signe pour danse.

Je le lui ai montré.

Adèle nous regardait. Elle a souri. Puis elle m'a demandé en langue des signes si je dansais comme sa sœur. J'ai fait oui de la tête et, à mon tour, lui ai demandé son âge.

Adèle a fait le signe neuf (il y a des signes pour les chiffres comme pour les lettres).

– Est-ce que tu danses ?

Elle a haussé les épaules. Puis elle m'a répondu en signant qu'elle n'entendait pas la musique et qu'elle ne connaissait pas la danse classique, mais qu'elle aimait danser à sa façon.

Durant notre conversation, Katie nous regardait, intriguée. Je savais qu'elle ne comprenait pas ce que nous nous disions et je me demandais ce qu'elle ressentait du fait d'être tenue à l'écart de la conversation. Dans sa propre famille, c'est Adèle qui était dans cette situation.

– Qu'est-ce que vous dites ? a-t-elle fini par demander.

75

Je lui ai raconté. Puis je lui ai montré les signes pour quelques mots. Adèle souriait.

Quand leur mère est revenue, il était presque quatre heures et demie. Je suis sortie avec elles pour voir si mon père était là.

– Au revoir ! m'a crié Katie, et merci. A lundi.

– Au revoir !

Adèle et moi, nous nous sommes fait un signe de la main.

J'ai compris que quelque chose d'important venait de se passer entre Katie et moi. Nous avions quelque chose en commun. Elle ne me traiterait plus de chouchoute de la prof. Mais nous ne serions jamais non plus de véritables amies. Mes seules véritables amies resteraient Keisha et Mallory. J'étais liée à elles par des liens bien plus forts.

Jessica,

    ton langage secret a un succès fou, il se répand partout. Je l'ai utilisé pour amuser Karen, Andrew et David Michael.

    Tu vois, j'ai fait une garde chez Kristy, hier soir. Elle était partie voir un match de basket avec ses deux grands frères, Samuel et Charlie.

    J'adore garder les enfants chez elle, mais sa grande maison me fait un peu peur. Et Karen n'arrange rien avec ses histoires de fantômes et de sorcières. Aussi, hier, quand elle a commencé à raconter ces histoires, j'ai décidé de montrer aux enfants quelques signes. Ils ont adoré!

Le langage secret devenait populaire, et je ne pouvais que m'en réjouir. Plus il y avait d'enfants qui l'apprenaient, même quelques signes seulement, plus il y aurait d'enfants susceptibles de « parler » à Matthew. J'étais vraiment contente en lisant le compte rendu de la soirée de Claudia. Bien sûr, je savais avant de lire le journal de bord que Claudia enseignait le langage secret au petit frère de Kristy et à Karen et Andrew, parce que Claudia et Karen n'avaient cessé de m'appeler et de me demander de regarder des mots dans le dictionnaire des signes. Mais comme d'habitude, je m'éloigne du sujet.

Revenons au début de cette soirée, au moment où Claudia était arrivée chez Kristy. La mère de Claudia l'avait déposée chez les Lelland à dix-neuf heures. Claudia a sonné et c'est Karen, la fille de Jim, qui est venue ouvrir la porte. Kristy aime Karen et Andrew comme s'ils étaient ses véritables frère et sœur. Elle regrette de ne pas les voir plus souvent, mais ils vivent la plupart du temps avec leur mère et leur beau-père. Ils ne viennent chez leur père que quelques week-ends et deux semaines pendant l'été.

Karen est une petite fille pleine de vie et intrépide qui aime faire peur aux autres (ainsi qu'à elle-même) avec des histoires de fantômes et de sorcières. Elle est même convaincue que la voisine de son père, Mme Porter, est une sorcière nommée Morbidda Destiny. Et elle est tout aussi sûre qu'un fantôme du nom de Ben Lelland hante le troisième étage de la maison de son père.

Andrew, lui, est timide et calme. Karen lui fait souvent peur, même sans le vouloir. La plupart du temps, elle est très protectrice avec lui et il l'adore.

Ce soir-là, Claudia devait garder Karen, Andrew et David Michael, le plus jeune frère de Kristy. Charlie,

Samuel et Kristy allaient à un match de basket. Claudia est arrivée juste au moment où ils partaient.

– Au revoir, Kristy ! Bonjour, Karen ! a lancé Claudia.

– Au revoir ! a répondu Kristy alors que la porte se refermait derrière elle.

– Bonjour, je vais être très occupée ce soir, il y a une fête chez les fantômes du troisième, a expliqué Karen.

– Et tu y vas ? s'est étonnée Claudia en tentant de garder son sérieux.

– Tu plaisantes ? Ce serait de la folie. Mais je dois m'occuper des rafraîchissements. Je vais apporter à boire et à manger aux fantômes.

– Que vas-tu leur offrir ?

– Du pâté pour fantômes, c'est ce qu'il y a de mieux, a affirmé Karen.

– Oh, je suis sûre qu'ils aimeront, renchérit Claudia.

– Bonjour, Claudia.

C'était la mère de Kristy, la nouvelle Mme Lelland.

– Merci d'être venue. Jim et moi serons de retour vers dix heures et demie. Et les enfants doivent aller se coucher à neuf heures.

– Mais, Edith, Andrew est plus jeune que moi, il devrait aller au lit avant moi, a protesté Karen.

– Mais c'est vendredi, chérie, a fait remarquer Mme Lelland, il peut veiller un peu plus tard.

– Donc, je peux rester un peu plus tard que lui.

La mère de Kristy a soupiré.

– Bon, d'accord. Claudia, Andrew se couchera à neuf heures, Karen à neuf heures et quart et David Michael à neuf heures et demie.

– Super! s'est écriée Karen en faisant des bonds. Merci!

Claudia pensait que Karen allait se plaindre de l'heure à laquelle David Michael avait le droit de se coucher, mais non. Ça lui semblait juste.

– Andrew a une angine et doit prendre une cuillerée d'antibiotiques avant d'aller au lit. Le flacon est dans la cuisine, dans le placard à côté du réfrigérateur, a poursuivi Mme Lelland.

– D'accord, a répondu Claudia.

– Je crois que c'est tout. Tu sais où sont les numéros de téléphone. De toute façon, je suis avec mon mari en face, chez les Papadakis.

Les Lelland partis, Karen et Claudia sont montées dans la salle de jeux où elles ont trouvé Andrew et David Michael en train de construire une station spatiale en Lego.

– Salut, les garçons! s'est écriée Claudia.

– Salut!

– Tu veux nous aider? a proposé Andrew.

– Bien sûr!

Claudia s'est assise en face de la station spatiale.

– Bon, je crois que je vais y aller, a dit Karen.

– Où ça? a demandé Claudia, en examinant un tas de Lego.

– En bas à la cuisine, puis en haut chez les fantômes.

– Dans la cuisine? Pour chercher quelque chose à manger?

– Bien sûr. C'est là que se trouve le pâté pour fantômes.

– Quel pâté pour fantômes? s'est inquiété Andrew, soudain nerveux.

– Ne t'en fais pas, Karen fait semblant une fois de plus, a dit David Michael.

– Pas du tout, s'est indignée la fillette.

– Mais si !

Claudia est intervenue.

– Calmez-vous, les enfants !

Il y a eu un silence.

– Karen, tu fais semblant, d'accord ? Tu n'as donc pas besoin d'aller à la cuisine.

Claudia trouvait que ce n'était pas évident de vivre dans une grande maison comme celle des Lelland. Par exemple, il était facile pour les enfants de circuler dans la maison sans être entendus et Claudia n'aimait pas ça. Et quand elle était assise en bas le soir en attendant que les Lelland reviennent, elle ne sentait pas très rassurée.

– Et toi, Andrew, ne t'inquiète pas, ce n'est qu'un jeu, a-t-elle ajouté.

– Mais non ! a crié Karen.

Elle s'est accroupie comme si elle ramassait quelque chose par terre et elle est partie en criant :

– Voilà le pâté !

Quand elle est revenue, Claudia s'est dit que ce serait une bonne idée de chasser ces histoires de fantômes de l'esprit de Karen. Tout d'abord elle a essayé de l'intéresser à la construction de la station spatiale des garçons. Voyant que cela ne marchait pas, elle a dit d'un ton enthousiaste :

– Les enfants, n'aimeriez-vous pas apprendre un langage secret ?

– Bof ! ont répondu Andrew et David Michael, sans lever les yeux.

Mais Karen était intriguée.

– Un langage secret, qu'est-ce que tu veux dire ?

– Je peux vous montrer comment parler sans faire de bruit et sans ouvrir la bouche du tout.

Elle venait de capter l'attention des garçons.

– C'est impossible, a affirmé David Michael.

– Si, c'est possible.

Claudia a fait le signe pour « danse » que j'avais déjà montré aux filles du club.

– Cela veut dire « danse ».

Elle leur a montré ensuite trois autres signes qu'elle connaissait.

– Les enfants sourds savent des milliers de signes et peuvent avoir une conversation rien qu'avec leurs mains, leur a-t-elle expliqué.

– Est-ce qu'il y a un signe pour fantôme ? a voulu savoir Karen.

– Probablement, mais je ne le connais pas.

– Oh ! (Karen paraissait déçue.)

– Je sais comment le trouver. Nous allons appeler Jessica Ramsey. Elle a un dictionnaire des signes. Elle pourra regarder à « fantôme ».

Tout le monde s'est attroupé dans l'entrée, pendant que Claudia composait le numéro. Rebecca a répondu et elle est venue me chercher dans la cuisine. Quand Claudia m'a expliqué ce qui se passait, j'ai dit :

– Attends une minute, je vais chercher le livre.

J'ai couru dans ma chambre, pris le dictionnaire sur mon bureau et essayé de regarder le mot « fantôme » en chemin.

– J'ai trouvé !

J'étais heureuse de pouvoir aider Claudia. Parfois, Mallory et moi, nous nous sentons un peu les bébés du Club des baby-sitters, parce que nous sommes les plus jeunes et que nous venons d'arriver. Karen m'a ensuite demandé le signe pour sorcière. C'était presque impossible à décrire au téléphone. Après sorcière, elle a voulu savoir chat, orage, nuit et noir.

Je pensais que c'était tout mais, à peine avais-je rangé le dictionnaire que le téléphone a sonné à nouveau. Cette fois, c'était Karen toute seule.

– J'ai oublié le signe pour nuit, dit-elle.

J'ai essayé de le lui expliquer.

– Et y en a-t-il un pour avoir peur ?

– Qu'est-ce que tu vas faire ? Raconter une histoire de fantômes en langue des signes ?

– Oui !

– D'accord, pour le signe peur, tu poses tes deux mains sur ton cœur qui a peur. (J'adore ce signe !)

Après avoir raccroché, Karen a essayé de raconter une histoire de fantômes avec les signes. Mais elle ne connaissait pas assez de mots et a fini par abandonner.

– Si on se préparait quelque chose à manger avant d'aller au lit ? a proposé Claudia aux enfants.

– Quoi par exemple ? a demandé Karen.

– Ce que tu veux. Si tu as ce qu'il faut, je te fais un pâté pour fantômes.

Par chance, Claudia a trouvé ce qu'elle voulait : des biscuits apéritifs et du pâté de foie. Elle a étalé le pâté de foie sur les biscuits et les tendit à Karen.

– Voilà, un bon pâté pour fantômes.

– Beurk ! a fait Andrew.

Mais Karen a mangé goulûment.

– Merci, Claudia !

Elle était ravie que quelqu'un prenne ses histoires au sérieux. Une fois la cuisine rangée, Claudia a donné son médicament à Andrew et elle a fait monter les enfants dans leur chambre.

– Il est temps d'aller au lit. Toi d'abord, Andrew.

Alors qu'elle s'occupait de lui, elle a eu l'impression d'entendre Karen qui téléphonait en bas. Mais elle n'a pas cherché à en savoir plus. La chambre d'Andrew était en désordre et il ne trouvait pas son pyjama. Et puis il avait peur de la fête des fantômes.

– Écoute, ça n'existe pas, Karen a tout inventé, lui a expliqué Claudia.

– Alors pourquoi tu as préparé du pâté pour les fantômes ?

– Oh, c'était juste pour rire, je faisais semblant.

– Je ne peux pas dormir, j'ai peur, a-t-il annoncé.

– Bien sûr que si, tu vas dormir. Compte quelque chose, des moutons par exemple, lui a conseillé Claudia.

– Je vais compter des fantômes, a dit Andrew.

– Alors compte les gentils fantômes. Il y en a des gentils, tu sais.

– C'est vrai ?

– Bien sûr.

– Comment tu les reconnais de ceux qui font peur ?

– Les gentils sourient. Les vilains font des grimaces en criant hou !

– Oh...

– Appelle-moi si tu as besoin de moi.

– D'accord, bonne nuit, Claudia.

– Bonne nuit, Andrew.

Claudia a éteint la lumière et laissé la porte entrebâillée. Elle est descendue sur la pointe des pieds et a trouvé Karen assise sur son lit avec Tickly, sa couverture, dans une main et, dans l'autre, Moosie, son chat en peluche.

– Nous avons encore le temps de lire une histoire. Il est neuf heures. Il nous reste quinze minutes.

– D'accord, a dit Claudia. Qu'est-ce que tu veux comme histoire ? Tiens, si on lisait *Héloïse* ?

Elle a proposé ce livre parce que Karen voulait toujours lire des histoires de sorcières ou de fantômes, et Claudia en avait assez entendu pour la soirée.

– D'accord.

Et elles ont lu, allongées côte à côte sur le lit de Karen.

L'histoire finie, Claudia a remis le livre à sa place sur l'étagère pendant que Karen se pelotonnait sous sa couverture avec Moosie et Tickly.

– Bonne nuit, a dit Claudia.

Sans rien dire, Karen a sorti ses bras de sous la couverture. Elle a fait quelques signes à Claudia.

– C'est quoi ?

– C'était bonne nuit ! J'ai rappelé Jessica pendant que tu couchais Andrew.

Claudia a fait à son tour le signe bonne nuit.

Puis Karen a fait un autre signe.

– Je t'aime.

Claudia a souri. Elle a éteint la lumière et a quitté doucement la chambre, sans oublier de laisser sa porte entrebâillée comme celle d'Andrew. Ensuite, elle s'est rendue sur la pointe des pieds dans la chambre de David Michael, tout en pensant que la langue des signes était la plus belle langue au monde.

Je gardais régulièrement les petits Braddock. J'adorais ça, mais mon emploi du temps était chargé. Les mardis et vendredis, j'allais à mon cours de danse et, parfois, j'y restais plus tard que d'habitude, pour m'entraîner entre les répétitions.

Elles avaient lieu le week-end et souvent aussi le jeudi, puisque c'était mon seul après-midi de libre. Tous les lundis et mercredis après-midi, je me rendais directement de l'école chez Matthew et Helen. Puis Mme Braddock partait travailler. Elle travaillait à mi-temps avec des adultes malentendants.

Les petits et moi avions nos habitudes. J'arrivais chez eux à quatre heures et quart, juste quelques minutes après

Helen. Puis Mme Braddock partait, et Helen et moi goûtions. Après avoir mangé, nous nous asseyions sous la véranda et attendions le bus de Matthew. Il goûtait à son tour et, quand il avait fini, nous sortions jouer. Nous allions nous amuser avec les Pike, et parfois même avec Jenny Prezzioso, qui semblait accepter Matthew un peu mieux qu'au début. Les jours de pluie, nous restions à l'intérieur, bien sûr, mais nous invitions des enfants ou étions invités. Nous étions toujours avec d'autres enfants, et Matthew et Helen étaient sans cesse occupés.

De plus, le langage secret se répandait très vite. Apprendre des signes était un jeu, et les enfants, surtout Vanessa Pike, les mémorisaient très vite. C'était formidable parce que Vanessa et Helen devenaient amies, tout comme Nicky, Matthew et Buddy Barrett. Ils avaient souvent besoin d'Helen (ou de moi) pour traduire certains mots, mais leur amitié grandissait néanmoins.

Un jour, il faisait plus chaud que d'habitude.

– C'est l'été ! m'a fait savoir Matthew tout excité.

Il a plié son index droit en imitant quelqu'un qui s'essuyait le front.

J'ai souri. Ce n'était pas encore l'été, aussi lui ai-je répondu en signant :

– On dirait l'été.

Matthew a acquiescé. Il avait fini son goûter et nous allions sortir. En ouvrant la porte d'entrée, nous avons vu les triplés, Nicky Pike et Buddy Barrett qui traversaient la pelouse des Braddock.

– Bonjour ! a fait Matthew de la main.

Les garçons lui ont répondu.

– Où est Vanessa ? a demandé Helen.

– Elle a dû aller chez le dentiste, l'a informée Nicky.

– Oh, a-t-elle fait, déçue.

Les garçons ont joué au ballon. Ils n'avaient pas besoin de beaucoup parler pour cela.

Helen et moi, nous nous sommes assises sur les marches devant la maison pour les regarder.

Buddy a envoyé le ballon dans la rue.

– Hors-jeu ! a hurlé Nicky.

J'allais rappeler aux garçons de s'exprimer par signes quand soudain ils l'ont fait d'eux-mêmes.

– Pas juste ! La balle était hors-jeu, a signé Nicky.

Et Jordan est intervenu, toujours en langue des signes :

– Non, limite !

– Ils ne prennent même plus la peine de parler, a remarqué Helen, stupéfaite.

– Non, ils ont appris tous les signes qui pouvaient leur être utiles pour les jeux de ballon, ai-je répondu.

Helen a souri.

– C'est bien que Matthew puisse jouer aussi. S'il ne pouvait pas, je ne sais pas ce que je deviendrais.

– Qu'est-ce que tu veux dire ?

– Eh bien, cela l'aide à se faire des amis ici.

– Oui, c'est formidable. Mais qu'est-ce que cela a à voir avec toi ? Tu as dit que s'il ne pouvait pas jouer au ballon, tu ne sais pas ce que tu deviendrais.

– Je dois l'aider. Je dois veiller sur lui, a dit simplement Helen.

– Tu veilles sur lui ! Mais c'est moi la baby-sitter, l'ai-je taquinée.

Elle a paru soudain un peu triste.

– Tu n'es pas la sœur de Matthew.

– Non, c'est vrai.

– Tu ne sais pas comment il est.

– C'est vrai… Comment est-il ?

– Il faut le défendre quand les autres l'embêtent. Mais une fois qu'on l'a fait, on le regrette.

– Comment ça ?

– Parce que ça te rend aussi bizarre que lui. Et c'est pour ça que je me mets à détester Matthew par moments.

Helen a marqué une pause avant de corriger :

– Enfin, je ne le déteste pas, mais… Oh, comment dire ?

– Tu lui en veux, ai-je suggéré. Tu en veux à Matthew ?

– Ouais ! (Helen paraissait honteuse.)

– Tu n'as pas à te sentir coupable. Il m'arrive de ne pas apprécier ma sœur ou mon frère parfois. Comme quand maman me demande de donner le bain à P'tit Bout ou un truc dans ce genre alors que j'ai envie de faire de la danse.

Helen a acquiescé.

– Mais ton frère et ta sœur ne sont pas sourds.

– Et alors ? Pourquoi devrais-tu être parfaite parce que ton frère est sourd ? Cela n'a pas de sens. Matthew est un peu différent, c'est tout.

– Il est trop différent !

– Ce que je voulais dire c'est que, au fond, Matthew est comme tous les autres garçons de sept ans, excepté qu'il est sourd, et qu'il faut lui parler en langue des signes. Mais regarde, regarde-le bien en ce moment.

Matthew, Nicky et Byron sautaient dans tous les sens, parce que leur équipe avait gagné une autre partie.

Matthew brandissait son poing dans les airs. Nicky et Adam en faisaient autant.

Helen n'a pu s'empêcher de sourire en déclarant :

– Je l'aime vraiment, et je suis fière de lui. Il est intelligent, il est travailleur et, même s'il est différent, il essaie de ne pas trop le montrer. Et il n'a que sept ans ! Mais parfois, j'aimerais… Je sais que c'est vraiment horrible, Jessica, mais je crois que je peux te le dire. Je ne l'ai jamais dit à personne avant.

– Quoi ? l'ai-je encouragée.

– Parfois, j'aimerais qu'il ne soit jamais venu au monde.

J'étais un peu surprise de ce qu'Helen venait de dire mais, en y réfléchissant bien, c'était normal. Et cela ne la rendait ni plus méchante ni meilleure qu'une autre. Mais elle m'avait quand même un peu étonnée.

– Tu sais, je te comprends. J'ai ressenti la même chose avec Rebecca ou mon petit frère. Plus avec Rebecca, peut-être parce que nous avons peu de différence d'âge. Mais avec P'tit Bout aussi. Parfois je pense que ce serait formidable si j'étais fille unique. J'aurais mon père et ma mère pour moi toute seule, et personne ne m'interromprait quand je m'entraîne ou quand je fais mes devoirs, et personne ne surgirait dans ma chambre ou ne prendrait mes affaires sans me le demander. Mais je pense aussi que si je n'avais pas Rebecca, je n'aurais personne avec qui partager des fous rires en pleine nuit, personne à qui raconter mes ennuis. Parfois au collège, les autres me taquinent parce que je suis noire, et personne ne peut savoir aussi bien que Rebecca ce que je ressens.

Helen a hoché la tête, pensive.

– Tu sais, tout ce que je voudrais, c'est une famille dans

laquelle on parle avec la bouche, pas avec les mains, un petit frère qui ne fasse pas de bruits d'animaux, qui aille à l'école primaire de Stonebrook au lieu de prendre cet idiot de car pour Stamford tous les jours.

– Et qui ne te dérange pas, ai-je ajouté.

– C'est vrai. Et puis, quelquefois... Quelquefois, je ne sais pas ce que je ferais sans lui. Regarde ça.

Helen a sorti une chaîne en or de son chemisier. Un pendentif rouge en forme de H y était accroché. On voyait qu'il avait été fait en argile.

– Matthew l'a fabriqué pour moi en cours d'arts plastiques. Il me l'a offert pour Noël, l'année dernière. Je le porte toujours. Cela paraît bizarre mais, par exemple, s'il m'énerve ou s'il me gêne ou un truc comme ça, je pense à ce pendentif et je ne lui en veux plus. Et alors, je me mets à avoir envie de le protéger...

Je connaissais ça.

– Je me souviens d'une fois où j'étais folle de rage, parce que Rebecca était malade et que maman m'avait fait manquer mon cours de danse pour garder P'tit Bout pendant qu'elle s'occupait de Rebecca. J'avais envie de tuer Rebecca... et P'tit Bout. Mais il avait noué ses bras autour de moi en disant : « Dada-bo ? » et je m'étais mise à rire, plus du tout en colère.

Helen a souri. Nous sommes restées silencieuses un petit moment. Je crois que je commençais à comprendre Helen et Matthew.

– Tu sais, finalement, je suis contente que mon frère soit sourd, a-t-elle repris. S'il avait été aveugle ou handicapé moteur, il n'aurait pas pu jouer au ballon comme maintenant. Je crois qu'il aurait fait beaucoup moins de choses. Il n'entend pas et ne parle pas, mais regarde tout ce qu'il peut faire. Presque tout. Il peut même regarder la télé avec un décodeur spécial qui permet de lire les dialogues sous les images. Comme pour les films sous-titrés. La seule chose qu'il ne puisse vraiment pas faire, c'est aller à un concert ou au théâtre.

Je pensais à quelque chose que j'avais lu récemment. Quelqu'un, Helen Keller, je crois, avait remarqué que la cécité vous sépare seulement des choses, tandis que la surdité vous sépare des autres. J'étais sur le point de dire à la sœur de Matthew que je n'étais pas d'accord, mais ce qu'elle venait de dire avait attiré mon attention.

– Matthew n'est jamais allé au théâtre? Il n'est jamais allé à un spectacle? Comme c'est dommage! me suis-je exclamée.

– Parfois son école monte une pièce en langue des signes.

– Mais imagine, n'être jamais allé à un concert ou un ballet...

– Il n'entend pas la musique, a fait remarquer Helen.

– Je sais, ai-je répondu, en me remémorant ma conversation avec Adèle.

Je me souvenais aussi du cours de Mme Noelle. Je pensais à cela quand nous faisions nos échauffements et qu'elle passait et disait «Et un... et deux... et trois... et quatre», en frappant le sol de son bâton. Quand elle marchait à côté de nous, on sentait les vibrations. On pouvait aussi sentir celles du piano quand son assistant nous accompagnait. Si on posait les mains sur le piano, on sentait les sons aigus et les graves.

J'ai pensé à *Coppélia*. Il y a plein de choses à voir dans un ballet, en dehors de la musique, évidemment. La danse, les costumes, les décors. De plus, c'est un vrai plaisir d'être au théâtre : regarder les rangées de sièges rouges, voir les projecteurs éclairer les gens en haut, en bas, sur les côtés et retenir sa respiration quand les lumières s'éteignent et que le rideau se lève.

Une idée me venait à l'esprit. C'était une idée géniale, mais je n'en ai pas parlé à Helen, de peur de ne pas pouvoir la réaliser.

Dès que je suis rentrée chez moi, ce soir-là, j'ai commencé à y réfléchir. Mais la première des choses à faire était d'en parler à Mme Noelle.

Mon plan allait marcher ! J'étais folle d'exci-
tation. J'en avais parlé à Mme Noelle, à
Mme Braddock et même au directeur de
l'école de danse.

Rien n'était fait, mais c'était en bonne voie, comme
l'avait dit mon père. C'était vendredi, je suis montée dans
la chambre de Claudia, au pas de charge. Comme d'habitude, j'étais la dernière arrivée. Je n'avais même pas pris le
temps de me changer après mon cours de danse. Je portais
donc mon justaucorps et un jean. Mes cheveux étaient
toujours tirés en arrière comme nous le demandait Mme
Noelle.

– Bonjour, ai-je lancé en entrant dans le quartier général
du club.

Même si je n'avais que deux minutes de retard et que tout le monde savait que mon emploi du temps était serré à cause de mon cours de danse, j'étais nerveuse. Kristy peut se montrer assez sévère. De plus, Mallory et moi étions les plus jeunes et nouvelles, aussi valait-il mieux ne pas commettre d'erreur. Nous ne voulions pas causer de problèmes et pensions que nous devions faire nos preuves.

– Désolée, je suis en retard, me suis-je excusée.

J'ai jeté un coup d'œil **dans** la chambre. Tout le monde était à sa place : Kristy dans son fauteuil de présidente, Mary Anne, Carla et Claudia assises sur le lit, et Mallory par terre. La chambre était dans un désordre indescriptible mais Mallory m'avait fait une place à côté d'elle. La chambre de Claudia est toujours en désordre pour deux raisons : tout d'abord parce que c'est une artiste et qu'elle aime avoir sous la main toutes sortes de choses (de beaux galets, des bouchons, des morceaux de tissu, des bouts de ceci, des bouts de cela), sans parler de ses papiers, toiles et peintures. Elle ne sait jamais si elle n'en aura pas besoin pour ses collages et ses peintures. Ensuite parce que Claudia adore manger des trucs sucrés. Mais ses parents ne sont pas d'accord, alors elle cache toutes ces saletés dans sa chambre. Et parfois elle oublie où et doit fouiller partout pour les retrouver. Kristy a accepté mes excuses sans problème. Je me suis assise à côté de Mallory.

– Un biscuit ? m'a proposé Claudia.

J'ai secoué la tête.

– Non merci.

– Un cake ?

– Non merci, je préfère pas. J'aimerais bien, mais je crois que je vais attendre l'heure du dîner.

J'aime tous ces trucs autant que Claudia, mais j'essayais de ne pas trop en manger. Les danseuses doivent être musclées, agiles et en bonne forme. Et les sucreries ne sont pas conseillées.

– Bon, a dit Kristy en tapant dans ses mains. Un problème à signaler ? Quelque chose d'urgent ?

– Il ne reste presque plus d'argent dans la caisse, a annoncé Carla.

– Et pourquoi ?

– Nous en avons donné pas mal à ton frère pour te conduire et te ramener.

– C'est bientôt le jour des cotisations, a dit Kristy.

Nous versons toutes un peu d'argent de nos baby-sittings dans la caisse pour faire tourner le club. Nous l'utilisons pour payer Samuel, ou pour faire une fête et, de temps en temps, pour renouveler les jouets ou les livres de nos coffres à jouets.

C'est Kristy qui a inventé les coffres à jouets. Ce sont des boîtes pleines de jeux, de livres – certains nous ayant appartenu – ainsi que des albums de coloriage, d'activités et d'autocollants que nous emmenons parfois avec nous.

– Un seul versement ne suffira pas, a répondu Carla, préoccupée.

Kristy a alors proposé :

– Et si chacune de nous versait le double de ses cotisations juste pour cette fois ?

Nous avons protesté mais sommes tombées d'accord. Personne ne voulait donner le double, mais tout le monde le pouvait, puisqu'on gagnait de l'argent si facilement.

Le téléphone a sonné. C'est Claudia qui a répondu. Elle a noté le rendez-vous sur l'agenda.

– Rien d'autre ? a demandé Kristy.

Mallory et moi, nous nous sommes regardées. Nous avions décidé qu'il fallait que nous intervenions plus aux réunions, au moins à propos de choses qui concernaient le club. Au début, nous avions adopté un profil bas. Maintenant, nous craignions de ne pas assez participer. Je me suis étonnée moi-même. J'ai levé la main, comme un petit de l'école maternelle.

– Oui ? a fait Kristy, surprise.

(A cause de la main levée, je pense.)

– Je voulais… hum… hum !

Heureusement, le téléphone a sonné.

Mary Anne a décroché et inscrit un nouvelle garde dans l'agenda. Quand elle a eu fini, Kristy a dit :

– Oui, Jessica ?

Cette fois, j'ai essayé de parler normalement. Je pensais que le club devait connaître les progrès de Matthew, puisque chacune d'entre nous était susceptible de le garder. J'ai expliqué que Matthew et Helen se faisaient tous les deux des amis. Puis j'ai raconté ma conversation avec Helen en disant ce qu'elle ressentait en tant que grande sœur de Matthew. Enfin, j'ai posé la question :

– Y a-t-il quelqu'un qui souhaite apprendre plus de signes ?

A mon grand étonnement, ce fut un engouement général. Toutes les filles ont levé la main.

– Tous les enfants d'ici apprennent la langue des signes et on ferait mieux d'en faire autant, a déclaré Claudia. Et en tant que baby-sitters, nous devons être préparées à tout.

– Tout à fait, a ajouté Kristy qui paraissait regretter de ne pas l'avoir dit elle-même.

Aussi, entre deux appels, je leur ai montré comment se servir de l'alphabet des sourds-muets.

Je pensais que cela pouvait être utile au cas où l'une d'entre elles devrait garder les petits Braddock et, si elle ne connaissait pas un signe, elle pourrait toujours épeler. L'alphabet dactylologique (ça veut dire qu'on forme les lettres avec les doigts) est plus personnel que l'écriture, parce qu'au moins on regarde la personne à qui l'on s'adresse.

Nous en étions arrivées à la lettre J quand le téléphone a sonné. Carla a décroché, écouté, puis en couvrant le combiné, elle a dit :

– Hé, Mary Anne, c'est Logan !

Logan est l'un de nos suppléants, mais c'est aussi le petit ami de Mary Anne, vous vous souvenez ?

Mary Anne a pris le téléphone, s'est mise dans un coin face au mur et a parlé si doucement que personne ne pouvait l'entendre, même en se penchant vers elle. De temps en temps, un murmure nous parvenait, mais aucun son articulé. Lorsqu'elle a raccroché, elle s'est tournée vers nous et a dit en rougissant :

– Logan vous dit bonjour. Il aimerait prendre une leçon de langue des signes, Jessica. Juste au cas où il devrait garder les petits Braddock.

– Et qu'est-ce qu'il a dit d'autre ? l'a taquinée Claudia.

Là, Mary Anne est devenue écarlate. J'avais de la peine pour elle.

– Oh... pas grand-chose.

Puis on s'est mis à parler de nos familles. C'est ce que nous faisions parfois quand il y avait peu d'appels ou quand nous ne parlions pas des problèmes du club. Nous faisions une sorte de tour de table et racontions ce qui se passait chez nous.

– Mon frère nous a appelées de Californie, hier soir, il est toujours content d'être là-bas, nous a confié Carla.

– Tu crois qu'il va y rester ? a demandé Kristy.

– J'en suis pratiquement sûre. Lorsque les six mois se seront écoulés, les avocats et mes parents se réuniront pour discuter de cette période d'essai, mais je pense qu'il restera là-bas.

Je ne pouvais m'imaginer ma famille scindée en deux, comme celle de Carla. Que ferais-je si papa et P'tit Bout vivaient en Californie ?

– Tigrou a appris à rapporter ce qu'on lui lance comme un chien, nous a appris Mary Anne.

– Tu essaies de détourner notre attention de Logan, a dit Carla en souriant.

– Tu as tout à fait raison, a confirmé Mary Anne.

– Savez-vous ce qui se passe chez moi ? a dit Kristy. C'est difficile à croire, mais maman ne cesse de répéter qu'elle veut un bébé.

– Un bébé !

Kristy a acquiescé.

– Elle est enceinte ? demanda Claudia.

– Bien sûr que non, pour la bonne raison qu'elle ne cesse de répéter qu'elle est trop vieille. Après tout, Samuel a dix-sept ans, répondit Kristy.

– Ouais, mais quel âge a ta mère ? demanda Carla.

– Je ne sais pas. Trente-sept ans ou quelque chose comme ça.

– Alors elle peut encore avoir des enfants.

– C'est vrai ?

– Bien sûr !

– Hum !

Le téléphone a sonné.

– Hé, l'une de vous veut-elle décrocher ? nous a proposé Kristy, à Mallory et à moi.

– Bien sûr ! (Nous nous sommes ruées en même temps sur l'appareil.)

– Pas besoin d'être deux, croyez-moi ! Au début, on essayait toujours de répondre au téléphone toutes les quatre en même temps mais cela n'a jamais marché, a plaisanté Claudia.

Je suis peut-être plus agile que Mallory mais elle était assise plus près du téléphone et elle l'a atteint avant moi. Je suis retombée lourdement à ma place, déçue.

– Allô, le Club des baby-sitters, a dit Mallory d'un ton très professionnel. (Cela sonnait bien et elle le savait.) Oh, oui. Bonjour, madame Braddock... lui dire quoi... Oh, d'accord. Bien sûr. Au revoir.

Mallory a raccroché et s'est tournée vers moi, perplexe.

– C'était la mère de Matthew. Elle m'a laissé un message pour toi : « Tout est arrangé. »

– C'est vrai ? Oh, c'est formidable, vraiment formidable !

Kristy était intriguée.

– Vas-tu nous dire de quoi il s'agit ?

– Oui. Qu'est-ce qui est arrangé ? a enchaîné Mary Anne.

J'hésitais.

– Je ne peux pas vous le dire. Enfin, pas maintenant. Mais je le ferai bientôt, c'est promis.

– Comment ça, tu ne peux pas nous le dire ? s'est inquiétée Mallory.

– Je ne peux pas, c'est tout. Mais je voudrais vous poser une question. Je me demandais si vous auriez envie de me voir danser dans *Coppélia*. Toutes les danseuses ont droit à dix places gratuites pour la soirée d'ouverture, alors j'ai invité mes parents, mes grands-parents, ma sœur, et vous, les filles.

Le club était en ébullition.

– La première, le soir… Le ballet !… Aller à Stamford !

Je ne les avais jamais vues aussi excitées. J'ai pris leur réaction pour un oui.

(12)

*J'ai toujours pensé qu'il valait mieux éviter
d'aller chez le principal, quelle qu'en soit la
raison. Si on vous voit chez lui, la rumeur se
répand que vous avez de gros problèmes,
alors que vous étiez simplement venu pour
une formalité.*

Malgré tout, j'ai dû y aller le jeudi après-midi pour
demander la permission de quitter l'école une heure plus
tôt. Quand la secrétaire a lu le mot d'excuse de maman,
elle s'est extasiée.

– Oh, que c'est bien de faire ça ! C'est merveilleux, vraiment merveilleux !

Elle m'a tendu un billet de sortie, en ajoutant :

– Vous les jeunes d'aujourd'hui, vous êtes si gentils et

attentionnés. Je trouve que l'on ne vous fait pas assez confiance.

J'étais d'accord avec elle sur ce dernier point.

Cet après-midi-là, à une heure vingt-cinq, j'attendais Mme Braddock devant le collège. A une heure et demie, elle s'est arrêtée à ma hauteur et je suis montée dans la voiture.

– Prête ?

– Plus que jamais.

J'ai entrepris de répéter mon discours en langue des signes.

– Quel est le signe pour costume ?

En disant cela, je me suis rendu compte que ce n'était pas une question à poser à quelqu'un dont toute l'attention était mobilisée par la conduite.

– Je te montrerai au prochain feu.

Le trajet jusqu'à Stamford a pris un certain temps et nous avons discuté tout le long. Nous sommes passées devant des endroits que je reconnaissais : mon cours de danse, l'immeuble où travaillait papa. Enfin, on s'est arrêtées sur le parking de l'école des enfants sourds, signalée par un écriteau.

Mme Braddock m'a conduite dans un très vieux bâtiment qui ressemblait à un ancien hôtel particulier.

– L'école fonctionne comme une école ordinaire. Les enfants font des arts plastiques et du sport. La différence, c'est que les effectifs sont plus réduits ; en général, il n'y a pas plus de huit élèves par classe, du moins en primaire, et les enfants y viennent très jeunes. Matthew avait deux ans quand il a commencé. Les professeurs leur enseignent la langue des signes tout de suite. L'enseignement y est beaucoup plus intensif que dans les classes maternelles ordinaires.

Nous marchions très doucement parce que j'essayais de regarder à l'intérieur de chaque classe.

– Les plus jeunes enfants sont à cet étage, a poursuivi Mme Braddock. Matthew est tout au bout du couloir.

Nous nous sommes arrêtées devant la dernière porte.

– Voilà l'une des deux classes du cours élémentaire première année. Tous les enfants ici ont sept ans, mais ils ont différents degrés de surdité. Certains sont des sourds profonds comme Matthew ; d'autres portent des appareils auditifs. Quelques-uns peuvent parler. On s'occupe individuellement de chaque enfant. Ils connaissent tous la langue des signes, mais ceux qui parlent reçoivent aussi des cours de diction. Quelques-uns apprennent à lire sur les lèvres. Peut-être que Matthew apprendra un jour, s'il le désire.

J'ai acquiescé en essayant de regarder à l'intérieur de la classe. Elle a continué :

– Puisque certains d'entre eux entendent et que quelques-uns peuvent parler et lire sur les lèvres, essaie d'articuler tes mots lentement et suffisamment fort en même temps que tu t'exprimeras en langue des signes, d'accord ?

– D'accord.

– Eh bien, tu es prête, Jessica ?

– Je l'espère.

– Ne t'inquiète pas. Ce ne sont que des enfants de sept ans et ils adorent les visiteurs. Le professeur de Matthew et moi, nous t'aiderons si tu en as besoin.

– D'accord.

J'ai inspiré profondément et expiré lentement comme je le

faisais avant d'entrer en scène, pour une représentation. Mme Braddock a ouvert la porte et je suis entrée dans la classe de Matthew. Huit petites têtes se sont tournées avec curiosité vers nous. Une jeune femme est venue à notre rencontre.

– Bonjour, madame Braddock. Et toi, tu dois être Jessica. Je suis Mme Franck, la maîtresse de Matthew. Merci beaucoup d'être venue. Je suis contente que cela ait été possible. (Le mystérieux coup de téléphone pendant notre réunion concernait cette visite.) Les enfants sont intrigués, bien qu'ils ne sachent pas qui tu es. Je leur ai juste parlé d'une surprise. Avant de te présenter aux élèves, je voudrais juste te dire que ton idée est merveilleuse. Ce sera une grande expérience pour eux, et je voulais vraiment t'en remercier.

Je rayonnais. Que de louanges!

Les enfants me regardaient toujours avec insistance. On pourrait penser qu'une classe de huit enfants malentendants est plutôt silencieuse, mais pas du tout. Tout d'abord, ceux qui parlaient, comme l'avait dit Mme Braddock, parlaient très fort (elle m'avait dit que les enfants sourds qui parlent ne peuvent pas s'entendre et qu'ils devaient apprendre à moduler leur voix), et les autres faisaient des bruits tout en parlant en langue des signes.

Pendant que Mme Franck rassemblait les enfants assis par terre en cercle, j'ai jeté un coup d'œil rapide à la salle de classe. Celle de Matthew ressemblait à une classe ordinaire, sauf que l'on était bombardé par toutes sortes de messages visuels. La maîtresse pensait que tout ce que les enfants ne pouvaient pas apprendre en écoutant pouvait passer par la vue. Chaque centimètre de mur était couvert de panneaux montrant l'heure, l'usage de la monnaie, les couleurs, les formes, les fleurs et les animaux ainsi que leurs noms. Au-dessus du tableau était accrochée une grande banderole avec l'alphabet usuel, et en dessous l'alphabet dactylologique.

L'autre différence avec une classe ordinaire résidait dans l'équipement en appareils audio. Il y avait des tonnes d'écouteurs et de lecteurs de cassettes pour ceux qui pouvaient entendre et parler.

La mère de Matthew a pris un siège au fond de la classe tandis que la maîtresse me conduisait devant les élèves.

– Assieds-toi par terre avec eux, vous serez tous plus à l'aise, a-t-elle suggéré.

Elle s'est assise à côté de moi.

– Les enfants, a-t-elle dit en parlant fort et clairement, et en leur faisant face (de façon à ce qu'ils puissent lire sur ses lèvres), je vous présente Jessica Ramsey.

Elle signait tout en parlant et, bien sûr, elle a épelé mon nom. Matthew a quitté des yeux sa maîtresse pour me sourire. Je lui ai rendu son sourire. Mme Franck a poursuivi :

– Jessica est là parce qu'elle connaît Matthew Braddock et elle a une surprise pour vous.

J'ai alors pris la parole tout en signant. Mme Franck était près de moi au cas où j'aurais eu besoin d'aide.

– Je suis danseuse, les informai-je.

Puis j'ai épelé avec l'alphabet dactylologique le mot ballet, pour lequel je n'avais pu trouver de signe.

– J'aime danser parce qu'on peut raconter une histoire avec son corps. Je n'ai pas besoin de parler.

J'ai vu une réaction sur certains visages.

– Un ballet raconte une histoire sans un seul mot, simplement avec de la danse et de la musique. Je sais que certains d'entre vous ne peuvent pas entendre la musique, mais savez-vous que vous pouvez la ressentir ?

Les enfants ont acquiescé.

– Nous en avons parlé. Nous avons fait l'expérience des vibrations et des rythmes, à l'aide de cymbales et du piano, m'a dit la maîtresse.

– Ah, c'est bien.

Puis j'ai continué à parler et à signer en même temps :

– Mon école de danse va donner un spectacle qui s'appelle *Coppélia*. Je vais danser dans ce ballet. C'est l'histoire d'un fabricant de poupées et d'une de ses poupées. Tout le monde sera en costume (heureusement, je me suis souvenue de ce signe que Mme Braddock m'avait montré dans la voiture) et le décor sera celui d'un village.

Les enfants étaient suspendus à mes lèvres et à mes mains.

– J'aimerais beaucoup que vous veniez voir *Coppélia*. Je sais que vous ne pourrez peut-être pas tous entendre la musique, mais vous pourrez regarder les danseurs raconter l'histoire. Voulez-vous venir ?

– Oui ! oui ! ont crié les enfants qui pouvaient parler.

Les autres ont hoché la tête énergiquement. Matthew paraissait extrêmement excité. Mme Franck a pris la parole à nouveau.

– L'histoire de *Coppélia* est un peu compliquée. Aussi je vous la raconterai avant le spectacle. Quelques-uns d'entre vous auront peut-être envie de la lire.

Le garçon qui était assis à côté de Matthew a demandé en langue des signes quand le spectacle aurait lieu.

– Vendredi prochain, dans huit jours, lui ai-je répondu, avec l'aide de la maîtresse.

– Comment devrons-nous nous habiller ? a voulu savoir un autre garçon. (Tout le monde a ri.)

– Comme vous voulez, mais ce serait peut-être amusant de bien s'habiller.

La cloche a retenti, annonçant la fin de la journée, et j'ai remarqué qu'une lumière clignotait près de la porte. J'ai supposé que c'était le signal pour les enfants qui ne pouvaient pas entendre la sonnerie.

Bien que la classe soit terminée, aucun élève ne s'est levé. Il y en avait deux qui avaient encore des questions. Mme Franck a dû finalement leur demander de partir. Bientôt la classe s'est vidée et Mme Franck, Mme Braddock, Matthew et moi, nous nous sommes retrouvés seuls.

Pendant que les adultes discutaient, Matthew m'a montré son bureau et quelque chose qu'il avait fait au cours de dessin.

Puis, soudain, il m'a prise dans ses bras et m'a embrassée.

– Je t'aime, Jessica. J'ai hâte de voir le spectacle. Merci. Tu es ma meilleure amie adulte, m'a-t-il dit en langue des signes.

Au début, je ne savais pas trop comment réagir à l'enthousiasme de Matthew et à son compliment. Mais, très vite, je lui ai répondu en signant :

– Je t'aime aussi.

(13)

Mercredi

Salut, tout le monde!
La sœur et le frère de Jessica sont adorables.
Rebecca est très mignonne et P'tit Bout est craquant.
Un amour de bébé !
Pendant que Jessica était chez les Braddock,
je me suis vraiment amusée chez elle.
J'adore m'occuper des bébés! Et j'ai passé un bon
moment avec Rebecca, nous avons bien discuté.
Puis Charlotte Johanssen est venue jouer et, soudain,
j'ai compris que quelque chose se tramait. Rebecca
et Charlotte ont un secret, mais elles ne veulent pas
en dire un mot.
Que se passe-t-il ?

C'était la première fois que Kristy venait chez moi. Du moins depuis que Lucy MacDouglas était partie. Elle est arrivée après le collège pour garder ma sœur et mon frère pendant que maman allait à Stamford faire des courses.

Quand maman est partie, P'tit Bout pleurait, mais Rebecca sautait de joie. Elle aime les nouvelles baby-sitters parce qu'elle peut leur montrer toutes ses affaires.

La première chose qu'elle a montrée à Kristy, c'est sa collection de minéraux. Mais, disons-le tout de suite, sa connaissance des minéraux est assez limitée. Elle ne fait pas la différence entre du schiste argileux et du quartz. Elle ne collectionne que les pierres qui lui paraissent intéressantes.

Par exemple, elle a un galet qui est presque totalement rond avec une tache jaune au centre ; il ressemble un peu à un œuf sur le plat. Et elle a une pierre qui ressemble exactement au nez du directeur de l'école où elle va. La similitude est vraiment étonnante.

Ensuite, elle est passée aux poupées et aux animaux en peluche. Rebecca en a tellement que, lorsqu'elle dort avec, il est parfois difficile de la retrouver au milieu.

– Tu veux voir mes livres sur les chats ? a proposé Rebecca. J'ai le *Livre du chat* et…

– Da aga ! a soudain crié P'tit Bout de sa chambre.

– Oh ! C'est ton frère ! s'est exclamée Kristy.

Je suis sûre qu'elle était soulagée de ne pas avoir à regarder une autre collection.

– Viens, on va le chercher.

– Ouais !

En poussant la porte de la chambre de P'tit Bout, Kristy

et Rebecca ont humé des odeurs de bébé : le lait de toilette, les affaires de bébé et les couches mouillées.

– Oh ! Tu as besoin d'être changé, toi, a dit Kristy, en se penchant au-dessus de son lit et en mettant sa main sur sa couche-culotte.

P'tit Bout a éclaté en sanglots. Il ne s'attendait pas à voir un visage inconnu au-dessus de son lit. Il pensait voir maman, papa, Rebecca ou moi.

Rebecca a remonté le store et écarté les rideaux.

– Hé, Rebecca. Viens voir ton frère, a demandé Kristy.

Elle s'est exécutée et P'tit Bout a arrêté de pleurer.

– Ga ga ?

– Je crois qu'il veut son biberon, a traduit Rebecca.

Kristy a habillé P'tit Bout, et ils sont descendus tous les trois pour préparer son biberon.

Alors qu'ils étaient assis autour de la table (sauf P'tit Bout qui était dans sa chaise haute en train de mâchonner un petit gâteau), Rebecca a regardé Kristy en disant :

– Tu es vraiment gentille.

– Merci !

– Mais vraiment gentille, tu ne fais pas semblant.

– Mais oui, pourquoi ?

– Il y a des gens qui ne le sont pas vraiment, a affirmé Rebecca.

– Qui ça ?

– Beaucoup de gens à Stonebrook. Lorsque nous sommes arrivés ici, ou bien personne ne voulait jouer avec moi, ou bien d'autres faisaient semblant de m'aimer.

Kristy savait ce que Rebecca allait dire. J'avais raconté aux filles du Club des baby-sitters ce que c'était que d'être noir et d'essayer de s'intégrer à Stonebrook. Ça n'avait pas été facile.

– Certaines personnes ne pensaient pas vraiment ce qu'elles disaient, a poursuivi Rebecca. D'autres faisaient semblant d'être gentilles mais en fait ne l'étaient pas vraiment... Je me demande pourquoi elles se donnaient la peine de faire comme si.

– Tu sais, tout le monde a parfois du mal à s'intégrer, a dit Kristy.

– Tout le monde ?

– Tout le monde. Tu connais Matthew ? Le garçon que ta sœur garde ?

– Celui qui n'entend pas ?

– Oui. Eh bien au début, les enfants du quartier le fuyaient parce qu'il était sourd. Et, moi, l'été dernier, j'ai déménagé dans un quartier où personne ne m'aimait.

– Personne ne t'aimait, toi ? s'est étonnée ma sœur. Mais tu es parfaite. Je veux dire tu n'es pas sourde ou autre chose. Et tu es blanche.

– Mais je ne suis pas riche. Ma mère a épousé un homme très riche et nous avons déménagé, avec elle et mes frères, à l'autre bout de la ville, dans une grande propriété. Les enfants savaient tous d'où je venais et ils se moquaient de moi... Bien sûr, je n'ai pas arrangé les choses en les traitant de snobs. Mais ce que je voulais te dire, c'est que cela peut arriver à tout le monde d'être le vilain petit canard. Tu peux être la seule en jean à une soirée habillée, ou la seule Japonaise de l'école, ou la seule diabétique de ta classe, tu comprends ?

– Oui. Être injurié fait toujours du mal.

– Comme tu dis ! Mais est-ce que cela ne t'aide pas de savoir que tu n'es pas la seule dans ce cas ?

– Un petit peu.

– Je pense qu'un petit peu c'est mieux que rien, a déclaré Kristy.

– Dis, je peux inviter Charlotte ? a demandé Rebecca.

– Charlotte Johanssen ! Oui, bien sûr.

– Oh, super !

Ma sœur a couru lui téléphoner.

Charlotte est une fillette que nous gardons. Elle a exactement le même âge que Rebecca, mais elle a un an d'avance à l'école. Elle a sauté une classe l'année dernière car elle est très douée. Sa baby-sitter préférée était Lucy MacDouglas et son départ l'a beaucoup affectée. Et, au début, ça a même été très difficile pour elle de venir jouer avec Rebecca, parce que nous habitons dans l'ancienne maison de Lucy. Mais Charlotte a été la première à ne pas systématiquement éviter ou se moquer de Rebecca parce qu'elle était noire. Elle ne semblait pas le remarquer ou y attacher d'importance.

Rebecca et Charlotte s'entendaient bien jusqu'à ce que l'incident du concours de beauté de Stonebrook cimente totalement cette amitié. Rebecca avait refusé d'y participer à cause de sa peur de la scène et Charlotte, qui est d'un naturel timide, s'est cependant laissé convaincre. Quand est arrivé le jour du concours, elle s'est enfuie de la scène en larmes, et a voulu rentrer chez elle.

Cela a suffi à Rebecca pour sympathiser totalement avec elle et, à partir de ce jour, elles sont devenues inséparables.

Kristy avait parié que Charlotte mettrait moins de cinq minutes pour venir.

– Salut, Kristy! a-t-elle lancé. (Elle n'est plus timide comme avant avec les membres du club).

– Salut, Charlotte. Je suis contente que tu sois venue. Alors, les filles, qu'avez-vous l'intention de faire toutes les deux?

Elles se sont regardées, l'air interrogateur.

– Nous allons jouer aux danseuses, comme Jessica, a proposé Rebecca.

– Oui, nous allons imiter des danseuses célèbres, a ajouté Charlotte.

– Allons dans la salle de danse de Jessica, au sous-sol.

– Est-ce que Jessica est d'accord? Tu es sûre que tu as la permission d'y aller? s'est inquiétée Kristy.

– Oui. Elle nous laisse tout le temps y aller (c'était vrai). Nous devons répéter pour le grand spectacle.

– Quel grand spectacle?

– L'ouverture de *Coppernicus*, a répondu Rebecca.

– *Coppélia*? a corrigé Kristy.

– Oui, ce truc-là.

– D'accord. Faites attention aux affaires de Jessica. P'tit Bout et moi allons jouer là-haut.

– D'accord!

Rebecca et Charlotte ont couru au sous-sol.

Kristy a regardé P'tit Bout, qui s'était tout sali.

Il avait une moustache, et du biscuit collé partout, sur son visage, ses cheveux, ses mains, et sur le plateau de sa chaise haute.

Il lui a fallu pas mal de temps pour tout nettoyer, et

quand elle a eu fini, elle s'est rendu compte que la couche du bébé était encore mouillée.

« Comment font les parents ? s'est-elle demandé. Comment font-ils pour s'occuper d'une maison, des enfants et aller travailler ? » Cela lui semblait impossible. Elle a préféré ne plus y penser avant au moins quelques années. Peut-être que lorsqu'elle aurait elle-même des enfants, les couches se mettraient toutes seules ou quelque chose comme ça.

Quand P'tit Bout a été propre et sec, elle est descendue avec lui dans le salon. Elle s'apprêtait à lui montrer des albums quand elle a décidé d'aller voir ce que faisaient les filles en bas. Elle n'entendait aucun bruit venant du sous-sol, ce qui l'inquiétait.

Du haut de l'escalier, Kristy distinguait des murmures, mais rien de plus. Que pouvaient-elles bien faire ?

– Rebecca, Charlotte ?

Elle les a trouvées assises sur un des tapis de Jessica.

– Qu'est-il arrivé aux célèbres danseuses ?

Ma sœur a souri mais n'a pas répondu à la question.

– Nous savons un secret !

– Oh ! Qu'est-ce que c'est ?

– On ne peut pas te le dire.

Kristy était intriguée.

– On ne peut pas encore, a précisé Charlotte.

– Vous voulez dire que je le saurai plus tard ?

– Oui.

– Quand ?

– On ne peut pas te le dire non plus.

Rebecca et Charlotte se souriaient.

– Mais c'est un joli secret, a ajouté ma sœur.

Kristy s'est souvenue du mystérieux appel que j'avais reçu de Mme Braddock. Quelque chose se préparait. Elle en était sûre. Mais quoi ? Kristy Parker n'aimait pas beaucoup être tenue à l'écart.

Le soir de la première ! Seigneur ! Je n'arrive pas à le croire ! La soirée d'ouverture d'un spectacle auquel on participe est l'instant le plus excitant, mais aussi le plus terrifiant.

C'est bien pire même qu'une audition. C'est alors que l'on se rend compte si les efforts ont été payants, et si l'on a assez travaillé. Et c'est la première fois que l'on interprète un nouveau rôle devant une salle pleine. J'étais assez tendue, mais pas trop. J'avais déjà connu des premières et j'espérais en connaître d'autres. Mais cette soirée serait particulière et différente de toutes les autres. Tout cela grâce à Mme Braddock, Mme Noelle et Mme Franck. En effet, Matthew et sa classe seraient dans le public. C'était une partie du secret que Rebecca avait confié à Charlotte.

J'avais gardé le secret aussi longtemps que j'avais pu. Je l'avais caché aux filles du club (même à Mallory) jusqu'à l'avant-veille de la soirée d'ouverture. Kristy avait annulé la réunion du club du vendredi après-midi, afin que chacune d'entre nous puisse se rendre à Stamford.

Les filles s'étaient montrées très emballées quand je leur avais annoncé cette nouvelle.

– Tu as fait ça pour Matthew ? avait dit Mary Anne avec un sourire inquiet.

– Tu as tout organisé ? avait ajouté Kristy.

Je hochai la tête.

Tout le monde paraissait impressionné.

Je me sentais flattée.

Le grand jour était arrivé. Comme promis, j'avais offert mes places gratuites à maman, papa, Rebecca, à mon grand-père et à ma grand-mère (venus spécialement du New Jersey) ainsi qu'à Kristy, Carla, Mary Anne, Claudia et Mallory.

Devinez qui gardait P'tit Bout ? Logan Rinaldi, le petit ami de Mary Anne, un de nos suppléants.

Il y avait aussi quelqu'un d'important dans le public, c'était M. Braddock, le père de Matthew. Où étaient Mme Braddock et Helen ? Cela faisait partie du secret. Le spectacle devait commencer à huit heures ; il était huit heures moins dix. J'avais la gorge serrée et l'estomac noué. Dans ce ballet, lorsque le rideau se lève, Coppélia est déjà sur scène. Le docteur Coppélius l'a assise sur le balcon de son atelier. Swanilda, c'est-à-dire moi, est en fait la première à entrer en scène.

Mais ce soir, et seulement ce soir, je serais sur scène avant le lever du rideau. Il était maintenant huit heures moins cinq. J'étais coiffée, habillée, maquillée, et échauffée.

Cinq minutes ont passé.

– Prête ?

Une main s'est posée sur mon épaule. J'ai sursauté.

– Excusez-moi, mais c'est l'heure, la salle est comble. Oh, et vos amis, les enfants sourds, sont assis au quatrième rang, au centre, à de très bonnes places, m'a annoncé Mme Noelle.

– Oh, merci, mille fois merci, madame. C'est merveilleux !

– Prête ?

– Oui.

– Alors, allons-y.

Le public était plutôt bruyant. On les entendait discuter, froisser leurs programmes et ouvrir des paquets de bonbons. Tout à coup, le silence s'est fait. Je savais que les lumières de la salle s'étaient éteintes. Mais la scène était toujours éclairée, et le rideau restait baissé.

– Jessica ?

C'était Mme Braddock. Elle est apparue à mes côtés accompagnée d'Helen. Elles étaient toutes deux bien habillées et très nerveuses.

– Allez, on y va, ai-je dit en serrant la main d'Helen.

Je suis entrée en scène la première. Helen et sa mère me suivaient ; arrivées au milieu de la scène, nous nous sommes arrêtées et avons fait face au public.

– Bonsoir, ai-je commencé tandis que Mme Braddock faisait les signes correspondants. Le spectacle que nous allons vous présenter ce soir est très particulier. Nous avons en effet dans le public huit élèves de l'école spécialisée pour enfants sourds et malentendants de Stamford.

Mme Braddock traduisait.

– Voici Carolyn Braddock, la mère d'un de ces petits élèves, et sa sœur, Helen. Afin que ces enfants puissent profiter au maximum du spectacle, Helen va raconter l'histoire avant chaque acte et sa mère traduira dans la langue des signes. Ce n'est pas la présentation classique de *Coppélia*, mais nous espérons que vous l'apprécierez quand même. Je vous remercie.

J'ai quitté la scène pour préparer ma véritable entrée et, derrière moi, j'entendais la petite voix craintive d'Helen.

– Plus fort, ai-je soufflé des coulisses.

Helen a élevé la voix. Sa mère traduisait. Le public était captivé. Ensuite, je savais que le rideau se lèverait. Le spectacle allait vraiment commencer.

On aurait pu penser que je serais impressionnée de danser devant ma famille, Matthew et toute sa classe. Mais non. Quand je suis sur scène, je « suis » la danse. Je suis les pas, les tours et les sauts. Je suis Swanilda qui raconte l'histoire. Pour moi, c'est la seule façon de mener un spectacle.

Dans les coulisses, entre deux actes, je tournais en rond nerveusement.

– C'est bien. C'est du beau travail, m'a félicitée Mme Noelle plusieurs fois.

Katie, qui a entendu son compliment, a même ajouté :

– C'est vrai. Tu es parfaite dans le rôle de Swanilda.

J'ai souri et l'ai remerciée.

Mais en aucune façon, Swanilda n'aurait pu être noire, donc je n'étais pas parfaite, cependant, je savais que le spectacle était beau. Après tout, nous avions tant répété que cela portait ses fruits.

– Tu sais quoi ? m'a demandé Katie.

– Quoi ?

– Adèle est ici ce soir. Elle est dans le public. J'ai dit à mes parents que c'était un spectacle spécial, aussi nous lui avons demandé de venir pour le week-end.

– Mais c'est formidable, donc elle peut profiter aussi de notre traduction ! me suis-je écriée.

– Je crois qu'elle aimerait te voir après le spectacle. Elle t'aime beaucoup. A cause de ce soir et de tout le reste.

– J'aimerais la voir aussi. Peut-être pourrait-elle rencontrer Matthew ?

– Tu sais, je me suis mise à l'apprentissage de la langue des signes, m'a informée Katie. Il y a un cours à l'école de Matthew. Je l'ai découvert moi-même. Maman et papa n'y vont pas, mais moi, j'ai commencé quand même. Adèle est mon unique sœur. Elle n'est pas souvent là, mais quand elle vient, ce serait tellement bien si on pouvait se parler comme de vraies sœurs.

– C'est formidable, si tu as besoin d'aide, dis-le moi. Mais peut-être que je viendrai aussi au cours, j'apprendrai plus vite.

– C'est le lundi, m'a appris Katie.

– Oh, c'est dommage. Je garde des enfants le lundi. En tout cas, je suis contente que tu apprennes la langue des signes.

L'acte II s'est terminé et j'ai entendu Helen dire de l'autre côté du rideau, d'une voix maintenant plus assurée :

– L'acte III est la dernière partie du spectacle. Vous verrez les danseurs sur la place du village. Franz et Swanilda sont redevenus raisonnables et décident de se marier. Ils vont voir le maire pour leurs dots. (Je me demandais comment Mme Braddock se débrouillait pour traduire tout cela.) Mais alors le docteur Coppélius arrive sur la place du village, fort mécontent. Il accuse Franz et Swanilda d'avoir détruit Coppélia, qui était le chef-d'œuvre de sa vie. Comme ils ont vraiment détruit la poupée, Swanilda donne l'argent de sa dot au docteur Coppélius pour le dédommager. Il est content et s'en va. Franz et Swanilda se marient. Et j'imagine qu'ils furent heureux et eurent beaucoup d'enfants.

J'ai souri. Helen avait rajouté cette dernière phrase d'elle-même.

Helen et sa mère ont quitté la scène et le rideau s'est levé. Je suis redevenue Swanilda. Il est difficile de décrire ce que je ressens quand je suis sur scène. Mais je crois que, même si une bombe était tombée et avait explosé au milieu du théâtre, je serais restée Swanilda, en train de danser.

Quand le rideau s'est baissé, je ne pouvais pas croire que c'était la fin. J'avais l'impression que le temps s'était arrêté depuis l'entrée sur scène avec Mme Braddock et Helen. J'avais déjà fini de raconter l'histoire de Swanilda.

Le public a applaudi avec enthousiasme.

Les danseurs se sont pris par la main et se sont alignés. Quand le rideau s'est levé, nous nous sommes avancés et nous avons salué.

Le public a applaudi de plus belle.

Christopher Gerber (qui dansait le rôle de Franz) et moi, nous nous sommes détachés des autres et avancés pour saluer. Alors que nous nous relevions, j'ai vu une silhouette monter sur la scène.

C'était Matthew, il tenait un énorme bouquet de roses. Il s'est avancé timidement sur la scène et me les a tendues. Puis il a dit en langue des signes :

– Nous te remercions tous.

J'ai traduit pour lui. Puis, tenant les roses d'une main, j'ai répondu en signant :

– Je t'en prie. C'est la plus belle soirée de ma vie.

Matthew a répondu :

– Pour moi aussi.

A ces derniers mots, le public s'est mis à rire gentiment. Enfin, certains riaient, j'en entendais qui reniflaient et j'ai même vu une femme au premier rang plonger la main dans son sac pour en sortir un mouchoir en papier.

Matthew a quitté la scène, et Christopher et moi, nous avons reculé pour nous remettre dans le rang. Une autre silhouette aux cheveux blonds est apparue, et est montée sur scène. Elle portait aussi des fleurs, un bouquet plus petit, et avançait encore plus timidement que Matthew.

C'était Adèle.

Elle s'est arrêtée en face de Katie et lui a tendu les fleurs. Katie a fixé sa sœur un moment et elles ont éclaté en sanglots. « Oh, non ! » ai-je pensé. Mais elles se sont reprises très vite. Et Katie a dit les mots que j'avais espéré qu'elle prononcerait :

– C'est ma sœur, Adèle n'entend pas non plus.

J'ai tendu mes fleurs à Christopher, me suis vite approchée de Katie et j'ai traduit. C'était un peu pour Matthew et ses amis, mais surtout pour qu'Adèle comprenne ce que sa sœur avait dit.

Cela a provoqué d'autres sanglots.

J'ai regardé le public et demandé en accompagnant mes paroles des gestes correspondants :

– D'autres fleurs ?

Tout le monde s'est mis à rire et le rideau est tombé. Les applaudissements ont résonné longtemps à mes oreilles. Le spectacle avait été un succès.

(15)

La troupe a quitté la scène pour se changer et se démaquiller. Nous étions transportés de joie. Le spectacle était une réussite, mais nous étions aussi épuisés.

Je suis restée derrière la scène avec Katie et Adèle.

– Je suis vraiment contente que tu sois venue, d'autant plus que je ne savais pas que tu serais là, ai-je dit à Adèle.

Katie a souri à sa sœur.

– C'était une surprise ! Je voulais vous voir danser, m'a répondu Adèle en langue des signes.

J'ai traduit tout ça pour Katie, afin d'être sûre qu'elle comprenne.

– Tu ne m'avais jamais demandé de venir à un spectacle avant, a poursuivi Adèle d'un air triste. Je croyais que tu ne voulais pas que tes amies me connaissent. Tu n'avais jamais essayé de parler par signes avant que tu rencontres Jessica.

Quand je lui ai traduit ce qu'Adèle venait de dire, Katie a fondu en larmes. Les deux sœurs se sont remises à pleurer. Avant de les laisser seules, j'ai dit à Katie :

– Annonce-lui que tu prends des cours. Tu verras comme cela lui fera plaisir.

Pendant cinq minutes, j'ai eu la paix dans les vestiaires. Je venais à peine de remettre mon jean et mon sweat-shirt que tout le monde arrivait dans les coulisses.

– Alors, chérie ?

C'était maman.

– Alors, trésor ?

C'était papa.

– Jessica ! Jessica ! répétait Rebecca.

– Ah, Jessi !... Félicitations..., ont entonné à leur tour grand-père, grand-mère, les Braddock, Helen, Kristy, Claudia, Carla et Mary Anne. Matthew aussi était parmi eux.

Il a signé « félicitations ».

– Jessica, je suis tellement impressionnée ! s'est écriée Mallory.

Tout le monde m'entourait, mais mon amie s'est frayé un chemin jusqu'à moi pour me prendre dans ses bras.

– Tu ne peux pas savoir à quel point je suis heureuse que tu sois ma meilleure amie ! Pas seulement à cause de ce qui s'est passé aujourd'hui, tu étais déjà ma meilleure amie, mais parce que maintenant tu es aussi une étoile. C'est étonnant, je n'arrive pas à le croire.

J'ai souri.

– Merci…

Je ne savais pas quoi ajouter même si, au fond de moi, j'avais des milliers de choses à dire. Je pense parfois que j'aime danser parce qu'il m'est plus facile de m'exprimer avec mon corps qu'avec des mots.

Tout à coup, j'ai entendu une voix familière.

– Bonjour, Jessica.

Je devais rêver. Vraiment. Et si toute cette soirée n'avait été qu'un rêve, j'étais sur le point de le croire…

C'était la voix de Keisha.

J'ai tourné la tête lentement, au cas où tout cela n'aurait pas vraiment existé.

– Je n'arrive pas à le croire. Je suis en train de rêver ! ai-je murmuré.

Keisha a secoué la tête doucement puis a lancé un coup d'œil à Mallory dont je tenais encore la main. Cet horrible sentiment de culpabilité que je connaissais bien m'a alors envahi.

Keisha allait-elle penser que je l'avais trahie ? J'ai lâché la main de Mallory.

– Je suis venue avec grand-père et grand-mère, a dit Keisha, tes parents m'ont envoyé une place.

– As-tu aimé le ballet ? ai-je demandé.

– C'était merveilleux. Tes spectacles sont toujours magnifiques.

– Oh, Keisha, ai-je dit.

Je l'ai serrée dans mes bras et nous avons fondu en larmes, tout comme Katie et Adèle un peu plus tôt.

Une fois le calme revenu, j'ai remarqué que ma famille souriait. Depuis combien de temps gardaient-ils le secret de la visite de Keisha ? Je comprenais soudain qu'il y avait eu pas mal de secrets dans cette histoire : celui de la venue de Matthew et de sa classe au théâtre, celui du travail de préparation de Mme Braddock et d'Helen, celui de Katie et de ses cours de langue des signes et, bien sûr, la présence de Keisha.

Keisha, Mallory et moi, nous étions embarrassées.

– Tu es la cousine de Jessica ? a demandé Mallory.

– Oh ! me suis-je exclamée. Pardon, je ne vous ai pas présentées. Mallory, voici Keisha, ma cousine.

– C'est elle qui est née le même jour que toi ?

J'ai acquiescé.

– Et Keisha, voici Mallory, c'est...

J'ai hésité. Comment expliquer à Keisha que Mallory était ma nouvelle meilleure amie ?

Mallory a sauvé la situation.

– J'ai beaucoup entendu parler de toi, Keisha. Jessica et moi, nous avons des milliers de choses en commun, mais nous ne sommes pas nées le même jour. Ce n'est vraiment pas banal. J'aurais aimé avoir une cousine qui soit aussi ma meilleure amie.

Keisha rayonnait.

« Oh, merci, merci, Mallory », ai-je pensé, en espérant pouvoir un jour lui rendre la pareille.

– Hé ! regarde qui est là, a annoncé Mallory.

Matthew nous avait rejointes. Il m'a fait comprendre qu'il avait aimé le spectacle ainsi que ses amis. Mais il voulait savoir pourquoi les hommes portaient des collants.

J'ai traduit à Mallory et Keisha, qui ont fait des efforts pour ne pas rire. J'ai essayé de donner des explications sur les costumes de danse, mais ce n'était pas facile.

– Chérie, il faut y aller. N'aimerais-tu pas fêter cela quelque part ? a demandé ma mère.

– Chez un glacier ?

Maman s'est mise à rire.

– Ou dans un restaurant.

– Super ! me suis-je écriée même si j'avais une préférence pour les glaces. On y va tous ?

– Oui, si tes amies appellent leurs parents pour leur dire qu'elles rentreront plus tard.

– Il y a une cabine téléphonique dans l'entrée, ai-je ajouté.

Mes amies sont parties téléphoner en cherchant l'argent dans leur porte-monnaie.

Je mettais mon manteau quand Katie et Adèle se sont dirigées vers moi. Je leur ai présenté Keisha en traduisant pour Adèle. De loin, j'ai vu Matthew qui nous regardait. Il s'est soudain précipité vers Adèle quand il l'a vue s'exprimer en langues des signes. Puis ils se mirent à « discuter ». Ils étaient si rapides que je n'arrivais pas à les suivre.

– Et moi qui pensais que je devenais bonne ! Quand je vois combien ils sont à l'aise avec ce langage, je me rends compte que j'en suis encore loin, ai-je dit à Katie.

Elle a approuvé.

– Et moi, j'ai l'impression d'avoir encore beaucoup à apprendre pour te rattraper... Au fait, écoute, je voulais, hum... je voulais te dire quelque chose, a-t-elle murmuré.

J'ai jeté un coup d'œil à Keisha, qui avait compris.

– Je ferais bien d'aller mettre mon manteau. A tout à l'heure, m'a-t-elle dit en se sauvant.

– Que voulais-tu me dire, Katie ? ai-je demandé.

– Tu as été... tu as été très bien, Jessica, ce soir. Vraiment excellente. Je sais que Mme Noelle a fait le bon choix en te donnant le rôle de Swanilda. Mais j'étais jalouse et j'ai bien dû admettre que tout le monde ne peut pas avoir le premier rôle.

– Si c'était le cas, ai-je répondu en riant, il ne pourrait pas y avoir d'histoire avec des héros. Il y aurait sur scène des tas de Swanilda et de Franz ou autres.

Katie s'est mise à rire à son tour.

– Tu sais, cela va paraître un peu bêbête, mais quand j'ai répété le rôle de Swanilda, une partie de moi était vraiment heureuse et l'autre se sentait coupable.

– Pourquoi coupable ? a demandé Katie.

– Parce que, puisque j'avais le rôle, personne d'autre ne pouvait l'avoir. Cela me mettait mal à l'aise. C'est curieux, non ?

– Je trouve que c'est touchant. Bêbête, peut-être, mais touchant.

Katie et moi, nous nous sommes mises à rire.

Puis quelqu'un l'a appelée.

– Oh, c'est ma mère ! Adèle et moi, nous devons partir.

– D'accord, ai-je répondu, pendant que Katie allait chercher sa sœur.

Adèle et Matthew se sont fait au revoir de la main. Puis ma mère m'a appelée :

– Jessica, allons-y, tout le monde est prêt.

Maman, papa, Rebecca, grand-père, grand-mère, Keisha, Mallory, Kristy, Carla, Mary Anne, Claudia, M. et Mme Braddock, Matthew, Helen et moi, nous sommes montés dans trois voitures. Celles des Braddock, de maman et de papa. Nous sommes allés chez *Charley*, une espèce de compromis entre un glacier et un restaurant. Les adultes nous ont dit que nous pouvions prendre ce que nous voulions.

– Bon d'accord, a fait Helen.

– Moi aussi, a lancé Claudia, l'accro des trucs sucrés. Je prendrais bien un banana split.

Comme nous étions seize, nous avons dû prendre deux tables. Nous avons réparti dix enfants à une table et six adultes à une autre. J'adore être au restaurant sans être assise avec les grandes personnes. Lorsque le serveur a apporté les menus, les enfants ont regardé le plat du jour pendant trente secondes et ont tourné la page pour se pencher sur les desserts.

Claudia a parcouru du doigt la colonne.

– Mmm… Un banana split.

J'ai mis du temps à choisir quelque chose. Quand je danse, je fais attention à ce que je mange. J'avais envie d'un gâteau aux cerises, mais j'ai commandé une salade de fruits, avec un peu de crème Chantilly quand même.

– Quel repas! s'est écriée Kristy quand on nous a servis. C'est vraiment une grande soirée. Je n'étais pas vraiment sûre d'aimer les ballets, mais en fait, si. J'ai surtout aimé te voir danser, Jessica.

– Merci, lui ai-je dit.

Claudia a entrepris d'écraser son dessert. Elle aime tout mélanger avant de manger.

– Claudia, tu es écœurante, s'est indignée Mary Anne.

Elle a lancé un coup d'œil à Matthew.

– Est-ce qu'il existe un signe pour écœurant? a-t-elle demandé.

– Il y en a un pour atroce, ai-je dit.

– Et un pour dégoûtant, a ajouté Helen.

Elle a fait le signe, en regardant Matthew comme si elle allait se mettre à vomir. Il l'a regardée, l'air un peu inquiet. Helen a ri, puis a essayé d'expliquer à Matthew de quoi nous parlions. Il a secoué simplement la tête. Il nous a regardées toutes avec nos gâteaux, nos glaces et nos desserts. Puis il a couvert son cœur de ses mains. Il voulait signifier qu'il était heureux, très heureux.

Le défi de KRISTY

Pour David Holmes

– Kristy ! Emily a recommencé !
– Quoi ? Qu'est-ce qu'elle a fait ? ai-je demandé.
David Michael, mon frère, hurlait depuis le
salon où il était en train de regarder la télévi-
sion avec Emily, notre sœur.

J'étais dans la cuisine pour leur préparer un goûter : un sandwich pour David Michael et un biberon de lait pour Emily.

– Elle a pris la télécommande et puis elle n'arrête pas de changer de chaîne. Moi, j'ai envie de regarder *L'Homme-gorille.*

– Eh bien, tu n'as qu'à mettre la télécommande en hauteur. Comme ça, elle ne pourra pas l'attraper.

Je vissais la tétine sur le biberon quand j'ai entendu un

cri perçant. C'était Emily. Quand on a l'habitude des enfants, comme moi, on apprend très vite à reconnaître les cris de chacun.

– Qu'est-ce qui ne va pas, encore ? ai-je demandé en entrant dans la pièce, le biberon dans une main et le sandwich dans l'autre.

Emily pleurait en sautillant sur place. En fait, elle ne sautait pas vraiment puisque ses pieds ne décollaient pas du sol. Elle pliait les genoux et les tendait à toute allure. Elle était rouge comme une tomate et hurlait sans s'arrêter :

– Wah-ah-ah-ah-ah-ah-ah !

David Michael avait l'air énervé.

– J'ai fait exactement ce que tu m'as dit. J'ai posé la télécommande là-dessus (il m'a montré du doigt une étagère), et Emily s'est mise à pleurer.

– Bon, ne t'inquiète pas, tu as bien fait. Tiens, voilà ton goûter, lui ai-je dit en lui tendant la moitié d'un sandwich. Mange ça pendant que je calme Emily.

J'ai vraiment une famille incroyable. J'adore faire du baby-sitting pour mes petits frères et sœurs (ils sont quatre en tout – je vais vous donner plus de détails dans une minute), mais parfois c'est un peu la panique.

David Michael était assis à l'autre bout du canapé dans la salle de télé. Il mangeait son sandwich en regardant *L'Homme-gorille* et en me jetant de temps en temps un regard contrarié.

En attendant, j'essayais de calmer Emily. Je me suis assise dans le fauteuil, je l'ai installée sur mes genoux et je lui ai expliqué que la télécommande était faite pour les grands qui savaient à quoi servaient les différents boutons.

J'ai essayé de lui faire comprendre qu'il fallait demander leur avis aux autres avant de changer de chaîne. Je lui ai expliqué pourquoi plutôt que de lui dire qu'elle avait été méchante. Avec les enfants – et pas seulement, d'ailleurs – il vaut mieux dire ce qu'il faut faire plutôt que ce qu'il ne faut pas faire. De plus, les petits sont sensibles et je ne voulais pas faire de peine à Emily.

Enfin, mon petit discours était certainement inutile. Emily est notre sœur adoptive. Elle a deux ans et elle est née au Vietnam. Elle ne parle pas beaucoup et elle commence à peine à comprendre l'anglais.

Je vous avais bien dit que j'avais une famille incroyable. Il y a maman, mon beau-père Jim Lelland, mes grands frères Samuel et Charlie qui ont respectivement dix-sept et quinze ans, David Michael (il a sept ans), Emily, Karen et Andrew. Karen et Andrew sont les enfants que Jim a eus de son premier mariage (Karen a sept ans et Andrew presque cinq). Il y a aussi Mamie, la mère de maman et donc ma grand-mère. Elle a emménagé chez nous à la suite de l'adoption d'Emily. Le mari de Mamie est mort il y a quelque temps déjà, et elle en avait assez de vivre seule. En plus, vu que maman et Jim travaillent tous les deux, nous avions besoin d'aide pour nous occuper d'Emily.

Comme vous pouvez l'imaginer, il nous a fallu une grande maison pour loger tout ce petit monde. Heureusement, il se trouve que Jim est millionnaire. Je ne plaisante pas. Il est vraiment millionnaire. Ainsi, quand maman l'a épousé, nous avons quitté notre maison et changé de quartier pour emménager dans son immense villa à l'autre bout de la ville.

La maison est tellement grande que nous avons chacun notre chambre, même Karen et Andrew qui ne viennent qu'un week-end sur deux.

Qu'est-il arrivé à mon vrai père ? Il nous a abandonnés ma mère, mes frères et moi peu après la naissance de David Michael. Et depuis, il nous donne rarement de ses nouvelles. Il oublie régulièrement nos anniversaires. Il lui arrive d'oublier de nous envoyer des cadeaux de Noël, ou même juste une carte de vœux. Tout ce que je sais, c'est qu'il vit à présent quelque part en Californie. Du moins, c'est là qu'il était la dernière fois qu'il a daigné nous appeler. Nous vivons à Stonebrook dans le Connecticut, ainsi mon père a mis entre nous le plus de distance possible sans quitter le continent américain.

Oh ! J'ai failli oublier ! Moi, je m'appelle Kristy Parker, j'ai treize ans et je suis en quatrième. Et dans la famille Parker-Lelland, il y a encore Louisa, la petite chienne de David Michael (c'est un berger bernois), et Boo-Boo, le chat de Jim. A part lui, personne n'aime vraiment Boo-Boo. Il est vieux, gros et grincheux. Si vous ne faites pas attention, il peut vous griffer ou vous mordre. Mais, allez savoir pourquoi, il s'entend bien avec Louisa.

Cet après-midi-là, je gardais David Michael et Emily parce que les autres membres de la famille étaient occupés. Maman et Jim étaient au travail, Charlie et Samuel étaient au gymnase, et Mamie s'entraînait au bowling. C'est un des trucs que j'adore chez Mamie. On ne dirait pas du tout une grand-mère. Ses cheveux sont à peine gris, elle a de l'énergie à revendre et elle est toujours en vadrouille – au bowling, chez ses amis ou je ne sais où encore. Elle conduit un vieux tas de ferraille qu'elle a peint en rose et surnommé le Tacot rose. Tout récemment, elle a attaché une fausse queue à l'arrière de sa voiture pour faire comme si un chat était coincé dans le coffre. (Du coup, Charlie et Samuel ont toujours un peu honte d'être vus dans le Tacot rose.)

Une fois que David Michael et Emily se sont calmés et ont recommencé à jouer tranquillement, j'ai jeté un coup d'œil à ma montre. Il était presque cinq heures. Mamie allait bientôt être de retour, suivie de près par Charlie et Samuel. Samuel a acheté une voiture d'occasion il y a peu de temps, il la prend pour aller au lycée avec Charlie. Ils s'y croient vraiment tous les deux.

Soudain, j'ai entendu Emily courir pieds nus à travers la maison en criant :

– Mamie ! Mamie !

(« Mamie » est un mot facile à prononcer.)

Ça, c'était sûr, Mamie était de retour. Le Tacot rose trônait dans l'allée. Cinq minutes plus tard, une autre voiture s'est garée juste derrière et Charlie a déboulé en courant.

– Salut ! Je suis de retour ! Kristy, Samuel t'attend pour te conduire à la réunion de ton club.

– D'accord ! Au revoir tout le monde ! ai-je lancé en partant.

Il était temps que la relève arrive. Mamie allait commencer à préparer le dîner et Charlie s'occuperait de surveiller Emily et David Michael.

J'ai filé en vitesse et je suis montée dans la voiture de Samuel. Elle est aussi délabrée que celle de Mamie. Elle n'est certes pas peinte en rose mais il y a une paire de lunettes de soleil qui pendouille au rétroviseur intérieur et une pancarte jaune collée sur le pare-brise arrière. Samuel a écrit sur un grand morceau de carton : « Baby-sitter à bord », parce qu'il me conduit plusieurs fois par semaine au Club des baby-sitters dont je suis la présidente. Comme la chambre de Claudia Koshi est le quartier général du club et que nous habitons maintenant à l'autre bout de la ville, j'ai besoin de lui pour m'y emmener.

Samuel s'est arrêté juste devant la maison des Koshi. J'ai sauté de la voiture et je suis montée directement dans la chambre de Claudia. Aucun membre du Club des baby-sitters ne prend plus la peine de sonner à la porte des Koshi, à force. Cela ne me dérange pas de faire irruption dans la maison de mon amie sans prévenir parce que j'ai longtemps habité en face de chez elle avant d'emménager chez Jim.

– Salut tout le monde ! ai-je dit en entrant dans la chambre de Claudia.

« Tout le monde », c'était Carla Schafer et Claudia. (Carla fait aussi partie du club.) Elles étaient en train de regarder par la fenêtre.

– Que se passe-t-il ? ai-je demandé en les rejoignant.

– Mes nouveaux voisins sont en train d'emménager, m'a répondu Claudia.

– Ah oui, dans l'ancienne maison de Mary Anne.

Mary Anne Cook est aussi membre du Club des baby-sitters, et elle a longtemps été ma voisine. Elle aussi a déménagé récemment. Mon ancienne maison a été rachetée par les Perkins, une famille très gentille. Maintenant, c'était au tour de la maison de Mary Anne d'être rachetée.

– Ah oui, je les ai vus quand Charlie m'a déposée. Ils ont des enfants?

– Un peu qu'ils en ont! s'est exclamée Claudia. On a repéré quatre garçons! L'aîné a l'air d'avoir onze ou douze ans et il est plutôt mignon.

– Et encore, elle ne t'a pas dit le meilleur! a continué Carla, complètement surexcitée. Devine quoi? Ils sont australiens!

– Australiens?

– Oui, ils viennent d'Australie.

– Tu veux dire comme Crocodile Dundee? ai-je demandé, fascinée.

– Ouais, en plus, ils ont un accent génial.

– Mais comment avez-vous pu entendre leur accent?

– Carla est arrivée en avance alors que les garçons étaient dehors en train de discuter et elle les a entendus. Elle est montée et c'est là que nous avons commencé à les regarder décharger leurs affaires du camion et...

Carla lui a coupé la parole pour ajouter d'un air perplexe:

– Je me demande comment ils s'y sont pris pour faire venir leurs affaires de l'autre bout du monde. Est-ce qu'ils les ont fait transporter par bateau, puis par camion, ou bien...

Maintenant c'était à moi de l'interrompre. J'étais aussi en train d'observer les Australiens quand quelque chose a détourné mon attention: une femme à la mine fatiguée descendait la rue dans notre direction en traînant par la main une petite fille qui devait avoir sept, peut-être huit ans. Et quand je dis que la femme la traînait, c'est qu'elle la traînait vraiment. La petite suivait quelques pas derrière et on aurait dit qu'elle ne voulait pas marcher ni même donner la main à quelqu'un. Elle avait l'air un peu... bizarre. Elle se tenait de façon étrange, la tête penchée d'un côté, et elle marchait à petits pas rapides, saccadés, en agitant sa main libre devant son visage.

– Regardez, cette femme et cette petite fille, elles sont nouvelles aussi ?

– Non, m'a répondu Claudia, un peu surprise. Tu ne te rappelles pas les Felder ? Ils habitent au coin de la rue.

J'ai réfléchi une minute. Je me souvenais vaguement d'un certain M. Felder et d'une certaine Mme Felder, mais pas d'une petite fille.

– C'est leur fille ?

– Oui, c'est Susan. **Elle** était interne dans une école spécialisée, mais je suppose qu'elle vit avec eux maintenant. Ce doit être pour ça que tu ne te souviens pas d'elle, elle n'était pas souvent là. Les Felder n'ont pas d'autre enfant.

– Oh..., ai-je fait d'un air pensif.

J'ai regardé Susan et sa mère tourner au coin de la rue, puis je me suis remise à observer les Australiens. Carla et Claudia aussi. Nous sommes restées à notre poste d'espionnage jusqu'à l'arrivée des autres membres du club. Il était temps de commencer une nouvelle réunion du Club des baby-sitters. J'ai parcouru l'assemblée du regard : nous étions prêtes.

*J'ai beaucoup de chance. Non seulement
j'ai une famille super, mais j'ai également
le plus chouette groupe d'amies qu'on puisse
imaginer.*

Il y a sept personnes au sein du Club des baby-sitters :
Mary Anne Cook, Claudia Koshi, Lucy MacDouglas, Carla
Schafer, Jessica Ramsey, Mallory Pike, et moi-même. (Il y a
deux autres personnes qui sont presque comme des membres du club mais qui ne participent en général pas aux
réunions, ce sont Logan Rinaldi et Louisa Kilbourne. Je
vous en dirai plus sur eux par la suite.)

Ma meilleure amie dans le club est Mary Anne Cook.
Pendant très longtemps, Mary Anne a vécu dans la maison
juste à côté de la mienne, et Claudia en face de chez nous.

Et comme nous avons toutes le même âge, et que nous habitions le même quartier, nous avons grandi ensemble. Même si, depuis, j'ai emménagé dans un autre quartier, et Mary Anne aussi, nous sommes restées amies.

En tout cas, si nous sommes les meilleures amies du monde, cela n'empêche pas que Mary Anne et moi, nous sommes très différentes l'une de l'autre.

Par exemple, j'ai horreur de l'admettre mais il faut bien dire que j'ai la langue bien pendue... et cela m'attire des ennuis plus souvent que je ne le voudrais. Je ne fais jamais exprès d'être dure ou blessante mais dès que j'ai un truc en tête, je ne peux pas m'empêcher de le dire illico. Je suis comme ça. Je suis aussi un peu «garçon manqué» et j'adore le sport, en particulier le base-ball. J'entraîne même une équipe d'enfants ici, à Stonebrook : les Imbattables.

Je commence seulement à m'intéresser aux garçons et je ne fais pas très attention à mon look. J'aime les vêtements dans lesquels je me sens à l'aise, donc je suis toujours en jean, T-shirt et baskets. S'il fait froid, j'enfile autre chose par-dessus, en général un pull-over. Il m'arrive de mettre aussi une casquette de base-ball que j'adore, avec un chien colley dessus. (Avant, nous avions un colley qui s'appelait Foxy. C'était le meilleur chien du monde. Seulement, il est tombé très malade et nous avons été obligés de le faire piquer.) Bon, je m'éloigne du sujet. Ce que j'essayais de montrer, c'est à quel point Mary Anne et moi, nous sommes différentes. Alors, laissez-moi vous en dire plus sur Mary Anne.

Elle est aussi calme et timide que je suis franche et extra-vertie. Elle est sensible, romantique et sait être à l'écoute des autres. Souvent, quand l'une d'entre nous a un problème, elle se confie à Mary Anne. Elle n'a peut-être pas toujours la solution, mais elle nous écoute avec tellement d'attention que nous nous sentons mieux rien que de lui avoir parlé. Mary Anne est très émotive et elle pleure pour un rien. Elle pleure en regardant les films (les films tristes comme les films drôles), quand on lui fait de la peine, quand quelqu'un d'autre a de la peine, et aussi quand quelqu'un se met en colère. Nous y sommes toutes habituées maintenant.

Bien qu'elle soit timide, Mary Anne a été la première d'entre nous à avoir un petit ami. C'est Logan Rinaldi, l'un des membres de notre club ! Logan et Mary Anne sont faits l'un pour l'autre. Logan a un grand sens de l'humour et il comprend bien la sensibilité et les humeurs de Mary Anne. Il ne lui en voudrait pas, par exemple, s'ils allaient ensemble à une fête et que Mary Anne se sente soudain trop intimidée pour danser.

Avant, la famille de Mary Anne était tout à fait le contraire de la mienne, mais à présent, les deux se ressemblent un peu. Cela fait des années que Mme Cook est décédée. A l'époque, Mary Anne était encore toute petite, et elle a grandi seule avec son père, sans mère, sans frère ni sœur. Son père a été très sévère avec elle, je pense qu'il essayait de prouver qu'il pouvait être à la fois le père et la mère de sa fille. Il avait fixé tout un tas de règles : comment Mary Anne devait s'habiller et se coiffer, quand elle pouvait utiliser le téléphone, où elle pouvait sortir avec ses amies, et comment elle devait dépenser son argent de poche. Et puis, il y a environ un an, Mary Anne a commencé à se rebeller un peu. Elle a montré à son père qu'elle n'était plus une petite fille, mais une jeune fille responsable, et il s'est un peu assoupli. Depuis, Mary Anne s'habille plus cool et elle sort avec Logan.

C'est alors qu'une chose incroyable est arrivée. M. Cook a rencontré la mère de Carla Schafer et ils se sont mariés. Sans blague ! En fait, il avait connu Mme Schafer au lycée (quand elle s'appelait encore Sharon Porter) et ils avaient été amoureux l'un de l'autre. Mais Mme Schafer s'était mariée avec un autre homme et elle était partie vivre en Californie. Seulement, une dizaine d'années après la naissance de leurs deux enfants, Carla et David, Mme Schafer et son mari ont décidé de divorcer. Et du coup, la mère de Carla est revenue avec ses enfants vivre à Stonebrook, où elle avait grandi. Le reste, vous le savez déjà. Mary Anne et son père vivent désormais chez les Schafer car leur maison est plus grande. Maintenant, Mary Anne a une belle-mère, un demi-frère et une demi-sœur, à savoir Carla. Ça tombe plutôt bien : Mary Anne est aussi la meilleure amie de Carla !

Deux choses nous rapprochent, Mary Anne et moi : la première, c'est notre amour des animaux (Mary Anne a un petit chat qui s'appelle Tigrou) ; la deuxième, c'est que nous nous ressemblons physiquement. Nous sommes toutes les deux assez petites pour notre âge (je suis la plus petite de la classe), et nous avons les cheveux et les yeux bruns. Mary Anne est plus douée que moi pour se coiffer : elle se fait des tresses, met parfois un bandeau ou s'attache les cheveux avec des rubans ou des nœuds. Je crois que je ne suis pas aussi jolie qu'elle.

Je ferais peut-être bien de vous parler de Carla maintenant, puisque je vous ai déjà donné un petit aperçu de sa famille. D'abord, elle est super canon, mais je ne crois pas qu'elle s'en rende compte. Carla a les cheveux très longs et d'un blond presque blanc. Si elle les laisse pousser encore, elle pourra s'asseoir dessus (bon, j'exagère peut-être un peu). Elle a des yeux bleus pétillants, et elle est grande et mince. Elle a deux trous à chaque oreille et s'habille dans un style cool que mes amies et moi qualifions de californien.

« Cool » est un mot qui correspond bien à Carla. Elle est très relax. La plupart du temps, elle ne se soucie pas de savoir ce que les gens pensent d'elle et elle fait les choses à son idée. (J'espère que cette qualité va déteindre un peu sur Mary Anne.) La carapace de Carla a tout de même ses failles et certaines choses peuvent la blesser ou la préoccuper, mais cela n'arrive pas souvent. Elle est facile à vivre, c'est une demi-sœur attentionnée avec Mary Anne, et c'est une bonne amie pour nous toutes.

Comme je vous l'ai déjà dit, Carla a grandi en Californie. Elle a eu un peu de mal à s'adapter à la côte Est. Elle a dû non seulement quitter son père, mais aussi le climat chaud de la Californie. J'ai remarqué qu'elle est beaucoup plus en forme quand juillet et août arrivent à Stonebrook.

Sinon, Carla fait très attention à ce qu'elle mange. Le reste de sa famille aussi. Ils ne mangent pas de viande ni de cochonneries, ils adorent les légumes, les fruits et des trucs dégoûtants comme du tofu.

Oh là, là ! Je crois que je m'éloigne encore une fois du sujet. Donc, Carla, David et leur mère ont emménagé à

Stonebrook, mais David qui a neuf ou dix ans n'était pas heureux ici et, finalement, il est reparti en Californie vivre avec son père. Je sais que Carla a beaucoup souffert de cette séparation. Sa famille a été divisée en deux, séparée par près de cinq mille kilomètres. Cela va mieux pour elle depuis qu'ils ont fondé une nouvelle famille avec celle de Mary Anne. Au début, les uns et les autres avaient des problèmes pour s'adapter à la nouvelle situation, mais le sens de l'organisation et le côté un peu trop méticuleux du père de Mary Anne se sont équilibrés avec la décontraction et le côté un peu tête en l'air de la mère de Carla. Et puis Carla est ravie d'avoir une sœur. Elle en a toujours rêvé !

Devinez quelle est l'activité préférée de Carla ? Lire des histoires de fantômes ! Et devinez où elle habite ? Dans une très vieille ferme où il y a un vrai passage secret ! C'est la vérité, même si ça paraît incroyable. En plus, le passage est peut-être hanté, mais nous n'en sommes pas sûres.

Voilà, maintenant, au tour de Claudia. Claudia Koshi, la vice-présidente du club, est aussi belle que Carla, bien qu'elles ne se ressemblent pas du tout. Claudia est américano-japonaise. Ses parents sont tous les deux japonais, mais elle est née ici, à Stonebrook. Ses cheveux noir corbeau sont longs et soyeux ; elle a les yeux en amande et un teint crémeux. Comme Carla, elle a les oreilles percées, mais avec un trou d'un côté et deux de l'autre. (A ce propos, Mary Anne et moi n'avons pas les oreilles percées et nous comptons bien les garder telles quelles, c'est-à-dire intactes.)

Claudia s'habille toujours à la mode et c'est une artiste remarquablement douée. Vous devriez voir ses vêtements !

Elle porte toujours des minijupes, des corsaires et des chaussures à semelles compensées, enfin, tout ce qu'il y a de plus mode. Je ne sais pas comment elle fait pour être toujours au courant des trucs dernier cri, peut-être qu'elle lit des magazines. Elle sait aussi particulièrement bien assortir les accessoires. Le résultat est toujours parfait. Elle dépense justement une bonne partie de l'argent de ses baby-sittings à acheter des ceintures, des bijoux ou tout un tas de pinces, bandeaux et barrettes pour ses cheveux, qu'elle coiffe de mille façons différentes. Je n'ai jamais vu quelqu'un passer d'un style à un autre avec autant de goût.

Il lui arrive de faire elle-même ses bijoux. Elle fabrique des boucles d'oreilles ou des broches en céramique, des bracelets en papier mâché et plein d'autres choses encore. Elle sait dessiner, peindre, sculpter, faire de la poterie... enfin, comme je vous le disais, c'est une véritable artiste. Heureusement qu'elle est douée pour les arts, parce que, pour les études, c'est tout le contraire : une vraie catastrophe ! Pourtant, elle est intelligente, mais l'école ne lui réussit pas et elle n'aime pas ça. Elle a toujours à peine la moyenne dans toutes les matières (sauf en dessin, bien sûr !) et elle est affreusement nulle en orthographe. Le pire, c'est que sa sœur Jane est un véritable génie. Elle est tellement en avance qu'elle suit des cours à l'université alors qu'à son âge, elle devrait encore être au lycée. Il faut voir ses lectures : *La Théorie atomique* ou *L'Histoire des institutions juridiques américaines*... En plus, elle les lit pour le plaisir ! Claudia, elle, ne lit que les romans d'Agatha Christie, mais comme ça ne plaît pas à ses parents, elle le fait en cachette.

Il n'y a pas que les romans policiers que Claudia cache dans sa chambre. Il faut vous avouer qu'elle adore manger toutes sortes de cochonneries que, bien sûr, ses parents n'autorisent pas. Alors il y a des paquets de chips, du chocolat, des bonbons dissimulés un peu partout. Quand on ouvre un placard ou qu'on va voir ce qui vient de rouler sous le lit de Claudia, on ne sait jamais ce qu'on va trouver !

La meilleure amie de Claudia est Lucy MacDouglas, et toutes les deux se ressemblent pour plein de choses. En effet, Lucy aussi est très jolie. Elle s'intéresse également beaucoup à la mode. Elle a une garde-robe aussi variée que celle de Claudia, avec des jupes, des pantalons taille basse, des baskets... enfin, toute la panoplie, quoi ! Elle va souvent chez le coiffeur et, bien sûr, elle a les oreilles percées.

Claudia et Lucy sont dingues des garçons. Enfin, passons. La vie de famille de Lucy est plutôt différente de celle de Claudia. Si vous pensez que ma famille ou la famille de Mary Anne et Carla sont un peu particulières, attendez de connaître celle de Lucy. Lucy est un surnom, ses vrais prénoms sont Anastasia Elizabeth. Elle est née et a grandi à New York. Vous comprenez d'où lui vient son côté si « classe ». Juste avant qu'elle passe en quatrième, l'entreprise de son père l'a muté à Stamford, dans le Connecticut. Du coup, sa famille a emménagé ici, à Stone-brook. Cela faisait à peine un an qu'ils étaient installés ici que son père a de nouveau été muté à New York. Incroyable mais vrai, les MacDouglas ont dû repartir à New York. Ce n'est pas tout : moins d'un an plus tard, les parents de Lucy ont divorcé. M. MacDouglas est resté à New York à cause de son travail et Mme MacDouglas a décidé de revenir dans le Connecticut. La pauvre Lucy a dû choisir entre les deux. Heureusement pour nous et pour le club, elle a finalement opté pour Stonebrook, mais elle rend fréquemment visite à son père à New York.

Autre chose à propos de Lucy, elle est diabétique. C'est une maladie qui fait que son pancréas ne fabrique pas assez d'insuline, et cela perturbe complètement le taux de sucre qu'elle a dans le sang. Lucy doit se faire elle-même des piqûres (ouille !) d'insuline tous les jours et elle doit suivre un régime sans sucre très strict, sinon, elle pourrait aller très mal. Elle pourrait même tomber dans le coma. Cela doit être dur pour elle de ne pas craquer devant toutes les cochonneries de Claudia.

Devinez quoi ? Quand Lucy et sa mère sont revenues vivre dans le Connecticut, elles n'ont pas pu retourner dans leur ancienne maison car Jessi et sa famille s'y étaient installées entre-temps ! Jessica Ramsey et Mallory Pike sont les deux membres juniors du club. Ce sont les meilleures amies du monde. Elles ont onze ans et elles sont en sixième au collège de Stonebrook, alors que nous (toutes les autres), nous avons treize ans et nous sommes en quatrième.

Comme Lucy et Claudia, Jessi et Mal ont des points communs, mais elles sont très différentes l'une de l'autre. Elles sont toutes les deux les aînées de leurs familles et pensent toutes les deux que leurs parents les traitent comme des bébés. C'est difficile d'avoir onze ans. Moi aussi, j'avais vraiment hâte d'être plus vieille quand j'avais onze ans. Quoi qu'il en soit, Jessi et Mal ont dû batailler dur pour avoir un peu plus de liberté. Cela a relativement bien marché, leurs parents leur ont donné la permission de se faire percer les oreilles (juste un trou de chaque côté, quand même). Manque de chance, Mal a été obligée de porter un appareil dentaire et ses parents ne veulent toujours pas la laisser remplacer ses lunettes par des lentilles de contact, alors, forcément, elle ne se sent pas super jolie en ce moment, même avec ses boucles d'oreilles.

Jessi et Mal adorent lire, surtout les histoires de chevaux écrites par Mary O'Hara. A part ça, elles n'ont pas les mêmes goûts. Jessi est une passionnée de danse classique, et elle est très douée. Elle suit des cours dans une école de danse à Stamford. Elle a dû passer une audition pour y être acceptée et elle a déjà fait des spectacles devant des centaines de personnes. Les passions de Mal sont l'écriture et le dessin. Elle aimerait bien écrire et illustrer des livres pour enfants quand elle sera grande.

Jessica a une famille plutôt classique qui comprend ses parents, elle-même, Rebecca, sa sœur de huit ans, et un petit frère encore bébé surnommé P'tit Bout. Quant à la famille de Mal, c'est une famille nombreuse : ils sont huit enfants ! Mal a quatre frères (dont des triplés) et trois sœurs. Un autre signe distinctif : Jessi est noire et Mal est blanche. Cela ne compte pas pour elles, ou pour aucun membre du club, d'ailleurs. Mais la couleur de peau de Jessi a dérangé pas mal de monde à Stonebrook, et c'est honteux. Quand les Ramsey se sont installés, leurs voisins ont été odieux avec eux, surtout au début, heureusement ils se sont un peu calmés. Mais je crois que les choses vont finir par s'arranger.

Tiens, j'ai failli oublier un point commun entre les deux familles : elles ont toutes les deux un hamster !

Bon, maintenant que vous avez fait connaissance avec les membres du Club des baby-sitters, je peux revenir à mon récit. Nous étions donc sur le point de commencer une réunion du club. J'ai mis ma visière, je me suis installée dans mon fauteuil de présidente, j'ai coincé un crayon derrière mon oreille, et j'ai ouvert la séance du jour.

3

En tant que présidente du Club des baby-sitters, je me sens responsable du profession-nalisme de notre agence et de l'efficacité de nos réunions, et ce, depuis le tout début.

Comment est né le Club des baby-sitters ? Eh bien, l'idée vient en quelque sorte de David Michael. Pour comprendre, revenons en arrière, au début de mon année de cinquième. A ce moment-là, maman et Jim Lelland ne pensaient pas encore à se marier ; ma mère, mes frères et moi vivions encore à Bradford Alley, à côté de chez Mary Anne et en face de chez Claudia. Charlie, Samuel et moi étions chargés de nous occuper de David Michael après l'école jusqu'au retour de maman. Nous faisions des roulements et tout marchait bien... jusqu'à ce fameux soir.

Aucun d'entre nous n'était disponible pour garder David Michael le lendemain. Maman n'avait plus beaucoup de temps pour trouver une baby-sitter, et ça n'a pas été une mince affaire. Je me souviens que, ce soir-là, nous avons eu de la pizza au dîner. Je me souviens surtout d'avoir mangé ma part de pizza en regardant maman passer coup de fil sur coup de fil. Pas moyen de trouver quelqu'un de libre pour le lendemain, pourtant, elle est restée un temps fou au téléphone.

C'est là que j'ai eu une idée de génie. Ne serait-il pas plus pratique qu'en un seul coup de fil, maman puisse joindre toute une équipe de baby-sitters? J'ai sans plus tarder soumis mon idée à Mary Anne et à Claudia. J'étais sûre que cela pouvait marcher. Il nous suffisait de créer un club de baby-sitters. Il y aurait des réunions plusieurs fois par semaine pour organiser le planning. Ainsi, les gens pourraient nous téléphoner durant ces réunions et ils auraient à leur disposition trois baby-sitters fiables. (Nous avions déjà fait pas mal de baby-sittings dans le quartier.) En contactant plusieurs baby-sitters en même temps, les gens seraient assurés d'en avoir une de libre.

Mes amies ont trouvé l'idée géniale, mais elles se disaient, comme moi, que trois personnes pour fonder un tel club, ce n'était pas suffisant. Alors Claudia a pensé à Lucy, une copine qu'elle venait de rencontrer. Nous lui avons demandé de se joindre à nous, et elle a accepté! Quelques mois plus tard, quand Carla est venue s'installer à Stonebrook, notre affaire marchait tellement bien, et nous avions tellement de demandes, que nous lui avons aussi proposé de devenir membre de notre club. Quand Lucy est repartie vivre à New York, il nous a vite fallu la remplacer, et c'est à ce moment-là que Jessi et Mal ont rejoint notre équipe. Et puis, Lucy est revenue à Stonebrook. Nous étions super contentes de la reprendre dans le club. En tant que membre fondateur du club et surtout en tant qu'amie, nous ne l'aurions jamais laissée tomber. De plus, nous avions vraiment besoin d'elle. Je pense maintenant qu'avec sept membres permanents et deux membres intérimaires – Logan et Louisa –, le Club des baby-sitters est au complet.

Voici comment nous nous organisons. Nous nous réunissons toutes les sept trois après-midi par semaine : les lundis, mercredis et vendredis, de dix-sept heures trente à dix-huit heures. C'est à ces moments-là que les gens nous contactent pour fixer le jour du baby-sitting. Ils sont sûrs de trouver une baby-sitter disponible, car il est tout de même peu probable que nous soyons tous pris, y compris Logan et Louisa.

Comment les habitants du quartier ont-ils su que nous existions, et comment ont-ils su où nous joindre ? C'est très simple. Nous avons fait une campagne de publicité. Avant de commencer toute activité du club, nous avons distribué des tracts dans tout le quartier, et nous avons même passé une petite annonce dans le journal local. A présent, nous continuons à déposer de temps à autre des tracts publicitaires dans les boîtes à lettres, même si ce n'est plus vraiment la peine. Le bouche-à-oreille a suffi à nous faire connaître de tous, et nous avons déjà plus de travail qu'il n'en faut.

Tous les membres du club (sauf Logan et Louisa) ont une fonction officielle. Je suis la présidente. C'est surtout parce que l'idée du club vient de moi, mais aussi parce que je suis douée pour résoudre les problèmes, que j'ai un sacré sens de l'organisation, et que j'ai souvent de bonnes idées. Par exemple, j'ai décidé qu'il fallait tenir un journal de bord, un peu comme un journal intime où nous racontons tous nos baby-sittings. Une fois par semaine, nous lisons les expériences des autres. Personne (sauf Mallory) n'aime vraiment écrire dans le journal de bord, mais il faut reconnaître qu'il nous est souvent d'une aide précieuse. Nous savons de cette façon comment cela se passe avec les enfants que nous gardons et surtout comment nos amies ont réussi à surmonter certaines difficultés.

J'ai aussi eu l'idée des coffres à jouets. Ce sont tout simplement des boîtes que nous avons peintes et décorées avec des paillettes ou des feutres et que nous avons ensuite remplies de vieux jouets, de livres, de gommettes, de crayons de couleur et de papier à dessin. Les enfants adorent ce coffre. Je ne sais pas pourquoi, mais les jouets des autres leur semblent toujours plus amusants que les leurs ! Et n'oublions pas que des enfants heureux, ce sont des parents satisfaits qui n'hésiteront pas à faire de nouveau appel aux services du Club des baby-sitters.

Claudia est vice-présidente du club. C'est la seule d'entre nous à avoir un téléphone et une ligne personnelle dans sa chambre. Ce qui en fait l'endroit idéal pour nos réunions. Nous ne voulions pas mobiliser la ligne de téléphone de nos parents et, en plus, des appels non professionnels auraient pu perturber les réunions. C'était normal de donner le poste de vice-présidente à Claudia : nous envahissons tout de même sa chambre trois fois par semaine, nous utilisons son téléphone, et nous vidons ses réserves de cochonneries !

Mary Anne est la secrétaire du club. C'est le poste le plus délicat et c'est un travail énorme. Elle doit tenir à jour l'agenda (à ne pas confondre avec le journal de bord). Dans cet agenda sont notées les informations les plus importantes : les noms et adresses de nos clients, l'argent que nous gagnons (c'est Lucy qui est chargée de tenir les comptes), et le plus important, le calendrier des gardes. C'est à Mary Anne de programmer tous les baby-sittings en fonction de l'emploi du temps de chacune de nous. Il faut donc qu'elle jongle entre les rendez-vous chez l'orthodontiste de Mal, les matchs et entraînements de mes Imbattables, ou encore les cours de danse de Jessi. Jusqu'à présent, Mary Anne s'en sort super bien, elle n'a jamais fait une seule erreur. Elle est incroyable !

Lucy est notre trésorière. Comme elle est économe et très bonne en maths, ça lui convient parfaitement. Chaque lundi, elle collecte les cotisations et les ajoute à la caisse (qui est une enveloppe de papier kraft). C'est aussi elle qui s'occupe de gérer les dépenses. Nous avons surtout besoin d'argent pour acheter de quoi renouveler nos coffres à jouets, participer au règlement de la facture de téléphone de Claudia, payer Samuel qui me conduit aux réunions (c'est devenu indispensable depuis que j'ai déménagé) et enfin, pour acheter de quoi préparer les petites fêtes du club comme les soirées pizza ou les soirées pyjama. Lucy adore collecter l'argent mais elle déteste le dépenser.

Carla est membre suppléant du club, cela veut dire qu'elle peut prendre la place de n'importe laquelle d'entre nous qui ne pourrait pas venir à une réunion. C'est un peu comme un professeur remplaçant : elle doit se tenir au courant de tout ce que les autres font. Entre le moment où Lucy est partie vivre à New York et le moment où elle est revenue ici, Carla est devenue notre trésorière. Mais elle a rendu avec plaisir le poste à Lucy à son retour. Elle n'est pas aussi bonne en maths !

Jessi et Mal sont des membres juniors et elles n'ont pour l'instant pas de fonction officielle. « Membres juniors » veut dire qu'elles n'ont pas le droit de faire du baby-sitting le soir, sauf si c'est pour leurs propres frères et sœurs. Heureusement qu'elles sont là ; comme elles prennent les gardes de l'après-midi, nous sommes sûres d'avoir le reste de l'équipe disponible le soir.

Il y a aussi les membres intérimaires, Logan et Louisa. Comme je l'ai déjà dit, ils ne participent pas aux réunions du club. Nous faisons appel à eux quand nous avons trop de travail et que plus personne n'est disponible. Croyez-moi, cela nous est déjà arrivé plusieurs fois. (Au cas où vous vous poseriez des questions, Louisa est une de mes amies, elle habite en face de ma nouvelle maison. C'est la seule à ne pas aller au collège de Stonebrook, mais dans une école privée.)

Voilà, je crois que je vous ai tout dit sur le fonctionnement du club.

– S'il vous plaît, un peu de calme, les filles !

Elles ont cessé de bavarder et j'ai pu obtenir le silence. Claudia s'est détournée de la fenêtre où elle s'était remise à espionner les voisins.

Chacune était à sa place habituelle. J'étais dans mon fauteuil de présidente ; Jessi et Mal étaient assises par terre, adossées contre le lit de Claudia ; Mary Anne, Carla et Claudia étaient installées côte à côte sur le lit ; Lucy enfin était à califourchon sur la chaise de bureau de Claudia, les bras sur le dossier. (Il arrive que Lucy et Carla échangent leur place.)

Vu qu'on était mercredi et pas lundi, Lucy n'avait pas à collecter l'argent. Comme d'habitude, j'ai commencé par demander :

– Quelque chose à signaler ?

Toutes les six m'ont répondu non en secouant la tête.

Nous avons donc attendu que le téléphone sonne.

A six heures moins dix, nous avions déjà organisé trois baby-sittings, quand la sonnerie a de nouveau retenti. J'ai décroché le combiné :

– Allô, ici le Club des baby-sitters.

– Allô, ai-je entendu à l'autre bout du fil. (Je ne connaissais pas cette voix.) Je suis Mme Felder.

– Oh, madame Felder. C'est Kristy Parker à l'appareil. J'ai habité longtemps au coin de votre rue. (Je me disais que si je ne me souvenais pas bien d'elle, elle se souviendrait peut-être de moi.)

– Bonjour Kristy, a-t-elle dit d'une voix chaleureuse. J'ai entendu dire que vous faisiez un travail remarquable de baby-sitting. J'ai une fille, Susan, qui est handicapée – autiste en fait – mais comme elle était pensionnaire d'une école spécialisée, tu ne la connais certainement pas. Elle est revenue à la maison pour un mois, en attendant d'être transférée dans une nouvelle école. Je ne travaille pas mais j'aimerais me libérer trois après-midi par semaine si c'est possible. Ce serait à chaque fois pour une heure ou deux seulement, le temps de faire quelques courses. Penses-tu que l'une de vous pourrait se charger de garder Susan ?

162

– Il faut que je vérifie, madame Felder, lui ai-je répondu. Je vous rappelle dans un instant.

J'ai raccroché et j'ai expliqué la proposition de Mme Felder à mes amies.

– Waouh ! a sifflé Mary Anne. Ça va être difficile à caser dans le planning.

– Elle a quel genre de problèmes, Susan ? a demandé Jessi.

– Elle est autiste. Je crois que c'est le mot qu'a employé Mme Felder. Mais je ne sais pas bien ce que ça veut dire.

– C'est peut-être une sorte de handicap mental, a suggéré Claudia.

J'ai haussé les épaules. Je n'en savais pas plus qu'elles.

– De toute façon, a dit Mary Anne en consultant l'agenda, il semblerait que tu sois la seule, Kristy, à pouvoir assurer les trois après-midi pour le mois qui vient. Si tu vas chez les Felder les lundis, mercredis et vendredis, tu n'auras même pas besoin d'annuler les séances d'entraînement des Imbattables ou des baby-sittings déjà prévus.

– Mouais, de toute façon, Samuel doit m'amener ici pour la réunion ces jours-là, alors peut-être qu'il pourrait le faire un peu plus tôt, juste après l'école. Comme ça, je ferais le baby-sitting puis je serais sur place pour la réunion. Ensuite, il reviendrait me chercher comme d'habitude. Je vais l'appeler.

C'est ce que j'ai fait, et il m'a répondu qu'il allait s'arranger pour caser ça dans son emploi du temps. Il a cependant ajouté :

– En échange d'une petite compensation financière, bien sûr !

Heureusement, c'était une blague.

– Bonne nouvelle, les filles, ai-je annoncé. C'est OK pour Samuel. Je n'en reviens pas qu'on ait pu organiser ça aussi facilement.

Mary Anne m'a planifié les gardes pour Susan sur l'agenda, et j'ai rappelé Mme Felder.

– Allô, c'est de nouveau Kristy Parker, présidente du Club des baby-sitters. Je suis contente de vous annoncer que ce sera moi qui garderai Susan le mois qui vient. Nous avons tout arrangé.

Bizarrement, Mme Felder n'avait pas l'air si contente que ça. Elle m'a même répondu :

– C'est très bien, mais je pense qu'il serait préférable que tu rencontres Susan avant de me donner une réponse définitive. D'accord ?

– Euh... d'accord, ai-je bafouillé, surprise.

Nous avons décidé que j'irais chez les Felder le vendredi suivant, avant la réunion du club. Quel genre d'enfant pouvait bien être Susan ? Pourquoi Mme Felder pensait-elle que je risquais de ne pas avoir envie de garder sa fille ? J'avais vraiment hâte d'en savoir plus.

A quelques pâtés de maisons des Felder vivent les Braddock. Ils ont un petit garçon, Matthew, qui est sourd. Jessi a déjà fait toute une série de baby-sittings chez eux, pour garder Matt et sa sœur Helen.

J'étais sur le point de commencer une expérience similaire chez les Felder avec Susan (enfin, peut-être). Je me suis souvenue que Jessi nous avait dit qu'elle avait eu le trac au moment de sonner à leur porte pour la première fois. Elle se posait tout un tas de questions sur Matt. Elle savait qu'il communiquait grâce à la langue des signes. Elle se demandait si elle allait être capable d'apprendre assez de signes pour lui parler, si ce serait un baby-sitting particulièrement difficile et comment il allait réagir avec une personne qu'il ne connaissait pas…

Maintenant, je me rendais parfaitement compte de ce qu'avait pu ressentir Jessi. Samuel m'a déposée devant la maison des Felder et m'a dit qu'il reviendrait me chercher après la réunion du Club des baby-sitters. Puis il est parti. Je me suis retrouvée seule devant la porte d'entrée, le doigt posé sur la sonnette.

Comment ça allait se passer avec Susan ? Tout ce que je savais d'elle, c'était le peu que j'avais vu l'autre jour chez Claudia : une petite fille qui n'avait pas l'air facile et qui avait un comportement bizarre. Je savais aussi qu'elle fréquentait une école spécialisée. Mais quelle sorte d'école était-ce ? Mme Felder avait précisé que je pouvais refuser le baby-sitting une fois que j'aurais rencontré Susan.

J'avais cherché la définition d'« autiste » dans le dictionnaire et ça m'avait renvoyée à « autisme », qui est une sorte de « schizophrénie infantile se traduisant par un repli sur soi-même ». Cela ne m'avançait pas beaucoup. J'avais alors regardé à « schizophrénie », mais la définition m'avait encore plus embrouillée. Elle parlait d'un « détachement de la réalité extérieure ». Bizarre ! Quand j'y pense, on pourrait tout aussi bien dire que moi aussi, je suis détachée de la réalité extérieure ! Je suis toujours dans la lune, en train de rêver à tout et à rien... Et ma sœur Karen alors ! Elle croit aux fantômes et aux sorcières, mais il n'y a pas de mal à cela. Je n'avais qu'une chose à faire, c'était d'attendre ce que Mme Felder allait dire.

J'ai fini par appuyer sur la sonnette.

J'entendais quelqu'un jouer du piano. La mélodie s'est arrêtée net au moment où j'ai sonné. Un instant plus tard, Mme Felder m'a ouvert la porte.

– Kristy ?

– Oui, c'est moi. Bonjour, madame Felder.

– C'est incroyable comme tu as grandi ! m'a-t-elle dit en m'invitant à entrer.

– Vraiment ? C'est gentil de votre part. Je reste pourtant la plus petite de la classe.

– Je suppose que c'est parce que je ne t'avais pas vue depuis longtemps. J'ai bien connu ta famille quand David Michael était encore tout petit. Avec ta maman, nous avons essayé de le faire jouer avec Susan, mais elle était trop... différente. A cette époque-là déjà. Elle a huit ans maintenant. Quel âge a David Michael ? Il ne doit pas être très loin des huit ans aussi.

– Oui. Il a sept ans et demi.

Mme Felder a hoché la tête. Elle m'a conduite dans la salle de séjour qui était inondée de soleil. Un piano occupait presque un quart de la pièce. Juste devant, la petite fille que j'avais aperçue depuis la fenêtre de Claudia marchait de long en large d'un air obstiné.

Susan.

Elle agitait ses mains devant elle tout en claquant la langue pour faire de petits bruits secs. Elle n'a pas jeté un regard vers nous.

– Susan ? l'a appelée Mme Felder. Susan ?... Susan !

Susan a continué ses allers-retours devant le piano en agitant les mains et en claquant la langue.

– Susan ! a répété Mme Felder en haussant le ton. Viens par ici, s'il te plaît.

Comme si, tout à coup, on la tirait d'un rêve, Susan s'est avancée vers nous, mais elle ne nous regardait pas. Ses yeux fixaient un point au-dessus de nos têtes.

– Susan, voici Kristy.

– Bonjour, lui ai-je dit.

C'était la première fois que je la voyais d'aussi près. J'ai remarqué qu'elle était jolie. Elle avait de grands yeux marron, et des cheveux presque aussi foncés que ceux de Claudia, qui retombaient sur ses épaules en boucles souples. Elle aurait pu faire des photos dans un catalogue de vêtements pour enfants tellement elle était mignonne.

Comme Susan ne me répondait pas, je lui ai redit bonjour. Elle a continué à fixer un point imaginaire, a agité plusieurs fois les mains et elle est repartie vers le piano.

Je me suis tournée vers Mme Felder et elle a dû voir dans mes yeux à quel point j'étais perplexe.

– Elle ne parle pas. Elle sait parler, mais elle ne parle pas. Elle sait chanter aussi. Viens, asseyons-nous sur le canapé. Je vais t'en dire plus à propos de Susan.

J'ai failli dire : « Devant elle ? » mais j'ai réalisé que Susan n'écouterait probablement pas notre conversation.

– J'ai regardé la définition de l'autisme dans le dictionnaire, mais je n'ai rien compris.

– Cela ne m'étonne pas, m'a répondu Mme Felder en souriant. Il y a tellement de choses à dire sur l'autisme que la définition du dictionnaire ne suffit pas, car les symptômes varient énormément d'une personne à l'autre. La meilleure façon de t'expliquer ça, ce serait de te dire que Susan est dans son monde à elle et qu'elle n'a pas l'air de vouloir le quitter. Elle ne communique avec personne et elle a un comportement étrange, comme tu as pu le constater : elle agite sans cesse les mains, claque la langue, et ne regarde presque jamais les gens dans les yeux. Elle n'aime pas non plus qu'on la touche ou qu'on la câline, même si c'est son père ou moi.

– A quoi est-ce dû ? ai-je demandé, intriguée.

Mme Felder a haussé les épaules :

– Nous n'avons aucune certitude. Nous savons seulement que les symptômes de l'autisme apparaissent toujours avant trois ans, souvent plus tôt même ; que les autistes sont en général des garçons, et que c'est une maladie assez rare.

– Est-ce que Susan va guérir ?

– Peut-être. Certains médecins pensent que si l'enfant commence à acquérir un langage sensé avant cinq ans, son état s'améliorera. Ce n'est malheureusement pas le cas de Susan. Elle sait chanter, mais elle ne peut pas avoir une conversation avec quelqu'un. Et de toute façon, même les enfants autistes qui arrivent à tenir des propos sensés ne seront probablement jamais considérés comme des gens normaux. Ils seront certes capables de vivre en société, de travailler à mi-temps ou dans des ateliers pour handicapés, mais ce sera à peu près tout.

J'ai hoché la tête. J'avais compris ce qu'elle ne m'avait pas vraiment dit, mais qui était assez clair : l'avenir de Susan n'était pas franchement encourageant.

Juste au moment où je commençais à me sentir horriblement triste, Mme Felder a repris la parole :

– Nous sommes tout de même optimistes, mon mari et moi, a-t-elle dit avec une pointe de fierté. Susan est autiste, mais cela n'empêche pas qu'elle soit très douée. J'entends par là qu'elle a des dons très particuliers.

– Vraiment ?

– Oui. Même si c'est difficile à vérifier de façon scientifique. En effet, son QI est estimé à cinquante, ce qui laisse croire qu'elle est attardée. Mais il faut l'entendre jouer du piano !

Le visage de Mme Felder rayonnait à ces mots. L'espoir commençait à chasser la peine que je ressentais un instant plus tôt.

– Elle est vraiment remarquable, a-t-elle continué. Elle étonne tout le monde : ses enseignants, ses médecins, et même ses professeurs de musique. Elle peut en général jouer un nouveau morceau après l'avoir entendu juste une fois. Instantanément, elle mémorise toutes les notes et les rejoue sans se tromper. Elle peut ainsi jouer de très longues partitions, dans des registres des plus variés : du classique à la variété en passant par la comédie musicale. Elle est même capable de rejouer un air qu'elle a entendu jouer par un autre instrument que le piano, comme le violon.

– Comment fait-elle ?

J'étais littéralement stupéfaite.

– Personne ne le sait. Je joue moi-même du piano et, quand Susan était encore petite, je lui apprenais des mélodies toutes simples. Et du jour au lendemain, elle a su jouer parfaitement. Crois-moi, je suis incapable de faire aussi bien ! Oh ! j'ai failli oublier. Si c'est une chanson et quelle que soit la langue dans laquelle elle est chantée, Susan mémorise aussi les paroles dès la première écoute. Elle peut alors chanter en s'accompagnant au piano. Elle a vraiment l'oreille musicale. Je ne pense pas que les mots aient un sens pour elle. Elle les retient comme elle retient les notes de musique. Mais elle a l'air heureuse quand elle chante et qu'elle joue du piano. Elle jouerait toute la jour-

née si on la laissait faire. C'est justement ce don exception-
nel pour la musique qui fait qu'elle attend d'être transférée
dans une autre école où il y a un programme musical plus
développé. C'est à environ une heure de route de Stonebrook. Ses professeurs, M. Felder et moi, nous espérons
que grâce à la musique, Susan va réussir à mieux maîtriser
le langage et à s'ouvrir aux autres. Nous pensons que c'est
la meilleure façon de communiquer avec elle. Et bien sûr,
c'est aussi pour son plaisir.

Mme Felder a continué :

– Une autre chose encore. Un autre don. Susan a comme
un calendrier dans la tête. Même si personne ne lui a jamais
expliqué ce qu'étaient les jours, les semaines, les mois ou
les années, elle peut dire le jour de la semaine qui
correspond à telle ou telle date. Elle peut remonter jusqu'à
soixante ans en arrière et aller à un peu plus de vingt ans
dans l'avenir. Elle a trouvé une fois un calendrier perpétuel
et c'est comme si elle l'avait mémorisé.

– Vous plaisantez ! me suis-je exclamée.

– Non, m'a-t-elle répondu avec fierté.

Elle semblait toutefois perplexe, et a ajouté :

– Je vais te montrer. Pense à une date importante pour toi.

– D'accord. Voyons… la date de naissance de ma sœur
adoptive Emily.

– Est-ce que tu sais à quel jour de la semaine cette date
correspond ?

– Oui.

– Très bien. Dis-moi seulement la date.

Je la lui ai donnée. Mme Felder a appelé Susan et lui a
répété mes paroles.

– Lundi, a-t-elle répondu sans hésiter, d'une voix monocorde.

Elle a ensuite agité les mains avant de repartir vers le piano.

– C'est ça ! me suis-je exclamée. C'était bien un lundi !

– Susan donne la bonne réponse quatre-vingt-quinze pour cent du temps.

Mme Felder a marqué une pause, puis elle a ajouté :

– Mais si on lui demande comment elle va, ce qu'elle veut pour le dîner ou si elle doit aller aux toilettes... aucune réponse. Elle ne répond pas. Elle n'essaie jamais de nous dire quelque chose. Elle ne communique pas du tout. Elle peut vraiment être pénible parfois. Elle est têtue. Particulièrement quand on lui demande de cesser de jouer du piano. Mais elle n'est jamais violente... Est-ce que tu veux toujours la garder ?

– Oh oui !

Je suppose que vous avez deviné à quel point j'étais fascinée par Susan. Je n'avais jamais rencontré une enfant comme elle. Je n'avais même jamais entendu parler de quelqu'un comme elle. Je me sentais aussi un peu révoltée. Susan était un peu spéciale, d'accord. Mais tout le monde la traitait différemment des autres. Ses parents l'avaient mise en pension dans une école loin de chez eux, et elle n'en sortait que pour retourner dans une autre école du même style. Pourquoi ne la gardaient-ils pas avec eux ? Il y a des écoles spécialisées beaucoup plus près d'ici. Des écoles où les enfants ne restent que la journée, comme celle où va Matthew Braddock, à Stamford. Il existe aussi des classes pour handicapés dans les écoles publiques.

«Et pourquoi les parents de Susan ne l'aident pas à se faire des amis? me suis-je demandé. Elle ne parle pas, mais Matt ne parle pas non plus, et pourtant, il a plein de copains. Les enfants du quartier ont appris quelques mots en langue des signes pour pouvoir jouer avec lui.»

J'ai alors décidé que, non seulement j'acceptais de garder Susan, mais que je mettrais à profit le mois qui allait suivre pour montrer aux Felder que Susan pouvait vivre, aller à l'école et se faire des amis en restant chez eux. Qu'il n'y avait aucune raison de la mettre à l'écart des autres.

– C'est merveilleux, Kristy, m'a dit Mme Felder. Je suis ravie d'avoir quelqu'un qui s'occupe de Susan quand je ne suis pas là. Cela va te demander beaucoup d'attention et de patience. Alors, nous avons dit les lundis, mercredis et vendredis de trois heures et demie à cinq heures et demie. C'est bien ça?

– C'est ça, ai-je acquiescé.

– Parfait, cela me permettra de faire une pause de temps à autre. Et ne t'inquiète pas, Susan ne sera pas perturbée par mon départ. Ça ne la dérange pas. Elle ne s'attache à personne, même pas à son père ou à moi.

«C'est ce qu'on va voir», ai-je pensé.

Mais je me suis contentée de sourire en disant:

– D'accord. Ça me semble faisable.

– Est-ce que tu veux emmener Susan faire un tour dehors? m'a demandé Mme Felder. Il n'est que cinq heures, et je crois savoir que la réunion de ton club ne commence qu'à la demie. Tu peux faire un essai avec Susan pour une demi-heure pendant que je suis là.

– Oui, bonne idée.

– D'accord. Susan, viens ici, a-t-elle dit en se levant du canapé. Viens mettre ton gilet… Susan ? Susan !

« Ça a l'air difficile d'attirer son attention », ai-je remarqué en regardant Mme Felder boutonner le gilet de Susan. (J'ai constaté alors qu'elle ne savait pas s'habiller toute seule.)

Quand Susan a été prête, je l'ai prise par la main, et je me suis dirigée vers la porte de derrière. Elle a essayé de retirer sa main de la mienne, mais elle a fini par se laisser faire. Nous sommes allées dans le jardin. Mme Felder avait raison : Susan n'a pas daigné jeter un regard en direction de sa mère. Elle se contentait de me suivre. Pouvait-elle seulement faire la différence entre sa mère et moi ?

Dans le jardin des Felder, il y avait une balançoire, un bac à sable et un tricycle. C'étaient des jouets de bébé et Susan avait huit ans. Enfin, c'était mieux que rien. Je pouvais quand même commencer à jouer avec elle.

– Viens, Susan. Je vais te pousser sur la balançoire, lui ai-je proposé en lui lâchant la main.

Mais Susan avait autre chose en tête. Aussitôt libre, elle s'est mise à courir de long en large dans le jardin, en agitant les mains devant elle et en claquant la langue. Heureusement qu'il y avait une clôture. Je l'ai laissée faire, d'une part parce que je ne voulais pas la braquer dès le début, et d'autre part parce qu'il se passait quelque chose dans le jardin des Hobart, sur lequel j'avais une vue imprenable.

Les Hobart sont les Australiens qui viennent d'emménager, à côté de chez Claudia. C'est elle qui nous a appris leur nom de famille. Leurs quatre garçons étaient face à face avec un groupe d'enfants du quartier qui n'avaient pas l'air très sympa.

– Alors minus, tu en veux ? a demandé un des gamins, qui mangeait une barbe à papa.

– Ouais ! Du fil de fée ! C'est giga, j'adore ça ! a acquiescé le plus jeune des Hobart. C'est trop cool.

Du « fil de fée » ? C'est comme ça qu'ils appellent la barbe à papa ? Je ne connaissais pas non plus l'expression « c'est giga ». C'est vrai qu'ils parlaient bizarrement, mais ce n'était quand même pas une raison pour se moquer d'eux !

Une fille a ajouté :

– Si vous êtes aussi cool que ça, vous n'avez qu'à faire un truc à la Crocodile Dundee ! Prouvez-nous que vous êtes cool.

C'est tout ce que j'ai pu voir car il fallait que je m'occupe de Susan. Mais j'étais sur le pied de guerre, prête au combat. Il fallait que je me batte pour elle – je savais au fond de moi qu'elle avait besoin que je me batte pour elle – et il faudrait certainement que je me batte aussi pour les Hobart si les autres enfants continuaient de les ennuyer.

Il faut toujours que je me batte pour les causes que je crois justes. (Je pense que c'est Carla qui m'a refilé le virus.)

(5)

Mardi
Au secours, je crois que je suis tombée amoureuse.

Mallory, c'est super, mais cela n'a rien à faire dans le journal de bord du club.

Je sais bien, Jessi. D'accord, d'accord. Je ne vais parler que du travail.

Non, c'est bon, je vais le faire. Je vais commencer en attendant que tu te calmes un peu.

D'accord.

Bon, aujourd'hui Mal et moi, nous avons gardé ses frères et sœurs. Qu'est-ce qu'on s'est amusées! Nous les avons emmenés chez les Hobart pour que les Australiens ne se sentent pas rejetés par tous les enfants du quartier. Nous ne nous sommes pas moqués d'eux et de leur accent.

C'est vrai. Ils en ont bavé à l'école et dans le quartier. Pourquoi les enfants sont-ils si cruels, Jessi?

Je ne sais pas. Pourtant, j'ai déjà vécu ça. Certaines personnes n'ont pas été très gentilles avec moi non plus quand je suis arrivée à Stonebrook.

Eh bien, j'espère que nous allons changer les choses. De toute façon, je crois que notre aventure d'aujourd'hui marque un début.

J'espère que tu as raison, Mal.

Ce mardi après-midi-là, les enfants Pike ne savaient pas quoi faire malgré le temps radieux. Quand Jessi est arrivée chez Mal pour le baby-sitting, elle a trouvé les triplés (Adam, Byron et Jordan, onze ans), Vanessa (neuf ans), Nicky (huit ans), Margot (sept ans) et Claire (cinq ans) devant la télévision. Ils étaient affalés par terre ou sur le canapé et ils avaient l'air de s'ennuyer à mourir.

Mallory était justement en train de leur dire:

– Eh, bande de limaces! J'espère que vous allez tous trouver quelque chose à faire aujourd'hui.

– Moi aussi, a renchéri Mme Pike en se dirigeant avec empressement vers la porte de derrière. Soyez sages, les enfants. Je serai de retour à six heures.

– Au revoir, m'man, a lancé Mal au moment où la porte se refermait sur sa mère.

– Quelque chose à faire. A faire. Qu'est-ce que je peux bien faire? a dit Vanessa la poétesse. J'ai perdu ma chaussette et je n'ai plus toute ma tête.

– C'est pas vrai! a remarqué Claire.

– Je sais que ce n'est pas vrai, lui a répondu Vanessa. J'étais juste en train d'inventer un poème.

– Un poème idiot, a alors commenté Adam.

– Ce n'est pas idiot! a rétorqué Vanessa.

– Enfant que garde une baby-sitter, plonge ta tête dans la soupière, s'est mis à dire Nicky.

– Ça suffit maintenant! a crié Mal. Regardez, il fait beau aujourd'hui. Vous pourriez vous amuser dehors. Vous pourriez faire du vélo.

– Nan, a répliqué Jordan.

– Ou faire du skate-board?

– Nan, a dit Vanessa.

– Ou... regarder la télé? (Jessi n'arrivait pas à croire qu'elle leur suggère ça!)

– Il n'y a rien d'intéressant, a répondu à son tour Margot.
Silence.
Finalement, Nicky a pris la parole:

– Vous savez, il y a des nouveaux qui viennent d'emménager dans l'ancienne maison de Mary Anne, la famille Hobart. James Hobart est dans ma classe. Il est vraiment bizarre. Il parle d'une drôle de façon.

– Il vient d'Australie, lui a expliqué Mal. Et il a l'accent australien, c'est tout.

– D'Australie ? s'est étonné Byron. Comme Crocodile Dundee ?

– C'est ça, oui, a confirmé Jessi.

– Crocodile Dundee sait faire plein de trucs super chouettes, s'est enthousiasmé Jordan. J'espère que les Hobart sont comme lui.

– Ce sont des Crocos ! a hurlé Nicky avec entrain. C'est comme ça qu'on appelle James et ses frères dans ma classe : les Crocos !

– Ça m'étonne de toi, a dit Mallory d'un ton sévère. Ce n'est vraiment pas gentil. Tu te souviens quand les autres enfants nous traitaient d'Araignées ?

– Les Araignées ? a répété Jessi, étonnée.

– Oui, parce que nous sommes huit, a expliqué Vanessa d'une voix sombre. Huit, comme les pattes d'une araignée. Je n'aimais pas du tout qu'on m'appelle comme ça.

– On m'a donné des surnoms pires encore, a dit Jessi. Vous n'imaginez même pas ! Et ça, juste à cause de la couleur de ma peau.

– Quoi par exemple ? a demandé Margot.

– Je préfère ne pas en parler. Mais rien d'aussi mignon qu'une araignée, crois-moi.

Les frères et sœurs de Mal fixaient le sol, leurs pieds, enfin, n'importe quoi sauf Jessi. Ils étaient un peu mal à l'aise.

– Ce n'est pas très beau de se moquer des autres, a fini par dire Claire d'une petite voix triste.

– C'est vrai, a approuvé Mal. Insulter les gens en leur donnant des surnoms, ça les blesse pour rien.

– Espèce de stupide-bêbête-gluante, ça ne peut blesser personne, hein ? a demandé Claire. Je ne suis pas méchante quand je dis espèce de stupide-bêbête-gluante. (Claire adore appeler les gens comme ça.)

– Non, t'es juste une andouille... enfin, t'es bête quoi, a dit Nicky en se reprenant lui-même.

– Et si on allait chez les Hobart pour jouer avec eux ? a suggéré Mallory. Je parie qu'ils aimeraient savoir que tous les enfants du quartier n'ont pas l'intention de se moquer d'eux. On pourrait leur rendre une visite en tant que voisins accueillants et sympa.

Les petits Pike se sont consultés du regard. Ils se sentaient coupables d'avoir traité les Hobart de Crocos.

– D'accord, a décidé Byron. Allons-y.

– Je pense que vous allez bien vous amuser. Et peut-être même que vous allez apprendre des trucs sur l'Australie. Ce n'est pas si différent des États-Unis, vous savez. Les enfants parlent la même langue que nous – avec juste un accent un peu différent – et ils font tout un tas de trucs comme nous, leur a assuré Mal.

– Comme quoi par exemple ? a demandé Nicky pendant que Jessi et Mal les poussaient vers la porte.

– Du vélo, lui a répondu Mal, et du skate-board, et de la danse classique. Ils écoutent la même musique. Ils s'habillent comme nous, en jean et tout.

– Oh ! s'est exclamée Vanessa, visiblement très surprise.

– Attention de ne pas les appeler les Crocos, leur a rappelé Jessi. Ils n'apprécieront certainement pas.

– Et espèce de stupide-bêbête-gluante ? a demandé Claire.

– Non plus. Je ne pense pas qu'ils comprendraient ce que ça veut dire.

Jessica, Mallory, et la petite compagnie se sont mis en route pour aller chez les Hobart. Les quatre garçons jouaient devant chez eux. Le plus âgé faisait du skate-board sur le trottoir. Il était roux et portait des lunettes, comme Mal. Le plus jeune jouait sur la pelouse avec un camion flambant neuf tandis que les deux autres frères faisaient du vélo.

Quand les Pike et Jessi se sont arrêtés devant chez eux, le plus petit des Hobart s'est mis à pleurer. Son grand frère s'est précipité vers lui pour le réconforter.

– Ce n'est rien, Johnny. Ne t'inquiète pas.

Il a jeté un coup d'œil en direction de Jessi et de Mal.

– Nous venons en amis, leur a dit Mal en souriant. N'ayez pas peur.

Le garçon a esquissé un vague sourire qui ressemblait plutôt à une grimace.

– On se connaît ? a-t-il demandé.

– Eh bien... Je suis en classe de sixième au collège de Stonebrook.

– Tiens, moi aussi. On a dû se croiser à l'école.

Ils étaient yeux dans les yeux. Cela a duré si longtemps que Jessi a fini par dire :

– Je m'appelle Jessica Ramsey, et je suis en sixième aussi.

Le garçon a sursauté comme s'il venait d'être tiré d'un rêve.

– Excuse-moi. Je m'appelle Ben Hobart et voici mon frère James. Il a huit ans.

– Il est dans ma classe, s'est empressé de dire Nicky.

– Et voici Chris, a continué Ben. Il a six ans. Et lui, c'est Johnny. Il a quatre ans. Il est un peu tourneboulé parce que des gamins du quartier se sont moqués de lui. Enfin, de nous.

– Je sais, a dit Mal. On est désolés.

Elle voulait dire autre chose mais elle n'avait plus qu'une chose en tête, c'était que Ben était mignon à croquer. Ses cheveux roux étaient bien plus beaux que les siens (pensait-elle), et ses lunettes aussi. En plus, il n'avait pas d'appareil dentaire.

– Bon, a-t-elle réussi à prononcer.

– Bon, a dit Jessi.

– Bon, a dit Ben.

Jessi était en train de se demander comment les enfants pourraient jouer ensemble. Mais ils n'avaient pas attendu qu'elle s'occupe d'eux. James et Chris avaient laissé de côté leur vélo, Johnny avait délaissé son camion et ils s'étaient tous regroupés devant la maison. Vanessa leur expliquait comment jouer aux statues.

– Vous allez voir. On va bien s'amuser, leur a-t-elle assuré.

– Je vais, hum, je vais voir si je peux les aider, a annoncé Jessi à Mal et à Ben.

Ces derniers ont à peine fait attention à elle.

– D'accord, a dit Mal distraitement.

Ils se sont dirigés tous les deux vers le perron de la maison où ils se sont assis côte à côte. « S'ils se rapprochent davantage, a pensé Jessica malicieusement, Mal va finir sur les genoux de Ben ! »

Jessi a arbitré le jeu des statues. Il fallait qu'elle surveille les petits Pike. Heureusement, ils n'ont pas laissé échapper un seul « Croco ». Même Claire s'est tenue tranquille, et n'a appelé personne « espèce de stupide-bêbête-gluante » – pas même ses frères et sœurs. Jessi s'en était un peu doutée. Si leurs nouveaux voisins parlaient avec un accent terrible, ils ressemblaient en tous points à de parfaits petits Américains. Ils portaient tous des jeans (celui de James était à la dernière mode, déchiré au genou), James et Chris avaient des montres terribles au poignet, et leurs T-shirts et pantalons étaient deux fois trop grands. Johnny avait même une paire de Reebok aux pieds.

Au moment où Jessica se réjouissait que Mallory et elle aient si bien réussi à détendre l'atmosphère, cinq enfants du quartier – trois garçons et deux filles – ont pointé le bout de leur nez. Ils étaient à vélo et ils se sont arrêtés devant la maison des Hobart.

– Oh, oh, a fait Johnny.

– Hé, minus ! a fait l'un d'eux en hélant Chris. Qu'est-ce que tu as mangé ce matin ?

– Au p'tit déj' ? Des Weetabix et des tartines de Vegemite.

Ils ont éclaté de rire.

– Des Weetabix et de la Vegemite ! Pouah, ça a l'air infect !

James s'est approché d'un des gamins qui avait les cheveux tout hérissés.

– Hé, pas mal, ta coiffure, tu t'es coiffé avec un pétard ?

– Non, a répondu l'autre d'un air sarcastique. J'ai croisé un crocodile.

– Hilarant comme un enterrement, a grommelé James.

Il aurait pu continuer ainsi et se mettre dans de mauvais draps si Mal, Jessi et Ben n'étaient intervenus.

– Fichez le camp d'ici, têtes d'œuf, leur a ordonné Ben.

Ils allaient répliquer quelque chose à propos des « têtes d'œuf », mais Ben était plutôt grand, et il s'est interposé entre James et les cinq autres. Ces derniers sont remontés sur leurs vélos et ils ont filé à toute vitesse.

L'un d'eux s'est quand même retourné pour crier par-dessus son épaule :

– On se reverra, les Crocos !

Jessica et les petits Pike sont retournés chez eux triomphants cet après-midi-là. Mais la victoire avait un arrière-goût amer.

Quant à Mallory, elle ne s'était pas aperçue de grand-chose. Disons qu'elle avait l'esprit ailleurs.

– Club des baby-sitters, bonjour. Que
pouvons-nous faire pour vous ?
Une nouvelle réunion du Club des baby-sitters
venait de commencer et j'avais décroché pour
répondre à notre premier appel de la journée.

– Oh, bonjour, madame Prezzioso, ai-je dit en faisant la
grimace à l'intention des autres membres.

Jenny est la fille unique des Prezzioso, et ce n'est pas
vraiment l'enfant idéale que rêvent de garder les baby-
sitters. Nous aimons presque tous les enfants que nous
gardons – pour certains même, nous les adorons –, mais
lorsque Mme Prezzioso nous appelle, les visages s'assom-
brissent et les ronchonnements se font entendre. Jenny est
une enfant gâtée et elle est parfois insupportable.

– Samedi ? ai-je répété. De dix heures à quinze heures, d'accord. Je consulte le planning et je vous rappelle. Au revoir.

– Mme Prezzioso a besoin d'une baby-sitter samedi, ai-je annoncé aux autres.

– J'espère que je ne suis pas libre, a dit Lucy.

Cette fois-ci, elle était assise sur le lit tandis que Carla occupait la chaise de bureau. Nous avons rigolé puis Mary Anne a consulté l'agenda à la page du samedi.

– C'est bon, Lucy, tu as déjà une autre garde. Pareil pour Jessica, Claudia et Kristy.

Lucy, Jessi, Claudia et moi avons alors poussé un grand soupir de soulagement. En revanche, on pouvait voir une certaine anxiété sur les visages de Mallory, Carla et Mary Anne.

Elles ont essayé de trouver toutes les excuses possibles pour échapper à ce baby-sitting : « Tu ferais bien d'accepter cette proposition, Mal, puisque tu es en train d'économiser pour acheter des livres », ou encore « Vas-y, Carla. Garder Jenny, ça forge le caractère ».

– Je te remercie, mais mon caractère est très bien comme il est, s'est défendue Carla.

– Bon, d'accord, a fini par dire Mary Anne. Je me dévoue. De toute façon, le « cas Jenny » finit toujours par me revenir. Et puis, je ne me débrouille pas trop mal avec elle.

J'ai alors rappelé Mme Prezzioso pour lui annoncer que ce serait Mary Anne qui viendrait garder sa fille. Ce rendez-vous fixé, nous avons attendu l'appel suivant. Comme le téléphone ne sonnait pas, Claudia m'a demandé :

– Alors, comment ça se passe avec Susan, Kristy ?

J'avais déjà fait deux baby-sittings pour les Felder depuis ma première rencontre avec Susan. J'avais donc beaucoup de choses à raconter à mes amies.

– C'est vraiment bizarre, l'autisme. C'est comme si Susan gardait un secret pour elle toute seule. Comme si elle se trouvait en dehors du monde. Mme Felder décrit sa fille comme une handicapée mentale mais, en même temps, elle admet que ce n'est pas exact. Je veux dire qu'elle n'est pas trisomique. Son QI est très bas, mais c'est uniquement parce que ses professeurs ne peuvent pas vraiment l'évaluer. Elle ne parle pas. Et impossible de savoir pourquoi. Elle regarde à travers les gens comme s'ils n'étaient pas là. C'est comme si elle était aveugle et sourde, et pourtant, elle voit et elle entend. Et comment peut-on évaluer quelqu'un qui ne parle pas et qui est complètement en dehors du monde ? C'est impossible. C'est pour ça que Mme Felder dit que Susan est handicapée. Parce qu'elle a huit ans et qu'elle agit comme une enfant de deux ans. Enfin, comme une enfant de deux ans plus lente que les autres. Si seulement ses professeurs pouvaient communiquer avec elle, qui sait ce qu'elle serait en mesure d'apprendre ?

– Et à propos du piano et du calendrier dans sa tête ? a demandé Jessica.

– Eh bien, ça aussi, c'est étrange. La plupart du temps, Susan se comporte comme une enfant de deux ans – elle ne sait pas s'habiller seule, elle ne parle pas – mais vous connaissez des enfants de deux ans qui jouent du piano comme des adultes ?

– Ça n'existe pas, a répondu Mal.

– Et ce truc avec le calendrier, c'est fou! ai-je repris. Aujourd'hui, j'ai donné la date de naissance de ma mère à Susan et elle m'a immédiatement répondu « dimanche ». Elle a raison, maman est née un dimanche. Je me demande comment elle fait! Il suffit de lui dire n'importe quelle date, comme le 13 juillet 1931, et, en un clin d'œil, elle retrouve le jour de la semaine correspondant. Tenez, tout à l'heure, j'ai essayé de la piéger : je lui ai demandé quel jour était le 29 février 1999. Susan m'a répondu sans hésiter : « 1er mars, lundi ». C'est incroyable. Il n'y a vingt-neuf jours au mois de février que les années bissextiles, et 1999 n'en est pas une. Susan le savait. Alors elle m'a donné le jour qui venait juste après le 28 février.

– C'est complètement dingue! s'est exclamée Claudia.

– Et le pire, c'est que Susan est mise à l'écart de tout. On dirait que tout le monde la traite en paria. Ses parents l'envoient en pension dans une école spécialisée loin d'ici, et elle n'a aucun ami, bien sûr. Je suis prête à parier que si ses parents la gardaient auprès d'eux et qu'elle prenait le bus tous les jours pour aller aux cours spécialisés de l'école élémentaire de Stonebrook, elle s'en sortirait. Elle ferait connaissance avec les enfants du quartier et elle finirait peut-être par pouvoir jouer avec eux.

La sonnerie du téléphone a interrompu notre discussion à propos de Susan. Les appels se sont succédé et nous avons organisé trois baby-sittings. Dont un pour les Hobart.

Mallory est devenue rouge pivoine.

– Oh, s'il vous plaît, nous a-t-elle suppliées. S'il vous plaît, laissez-moi faire ce baby-sitting. Je sais que nous ne sommes pas censées choisir, mais... s'il vous plaît. Juste cette fois, d'accord ?

– Ça va, Mal, l'a rassurée Mary Anne. Tu peux le faire si Lucy n'y voit pas d'objection. Vous êtes les deux seules à être disponibles ce jour-là.

– C'est bon, Mal, a dit Lucy en souriant jusqu'aux oreilles.

– Oh, merci.

Mallory était radieuse.

Après quelques minutes de silence (le téléphone ne sonnait plus), Jessica a pris la parole :

– J'étais en train de réfléchir sur ce que tu racontais à propos de Susan, Kristy. Tu as dit qu'elle était mise à l'écart. Eh bien, tu sais quoi ? Les Hobart aussi sont mis à l'écart. Juste parce qu'ils ont un accent différent, qu'ils mangent de la Vegemite au lieu de la confiture et qu'ils utilisent des expressions que nous ne connaissons pas. Les enfants ne sont pas tendres avec eux. Ils n'arrêtent pas de les embêter, comme s'ils avaient plein de préjugés contre eux.

– Hier, Jessi et moi, nous avons emmené mes frères et sœurs chez les Hobart. Ils se sont bien entendus avec les quatre garçons, est intervenue Mal.

– Surtout Mal et Ben. Ils se sont drôlement bien entendus, a souligné Jessi d'un air malicieux.

A ces mots, Mal a viré au rouge tomate.

Lucy était sur le point d'ajouter quelque chose, mais je l'ai interrompue. Je ne pouvais pas m'en empêcher. Je venais d'avoir une de mes brillantes idées.

– Vous savez quoi ? Vendredi prochain, quand j'irai

garder Susan, eh bien, je l'emmènerai chez les Hobart. Ça tombe pile-poil. Susan a besoin d'amis. Les Hobart ont besoin d'amis. Susan ne se moquera pas d'eux, et ils ne se moqueront pas d'elle. Pas après avoir subi les moqueries des autres, je pense. Peut-être que si Susan se fait des amis avant la fin du mois, ses parents ne l'enverront pas en pension et la laisseront aller à l'école ici.

– Et je pourrai aussi emmener Claire et Margot chez les Hobart vendredi, a ajouté Mallory tout excitée. Elles se sont très bien entendues avec les deux plus jeunes frères. James pourrait jouer avec Susan : ils ont le même âge. Et moi... et moi...

– Et toi, tu ferais quoi pendant ce temps ? l'a taquinée Lucy.

Mallory avait eu une bonne idée. Mais je commençais à avoir quelques doutes sur ses motivations. Pour quelle raison voulait-elle absolument emmener ses sœurs chez les Hobart vendredi ?

– Est-ce que Ben se fait autant embêter que ses frères ? a demandé Claudia. (Maintenant que nous savons que Ben est dans notre collège, nous avons cherché à le repérer, mais il faut reconnaître que les quatrièmes ne se mélangent pas trop aux sixièmes.)

– Je crois que non, a répondu Jessi. Qu'est-ce que tu en penses, Mal ?

Mallory, le visage encore en feu, a secoué la tête.

Jessi a réprimé un sourire et elle a expliqué :

– Ben est plutôt grand pour son âge, du coup, il a l'air plus...

– Menaçant ? a proposé Carla.

– Non, mais disons qu'on n'a pas envie de se mesurer à lui. En plus, au collège, comme on change souvent de salle de classe, personne n'a vraiment le temps de l'embêter. C'est quand ses frères sont dans leur jardin que tout se gâte. Là, ce sont des proies faciles. James, Chris et surtout Johnny ne savent pas bien se défendre.

– Je parie que Mallory saurait quoi faire pour que Ben se sente complètement chez lui ici, a insisté Lucy.

Mal ne disait plus un mot. Elle se contentait de fixer le sol. Ce qui nous a fait encore plus sourire.

Lucy ne voulait pas lâcher l'affaire et elle a insisté :

– Allez, Mal. Avoue-le. Ben te fait craquer.

Heureusement la sonnerie du téléphone a retenti, mettant fin à la torture de Mallory. C'était ma mère qui avait besoin d'une baby-sitter pour un soir où je ne serais pas à la maison. Mary Anne a organisé la garde pour Lucy.

Justement, aussitôt le téléphone raccroché, Lucy a repris :

– Mal ? Allez ! Avoue. Pas vrai que Ben te fait craquer ?

– Bon... D'accord, peut-être que... oui, c'est vrai, a-t-elle bredouillé.

– Tu as raison, il est vraiment mignon !

Mallory s'est retournée vers Lucy et l'a corrigée :

– Il est adorable, tu veux dire. Même ses lunettes sont chouettes.

Tout le monde s'est mis à rire.

Mallory s'est alors levée et elle s'est approchée de la fenêtre. Les Hobart étaient dehors, comme d'habitude. Cette fois-ci, James faisait du skate-board, Chris du vélo, et Ben aidait Johnny à rester en équilibre sur un autre skate.

– Ben est un grand frère très attentionné, a remarqué Mal. Et il est gentil et drôle.

– Est-ce un jeune homme honnête, droit, économe, travailleur et prévenant avec les vieilles dames ? a demandé Claudia sur le ton de la plaisanterie.

Mallory s'est retournée vers nous. Elle avait l'air de sortir d'un rêve.

– Oui, a-t-elle murmuré avec un grand sourire.

– Bien, je pense que tu devrais foncer alors, a conseillé Carla.

– Moi ? Faire le premier pas ? s'est étonnée Mal.

– Oui, pourquoi pas ?

– Mm… Je vais peut-être essayer…

Ce vendredi-là, Samuel m'a déposée chez les Felder, comme d'habitude. Je me suis précipitée dans l'allée pour sonner à la porte.

On entendait un piano, et je savais que c'était Susan qui jouait. Mme Felder est venue m'ouvrir, l'air fatigué.

– Bonjour !

– Bonjour, Kristy. Je suis contente de te voir arriver ! Je crois que j'ai vraiment besoin de souffler. Susan n'est pas dans un de ses meilleurs jours. Elle ne veut pas quitter le piano et elle se débat si on veut l'en éloigner. J'ai dû batailler dur pour la faire déjeuner... On aurait dit que je lui demandais de manger des piments rouges !

– Eh bien, je suis désolée.

– Essaie de lui faire lâcher le piano, a-t-elle continué,

tandis que j'entrais chez eux. J'aimerais bien qu'elle prenne l'air aujourd'hui. Mais si tu n'y arrives pas, ne t'inquiète pas. Ce n'est pas grave.

– D'accord.

Je me disais que ça n'allait pas être facile d'aller chez les Hobart comme je l'avais prévu avec Mallory. Mme Felder a dû s'apercevoir que j'étais un peu tendue.

– Ne t'inquiète pas. Je t'assure. Il n'y a rien de grave. Susan est juste très têtue aujourd'hui. Mais elle n'est jamais violente. Même si elle est assez forte et qu'elle a une volonté de fer pour résister. Par exemple, si elle ne veut pas manger, elle va garder la bouche fermée. Et alors, impossible de lui faire avaler quoi que ce soit.

– Pourquoi ne veut-elle pas manger aujourd'hui ?

– Beaucoup d'enfants autistes ont des problèmes pour manger et dormir. C'est le cas de Susan.

– D'accord. J'essayerai d'emmener Susan dehors. Et si elle veut prendre un goûter, cela ne pose pas de problème ? Il vaut peut-être mieux qu'elle attende l'heure du dîner ?

– Non, un goûter, c'est très bien. Essaie un biscuit. J'aimerais bien qu'elle ait quelque chose dans le ventre.

Puis Mme Felder est partie, comme si elle voulait fuir cet endroit au plus vite.

J'ai observé Susan au piano quelques instants. Elle jouait avec application, la tête penchée sur le côté et les yeux perdus dans le vide. Elle ne regardait jamais les touches et, bien sûr, il n'y avait pas de partition devant elle. Elle n'en avait pas besoin.

– Susan ! ai-je appelé au bout d'un moment.

Aucune réponse. Pas même un battement de cil.

– Susan ! Susan… SUSAN !

Elle a continué à jouer. Je ne savais pas quel air elle interprétait parce que c'était de la musique classique et que je ne m'y connais pas du tout.

– Susan !

Je me suis approchée du piano et j'ai passé mes mains devant ses yeux, mais elle n'a eu aucune réaction. On aurait dit une somnambule.

Alors, j'ai décidé de poser mes mains sur les siennes le plus délicatement possible. Elle a essayé de continuer à jouer. J'ai raffermi ma prise. Elle ne pouvait plus bouger les doigts. Elle a dû s'arrêter de jouer. Et vous savez ce qui s'est passé ensuite ? L'espace d'une seconde, ou peut-être seulement d'une fraction de seconde, elle m'a regardée. Je veux dire qu'elle a véritablement plongé ses grands yeux marron dans les miens. Et puis plus rien. Elle s'est de nouveau réfugiée dans son monde. Je me demandais où avait pu fuir son esprit.

Gardant mes mains sur les siennes, j'ai essayé de l'entraîner loin du piano. Elle n'a pas bougé d'un pouce. J'ai tiré plus fort. J'ai alors compris ce que voulait dire Mme Felder en parlant de sa force de résistance. Mais je n'allais pas baisser les bras pour autant. J'ai appris à être patiente avec mes frères et sœurs.

Comme Susan est petite pour son âge, je me suis mise derrière elle, je l'ai soulevée et je l'ai portée dans la cuisine. Elle s'est un peu débattue, mais sans plus.

– Voilà, Susan. C'est l'heure du goûter. Qu'est-ce que tu veux ?

Tout en lui tenant une main, j'ai ouvert le réfrigérateur.

– Est-ce qu'il y a quelque chose qui te tente ?

Susan regardait par la fenêtre en agitant sa main libre. Bon, à ce rythme-là, on n'était pas près de sortir ! J'ai refermé la porte du réfrigérateur. J'avais repéré des biscuits que sa mère avait faits. J'en ai pris deux et j'ai entraîné Susan dehors. Nous sommes parties chez les Hobart. Sur le chemin, je lui ai tendu un des biscuits.

Susan devait avoir une faim de loup après avoir passé la journée à jouer du piano le ventre vide. Elle l'a croqué sans protester. Elle avait avalé le deuxième quand nous sommes arrivées chez les Hobart.

Comme j'avais mis du temps à détacher Susan de son piano, Mallory, Claire et Margot étaient déjà là. Tout le monde était dans le jardin. Mal et Ben étaient assis sur les marches du perron, en grande conversation, et les autres jouaient à chat perché.

– Salut ! ai-je lancé.

– Salut, m'ont répondu les enfants d'un air méfiant.

Aucun d'eux ne connaissait encore Susan. Et elle avait l'air vraiment bizarre, à agiter ses mains et à claquer la langue.

Un grand silence a suivi.

Puis Mallory a levé les yeux vers nous et a compris ce qui se passait. Elle est venue nous rejoindre, accompagnée de Ben.

– Je vous présente Susan, a-t-elle dit. Elle a huit ans, comme toi, James. Elle ne parle pas, mais je suis sûre qu'elle aimerait se joindre à nous pour jouer. Oh, James, Ben, Chris et Johnny, je vous présente Kristy. C'est la présidente du Club des baby-sitters.

– Salut !

– Salut ! m'ont répondu les garçons.

La petite sœur de Mal s'est approchée de Susan.

– Je m'appelle Claire. J'ai cinq ans.

La seule réponse qu'elle a obtenue, c'étaient des flap, flap, flap, et des clic, clic, clic. Mais elle ne s'est pas découragée et elle a répété :

– Je m'appelle Claire et j'ai cinq ans.

Pas de réponse bien sûr.

– Elle ne parle pas, lui a rappelé Mal.

– Pas du tout ?

– Enfin, quelques mots quand elle veut bien, ai-je fini par dire. Mais elle ne peut avoir une vraie conversation avec toi.

– Pourquoi ? a demandé Chris.

Les enfants étaient debout en cercle autour de Susan et ils la fixaient attentivement. Elle ne semblait pas s'en rendre compte.

J'ai alors essayé de leur expliquer ce qu'était l'autisme.

Puis Margot a proposé :

– Peut-être qu'elle pourrait jouer à chat perché avec nous. On n'a pas besoin de parler à ce jeu.

– Ouais ! a dit James, enthousiaste. On pourrait peut-être lui apprendre à jouer.

Nous avons donc commencé une partie de chat perché. James a été le premier chat, et il s'efforçait de ne pas courir trop vite derrière les autres pour montrer à Susan comment on jouait.

– Cours, Susan, cours ! lui ai-je crié.

Susan errait sous un arbre. Elle regardait les rayons du soleil filtrer à travers le feuillage en agitant la main devant son visage. A voix basse, elle s'est mise à fredonner l'air qu'elle avait joué au piano ce jour-là.

J'ai alors décidé d'inverser les rôles. C'était à Susan de courir après les autres pour essayer de les attraper. Mais cela n'a pas marché non plus.

Nous étions encore en train d'exhorter Susan à courir quand deux garçons sont entrés dans le jardin. Ils faisaient partie du groupe qui embêtait les Hobart sans arrêt. L'un d'eux dépassait son copain d'une tête.

– Hé, les Crocos ! a lancé le plus petit.

Personne ne lui a répondu.

– Vous êtes sourds ou quoi ?

– Hilarant comme un enterrement, a murmuré James.

– Qu'est-ce que tu marmonnes, toi ? a demandé le plus grand en se plantant devant James.

C'est à ce moment-là que Ben s'est approché d'eux. Il est arrivé derrière le grand garçon et lui a tapoté l'épaule. L'autre s'est retourné. Il n'avait plus l'air aussi grand que ça maintenant. Et, à mon avis, il ne devait plus se sentir aussi grand que ça non plus. Il a reculé. Puis il a aperçu Susan.

– Qui c'est, elle ? a-t-il demandé. Et qu'est-ce qu'elle fait ? (Susan était toujours sous l'arbre en train de fredonner en agitant une main devant elle et en claquant la langue.)

– Elle s'appelle Susan Felder, lui ai-je répondu. Et vous deux, qui êtes-vous ?

Les deux garçons se sont regardés et le plus grand a dit :

– Bob et Craig.

– Ouais, on est Bob et Craig, a répété le plus petit.

– Vous n'osez pas dire vos noms de famille ?

– Hilarant comme un enterrement, a répliqué Bob-ou-Craig en imitant James.

Je me suis demandé pourquoi ces idiots continuaient à venir embêter les Hobart. Quelque chose devait les fasciner chez eux, sinon ils ne s'acharneraient pas à les provoquer. Peut-être qu'ils aimaient bien entendre des mots ou des expressions d'Australie. Mais ils étaient vraiment méchants. S'ils voulaient entendre Johnny demander du « fil de fée », Ben traiter quelqu'un de « tête d'œuf » ou encore Chris parler de Vegemite, ils n'avaient qu'à le leur demander. Je m'étais déjà rendu compte que la plupart des gens qui se moquent des autres le font parce qu'ils se sentent inférieurs à eux et qu'ils ont besoin de prouver quelque chose. Comme à l'école quand une brute s'attaque à un plus petit parce que c'est une proie facile et sans risque. Tout en sachant cela, je n'étais pas d'un grand secours pour les Hobart.

Ben, Mal et moi, nous nous demandions ce qu'il fallait faire. Nous avons alors décidé qu'il valait mieux laisser les enfants essayer de s'en sortir tout seuls. Les moqueries ont repris de plus belle. J'ai cependant remarqué que, pendant la dispute, James gardait un œil sur Susan. Quand Bob-ou-Craig – enfin, le plus petit des deux – s'est planté devant elle et a commencé à l'imiter en agitant une main dans tous les sens et en claquant la langue, James s'est précipité à ses côtés et lui a passé un bras autour des épaules d'un air protecteur.

– Laisse-la tranquille. C'est… c'est une copine à moi.

Ça y était ! Susan avait un ami! Mon cœur s'est mis à battre plus vite. C'est à ce moment-là que j'ai encore eu une de mes grandes idées. Je me suis approchée de James, Susan et Bob-ou-Craig en disant :

– C'est difficile à croire, mais Susan est très intelligente.

– Ouais, c'est ça, a rétorqué le gamin. Bien sûr !

– Je t'assure.

J'ai alors expliqué que Susan avait un calendrier dans la tête.

– Vas-y. Tu n'as qu'à essayer. Donne-lui une date, n'importe laquelle. Elle te dira quel jour de la semaine c'était.

– D'ac', a répondu Bob-ou-Craig (le plus grand) d'un air narquois. Le 1er décembre 1983.

– Jeudi, a annoncé Susan d'une voix monocorde.

– C'est vrai ! s'est exclamé le garçon. C'est le jour de naissance de ma grande sœur. Comment elle a fait ? Et si rapidement ?

– Oh, c'était un jeu d'enfant pour elle, ai-je dit. Remonte plus loin dans le passé. Est-ce que tu connais la date de naissance d'un de tes grands-parents ?

– Moi, je vais lui poser une colle, a dit le plus petit.

Et Susan a renouvelé son exploit.

Tout le monde était épaté : les deux Bob-ou-Craig, grand et petit, les Hobart et les Pike.

J'étais extrêmement fière de Susan.

Vendredi

On n'a pas le temps de s'ennuyer chez toi, Kristy.
Ça, c'est sûr! J'ai gardé David Michael, Emily Michelle,
Karen et Andrew le soir où ta mère et Jim étaient au
restaurant, Mamie chez des amis, tes frères à une soirée,
et toi avec Susan.

Karen a voulu jouer à « Grand Hôtel » et nous a tous
convaincus de participer. Nous nous sommes bien amusés
et nous avons beaucoup ri. C'était surtout drôle parce
qu'Emily ne comprenait pas ce qui se passait.
Elle était simplement très contente d'être avec nous.

Enfin, j'ai réfléchi à la discussion que nous avons eue
quand tu es rentrée, mais je n'ai pas encore trouvé
de solution.   .

Lucy est arrivée à la maison au moment où tout le monde s'apprêtait à partir. Mamie se dépêchait pour ne pas être en retard chez ses amis. Samuel et Charlie étaient dans la cuisine en train de me supplier de leur rendre service. Ils venaient de se souvenir qu'ils avaient promis d'apporter de quoi grignoter – comme des chips ou des biscuits – à la soirée où ils étaient invités. Non seulement ils n'avaient rien acheté, mais en plus ils n'avaient pas un sou.

– Vous n'en seriez pas là si vous aviez un petit job comme le mien, leur ai-je fait remarquer.

Samuel et Charlie m'ont foudroyée du regard. S'ils avaient eu des revolvers à la place des yeux, je crois bien que je serais morte sur le coup !

J'ai haussé les épaules, puis je me suis tournée vers Lucy, qui venait d'arriver, et je l'ai entraînée dans le salon. J'ai entendu ma mère qui demandait à mes frères :

– Vous voulez dire qu'aucun de vous n'a d'argent ?

Karen, Andrew, Emily et David Michael étaient devant la télévision. Ils regardaient *Le Magicien d'Oz* en vidéo.

– Je vous rappelle, leur ai-je dit, que vous pouvez regarder jusqu'à ce que Dorothée quitte le pays des Grignotins. Ensuite, il faudra éteindre la télé.

– Ce n'est pas toi qui t'occupes de nous, a rétorqué David Michael sans quitter l'écran des yeux. Alors, ce n'est pas toi qui commandes ce soir.

C'est à ce moment-là que maman est apparue dans l'encadrement de la porte.

– Vous pouvez regarder jusqu'à ce que Dorothée quitte le pays des Grignotins, a-t-elle dit, ensuite, il faudra éteindre la télé.

– Oh zut ! a râlé David Michael.

– Mince alors ! a ronchonné Karen.

Sur ce, Samuel et Charlie sont partis à leur soirée, chacun avec un énorme paquet de chips sous le bras. Jim avait certainement dû les leur donner. Ensuite, maman, Jim et moi avons à notre tour quitté la maison. Ils m'ont déposée chez Susan, c'était sur leur chemin. Les Felder devaient me ramener à la maison après le baby-sitting.

Lucy est restée chez nous pour garder mes frères et sœurs. Elle s'est installée par terre pour regarder le film avec eux.

– Bon, a-t-elle dit quelques instants plus tard. Il est l'heure d'éteindre la télé.

Les enfants ont un peu protesté.

– Dorothée n'est pas encore partie, a dit Karen. Elle est sur la route de briques jaunes et elle n'a pas encore rencontré l'Épouvantail. Cela veut dire qu'elle est encore à…

Pile au moment où elle prononçait ces mots, l'Épouvantail est apparu à l'écran.

– Voilà, a dit Lucy. Dorothée a quitté pour de bon le pays des Grignotins.

Puis elle s'est levée et elle a éteint la télévision.

– Et maintenant, s'est plaint David Michael, qu'est-ce qu'on fait ?

– On pourrait jouer à la bataille, a suggéré Andrew sans grande conviction.

– Je sais ! s'est exclamée Karen. Et si on jouait à « Grand Hôtel » ? On pourrait apprendre à Emily.

« Grand Hôtel » est un jeu auquel mes frères et sœurs jouent souvent. Karen l'a inventé, c'est pour ça qu'elle l'adore. Elle doit souvent insister un peu pour que les autres acceptent de participer. Il faut dire qu'elle se réserve toujours le beau rôle et qu'elle laisse aux autres des rôles moins importants. Le jeu est censé se dérouler dans un grand hôtel de l'ancien temps, très chic. Une personne (moi, en général) doit être à la réception pour jouer le directeur. Une autre personne (en général, David Michael) doit faire le garçon d'étage, et porter les bagages des clients à leur chambre. C'est à Karen que revient le droit de jouer les clients et c'est elle encore qui distribue les rôles à Emily et à Andrew. Elle leur fait toujours jouer des bébés ou des petits animaux de compagnie.

Comme tout le monde doit sans cesse changer de rôle et donc de costumes dans « Grand Hôtel », le jeu en lui-même importe peu. On passe son temps à trouver des déguisements rigolos. En fait, je crois que tout le monde aime bien y jouer, même si personne ne l'avoue franchement.

– Tout le monde en costume ! a crié Karen une fois que les autres avaient accepté de jouer.

Ils se sont tous élancés dans les escaliers pour aller à la salle de jeux, où il y a une malle pleine de déguisements. Honnêtement, quand j'ai fait la connaissance de Jim et de ses enfants, j'ai été impressionnée par tous les jouets qu'ils avaient. Quand je pense que Karen et Andrew ne rendent visite à leur père qu'un week-end sur deux ! En plus, à l'époque, David Michael et Emily ne vivaient pas encore là.

Alors imaginez un peu les costumes qu'il pouvait y avoir dans cette malle ! Ils étaient fabuleux et devaient venir des magasins de jouets les plus chics de la ville. David Michael s'est déguisé en garçon d'étage pendant que Karen supervisait l'habillage des autres personnages.

– Bon, on dirait que je suis Mme de Quenelle, que je suis très très riche et que je vais rester quelques jours à l'hôtel. Emily, tu seras ma fille, et Andrew, tu seras mon petit singe domestique.

– Quoi ?! s'est indigné Andrew.

Karen a fait comme si de rien n'était et a continué :

– David Michael, tu redescends dans le salon et tu te tiens prêt. Lucy, tu vas avec lui et tu trouves un bloc de papier pour tenir le registre de l'hôtel.

– D'accord, a répondu Lucy.

David Michael et Lucy ont regagné la salle de séjour pour attendre les clients.

Quelques minutes après, Mme de Quenelle faisait son entrée. Elle était très élégante. Karen avait trouvé une longue robe de soirée, des talons aiguilles argentés, un chapeau à voilette, un manchon en fausse fourrure, et tout un tas de bracelets et de colliers.

– Bonsoir, je suis Mme de Quenelle. Je vais passer une nuit ici. Je suis accompagnée de (elle a poussé Emily et Andrew dans la pièce) ma fille Perdita et de mon petit singe King Kong.

Emily s'est avancée. On aurait dit qu'elle avait mis ses habits du dimanche. Elle portait une robe blanche avec des rubans roses, et des ballerines vernies noires. Andrew arborait un chapeau avec des oreilles, des gants avec de petites griffes au bout de chaque doigt, et une queue de singe.

– Je suis vraiment désolée, s'est alors excusée Lucy-la-réceptionniste, mais les singes ne sont pas admis dans l'établissement. En fait, aucun animal n'est autorisé dans l'hôtel.

– Mais mon chien, un teckel à poils ras, a pu venir avec

moi la dernière fois, lui a répondu Karen. N'oubliez pas que je suis très très riche. Où mon adorable petite fille et moi allons dormir ce soir si nous ne pouvons pas rester ici ? Nous devons nous rendre à Istanbul, vous savez, et... Garçon ! Montez nos bagages. Voici un billet de cent dollars comme pourboire.

Lucy a fait semblant d'être troublée.

– Très bien, madame de Saucisse, je veux dire, madame de Quenelle. Veuillez signer le registre, s'il vous plaît. Signez aussi pour Perdita et Ding Dong.

– King Kong, l'a corrigée Karen.

Elle s'est alors tournée vers Emily :

– Dis : « Merci, madame. »

– Méci, dame, a-t-elle répété fièrement, bien qu'elle n'ait pas la moindre idée de ce qu'elle disait.

– Maintenant, dis : « Oh, quel bel hôtel ! »

– Oh, qué tel, a dit Emily.

Le jeu s'est déroulé tranquillement. Karen a joué plein d'autres personnages et s'est présentée au comptoir de l'hôtel une fois en sorcière accompagnée de son fantôme et de son chat noir ; une autre fois en vieille dame avec ses petits-enfants, et ainsi de suite. Elle était déguisée en joueuse de tennis professionnelle quand je suis arrivée à la maison.

– Les Felder sont rentrés plus tôt que prévu, leur ai-je expliqué tandis qu'Andrew et Emily se jetaient sur moi et s'agrippaient à mes jambes.

– Oh, a dit Lucy. Bon, ma mère ne peut pas venir me chercher avant une heure. Je suis coincée ici. J'espère que cela ne te dérange pas.

– Pas du tout.

Nous nous sommes assises toutes les deux sur le canapé du salon.

– David Michael, ai-je dit. Tu pourrais jouer le réceptionniste, non ? Comme ça, Lucy et moi, on pourrait discuter un peu.

– Chouette, a répondu mon frère. Je vais pouvoir me changer. J'ai trop chaud avec cet uniforme.

– Comment ça s'est passé avec Susan ? m'a demandé Lucy.

J'ai haussé les épaules.

– Comme d'habitude. Tu sais ce qui me met en colère ? J'ai raconté à Mme Felder que James avait dit que Susan était son amie, mais on aurait dit que cela ne l'intéressait pas. Elle va quand même envoyer Susan en pension dans sa nouvelle école. Si seulement elle pouvait lui laisser une chance d'essayer de vivre chez eux ! Je pense que la place des enfants est auprès de leurs parents. Tu sais, j'ai l'intention de montrer à Mme Felder que Susan est « normale ». Je veux qu'elle change d'avis pour l'école.

– Je te comprends, a dit Lucy. Mais ne t'emballe pas trop.

– Non, promis, ai-je soupiré. Tu sais, je dois quand même reconnaître que je n'ai jamais rencontré d'enfant aussi handicapée que Susan. Elle ne m'a pas laissée la toucher ce soir. Je n'ai pas pu lui mettre son pyjama, et elle n'a pas arrêté de crier.

Lucy aussi a poussé un soupir.

C'est alors qu'Emily s'est présentée devant nous, avec un immense chapeau sur la tête, des gants qui remontaient jusqu'aux coudes et des talons hauts.

– Pa'don, nous a-t-elle dit. A danser ?

Karen se tenait derrière elle, souriant de toutes ses dents.

– Bien sûr, que tu peux danser, Emily, lui ai-je dit.

Mes sombres pensées à propos de Susan ont été emportées dans le tourbillon qui a transformé le grand hôtel en salle de bal.

– Susan… Susan… Susan ?
Devinez où je me trouvais ? De nouveau chez
les Felder, bien sûr. La mère de Susan venait
de quitter la maison pour l'après-midi, et
Susan était perdue dans son monde musical.

Impossible d'attirer son attention.

J'ai pensé poser mes mains sur les siennes pour l'empêcher de jouer comme je l'avais déjà fait avant, mais sa mère m'avait dit que Susan avait été particulièrement gentille ce jour-là. Elle avait bien mangé au petit déjeuner et au déjeuner, elle avait été sage pendant la promenade, et elle venait seulement de se mettre au piano. De plus, pour la première fois depuis que je la gardais, j'avais remarqué un changement radical sur son visage quand elle jouait. Elle fixait toujours un point imaginaire, la tête penchée de côté, mais un sourire illuminait son visage et elle avait l'air détendu. (D'habitude, elle est toute crispée.) J'ai alors décidé de la laisser jouer. J'étais dans la salle de séjour avec elle, sur le point de commencer mes devoirs, quand quelqu'un a sonné à la porte.

« Peut-être que c'est James Hobart qui vient jouer avec sa nouvelle copine », me suis-je dit.

Je me suis précipitée vers la porte et j'ai jeté un coup d'œil rapide par la fenêtre pour voir qui c'était. C'était bien un garçon, mais ce n'était pas James. En fait, c'était un des gamins qui s'étaient moqués des Hobart. C'était Bob-ou-Craig, le plus petit des deux.

J'ai ouvert la porte en fronçant les sourcils.

– Oui ?

Peut-être qu'il était livreur de journaux et que les Felder lui devaient de l'argent.

– Salut, a-t-il dit, un peu nerveux. Je peux entrer ? Je viens voir Susan.

– C'est vrai ?

Je n'en croyais pas mes oreilles. En tout cas, c'était super ! Un autre ami !

– Entre.

– Merci, a-t-il dit en s'avançant dans la maison. Où est-elle ?

Je lui ai montré le piano.

– Tu veux dire qu'elle sait aussi jouer du piano ?

Il avait l'air de plus en plus surpris.

– Ouais. Elle connaît plein d'airs différents. Tu as une chanson préférée ? Il suffit de lui demander, lui ai-je annoncé fièrement, comme si Susan donnait un concert.

Il s'est approché du piano.

– Joue *Let it be*, a-t-il dit en pensant visiblement que Susan ne connaissait pas cette chanson.

Susan, sans s'arrêter de jouer, est passée de l'air qu'elle était en train de jouer à *Let it be*, avec une aisance parfaite.

– Elle ne s'arrête jamais ? a demandé Bob-ou- Craig.

– Je ne sais pas, lui ai-je répondu.

J'avais toujours entendu Susan jouer des airs classiques jusqu'à présent (selon sa mère, c'est la musique qu'elle préfère), et les morceaux de musique classique me semblent toujours très longs.

– D'accord, a-t-il repris. D'accord. Hé, Susan, joue *Oh, Susanna !*

Oh, Susanna ! C'était une vieille chanson débile. Susan n'allait jamais pouvoir la…

Et pourtant, elle a réussi. Elle est passée de *Let it be* à *Oh, Susanna !* sans perdre une mesure.

– Waouh ! s'est exclamé le garçon, impressionné.

– Au fait, comment tu t'appelles ? lui ai-je demandé. Je veux dire, tu es Bob ou bien Craig ? Si tu penses devenir un ami de Susan, j'aimerais savoir ton prénom, comme ça, je pourrais le lui dire et lui parler de toi.

– Oh, a-t-il dit d'un air gêné en se balançant d'un pied sur l'autre. Eh bien… pour dire la vérité, je m'appelle Mel Tucker.

– Mel, ai-je répété en souriant. Je m'appelle Kristy Parker, et je suis la baby-sitter de Susan.

Mel a hoché la tête. Puis un sourire a illuminé son visage pendant qu'il regardait Susan jouer du piano.

– Je sais ! s'est-il exclamé. Je viens de voir *West Side Story*.

C'est un super film. Nous l'avons loué, et je l'ai regardé trois fois avant de rendre la cassette. Hé, Susan, joue la chanson de Maria, s'il te plaît.

De nouveau, Susan a interprété l'air qu'il lui avait demandé. Mais cette fois, elle s'est aussi mise à chanter, et Mel a failli en tomber à la renverse. Elle connaissait toutes les paroles. Arrivée à la fin, elle a recommencé. J'avais l'impression que Susan connaissait toutes les chansons de cette comédie musicale.

– Elle a une jolie voix, a murmuré Mel.

C'était probablement le plus grand compliment qu'il pouvait lui faire.

– Oui, c'est vrai.

Mais comment faire pour que Susan se serve de cette voix pour parler aux autres et pas seulement pour chanter et donner des dates ?

– J'imagine que Susan connaît plein de chansons.

– Des milliers ! me suis-je vantée pour elle.

– Et elle peut toutes les chanter !

Vu le ton de sa voix, c'était une question plutôt qu'une affirmation.

– Non, ai-je répondu. Pas toutes. Mais une fois qu'elle les connaît, elle ne les oublie jamais. Elle peut même apprendre les paroles d'une chanson dans une autre langue.

– Tu veux dire qu'elle sait parler italien, espagnol et tout ?

– Pas vraiment. Il suffit en fait qu'elle entende les paroles dans n'importe quelle langue pour qu'elle les retienne par cœur.

– Elle se souvient de tout ? a demandé Mel. A quelle vitesse elle apprend ça ?

– Il suffit d'une fois en général. Je veux dire que si elle entend un air, elle peut le rejouer, et si elle entend une chanson, elle peut la rechanter. Enfin, parfois, ça peut lui prendre un peu plus de temps, ai-je avoué. Du moins, c'est ce que m'a dit sa mère.

– C'est dingue! Susan est incroyable. Une fois, je suis allé au cirque, et j'ai vu une poule qui pouvait jouer sur un piano miniature avec son bec. C'était déjà complètement fou. Mais là, c'est encore mieux. Susan est vraiment incroyable!

– Ouais, elle est spéciale, ai-je dit en souriant.

– Elle devrait passer à la télé. Il y a une émission sur les gens pas comme les autres, a dit Mel. Elle devrait vraiment y aller.

– Je ne sais pas…

– Bon, je dois filer, a annoncé Mel brusquement. Combien de fois par semaine tu gardes Susan?

– Trois fois, lui ai-je répondu. Les lundis, mercredis, et vendredis après l'école.

– D'accord. Bon, je ferais mieux d'y aller. A bientôt, a-t-il lancé en franchissant le pas de la porte.

J'ai rejoint Susan au piano et je me suis assise à côté d'elle.

– Tu as deux amis maintenant, Susan! Est-ce que tu comprends ce que je te dis? Deux amis. Deux personnes qui t'aiment bien. Enfin, tu peux même dire trois amis, puisque moi aussi, je t'aime bien. Tes amis s'appellent Mel, James et Kristy. Moi, c'est Kristy. Je suis Kristy. Kristy, ai-je dit en pointant mon doigt sur ma poitrine. Bon, Susan. Tu peux arrêter de jouer cette chanson sur Maria. Tu n'as pas arrêté de la jouer. On va aller dehors, OK?

Susan a continué de jouer.

On a de nouveau sonné à la porte.

Je suis allée ouvrir. Cette fois-ci, c'était James Hobart.

– Salut, James.

– Bonjour. Est-ce que Susan peut sortir jouer ?

A propos de musique, ces mots sonnaient comme une merveilleuse mélodie à mes oreilles.

– Bien sûr. Mais d'abord, entre un moment.

James m'a suivie. Il a eu exactement la même réaction que Mel juste avant.

– Elle joue du piano aussi ?

– Ouais. Mais il est temps qu'elle arrête un peu.

Si j'avais entendu encore une fois Susan chanter : *Maria, Maria ! I just met a girl named Maria !*, je crois que je serais devenue folle.

– C'est parfois difficile de l'arrêter, ai-je expliqué à James.

J'ai posé mes mains sur celles de Susan et je les ai maintenues fermement jusqu'à ce qu'elle ne puisse plus jouer.

– Je... Je ne veux pas qu'elle s'arrête de jouer à cause de moi, si elle ne veut pas, a bafouillé James, tout gêné.

– Ne t'inquiète pas. Je pense effectivement qu'elle ne veut pas s'arrêter, mais c'est plus important pour elle de se faire des amis.

– C'est vrai, a dit James pendant que j'encourageais Susan à mettre son gilet. Je sais ce que Susan peut ressentir.

– Je m'en doutais un peu.

J'ai pris Susan par la main, et sans que je le lui demande, James a pris son autre main, et nous sommes sortis dans le jardin. Nous nous sommes assis sous un arbre.

– En Australie, j'avais beaucoup d'amis, m'a confié James. J'avais aussi deux correspondants.

– Des correspondants ?

– Oui. Maintenant ce sont les seuls amis qui me restent mais je ne les ai jamais vus. L'un vit en Angleterre et l'autre au Canada. Bon, au moins, on peut s'écrire des lettres.

– Un ami qui serait là, ce serait mieux, non ?

– C'est sûr, a convenu James. Quelqu'un avec qui je ferais du vélo ou du skate-board. Quelqu'un qui me ferait visiter Stonebrook. Quelqu'un qui m'apprendrait comment les Américains parlent.

James avait l'air si triste et si seul que je lui ai passé un bras autour des épaules. Puis c'est lui qui a passé son bras autour des épaules de Susan. Elle ne s'est pas dégagée de cette étreinte. J'avais l'impression que quelque chose clochait cependant. Je ne savais pas quoi exactement, mais quelque chose clochait.

Nous sommes restés tous les trois assis sous l'arbre pendant presque une heure. James et moi avons bavardé tandis que Susan claquait la langue en fixant un point qu'elle seule pouvait voir.

(10)

« Votre attention, s'il vous plaît ! Votre attention, s'il vous plaît ! Il va y avoir une réunion dans le hall principal juste après l'appel. Tout le monde doit être présent. Merci. »

J'ai soupiré. Je venais d'arriver au collège. Il était tôt, j'étais fatiguée. Ces réunions sont en général ennuyeuses, et il y avait quelque chose qui sentait mauvais dans mon casier. Le seul truc rigolo, c'était que le système d'annonce ne marchait pas très bien, et on entendait plutôt ça : « Vo... tention... vous plaît. Vo... tention... vous plaît... avoir une... union dans le hall princi... juste après... pel. Tout le mon... être prés... erci. » Comme cela faisait un bout de temps que les haut-parleurs étaient détraqués, je

216

m'y étais habituée à force, et j'ai pu comprendre l'annonce sans problème.

– Zut ! a râlé Mary Anne en courant dans le couloir pour venir s'adosser au casier juste à côté du mien. A ton avis, de quoi va-t-on parler à cette réunion ? Du « code vestimentaire » ? De la bataille de purée des cinquièmes la semaine dernière ? Ou... voyons voir... du comportement des élèves ?

– Bonjour, Mary Anne, lui ai-je dit en guise de réponse.

Mary Anne a souri.

– Bonjour. Excuse-moi. C'est juste que ces réunions... particulièrement celles sur le comportement des élèves... sont tellement...

– Ennuyeuses ? Casse-pieds ? Débiles ?

– C'est ça ! s'est écriée Mary Anne. Débiles. On perd vraiment notre temps pour rien.

Elle s'est alors mise à rire.

– Tout à fait d'accord avec toi, ai-je acquiescé.

J'ai retiré un sac plastique de mon casier. Il était plein d'un truc en bouillie complètement moisi.

– Beurk... Je me demande ce que cela a bien pu être.

– Oh, c'est dégoûtant ! a grimacé Mary Anne, qui est une petite nature.

– C'est donc ça qui sentait si mauvais. Et moi qui croyais avoir oublié mes chaussettes sales après le cours de gym...

Mary Anne commençait à avoir la nausée. Une chance pour elle, la sonnerie qui annonçait le premier cours a retenti. Elle est partie à toute vitesse, et m'a lancé par-dessus son épaule :

– On se retrouve à la réunion débile !

217

– D'accord !

Heureusement que nous ne sommes pas obligés de rester groupés par classe pendant ces réunions. Les membres du Club des baby-sitters aiment bien se retrouver et s'asseoir ensemble. C'est la seule occasion pour nous de voir Mal et Jessi au collège. Comme nous sommes en quatrième et elles en sixième, nous n'avons pas les mêmes horaires et nous ne pouvons même pas déjeuner ensemble.

Il n'y a qu'un seul groupe qui reste toujours uni au collège de Stonebrook, c'est la classe spécialisée. Elle ne change pas de salle entre les cours. La plupart des élèves sont handicapés mentaux, les autres ont des problèmes physiques. Devinez où s'assoient les membres du Club des baby-sitters pendant ces réunions ? Juste derrière la classe spéciale. Les élèves de cette classe occupent exactement une rangée, plus trois qui sont dans des fauteuils roulants sur les côtés.

Mary Anne s'était trompée au sujet de cette réunion. Il n'était pas question de code vestimentaire, de bataille de purée ou du comportement des élèves. Pour célébrer ce que nous appelons à l'école « la semaine des enfants », le principal nous avait réservé une surprise. Il avait préparé tout un programme. Pour une fois, ça avait l'air amusant. Une célèbre romancière est venue nous parler de ses livres. Elle avait traversé tout le continent depuis l'Arizona pour venir nous voir à Stonebrook. Cela nous a donné l'impression d'être importants. Puis, un auteur-compositeur de musique nous a interprété une chanson qu'il avait spécialement écrite pour notre école. A la fin, un mime a demandé à cinq professeurs de venir sur l'estrade et, devant nous, il les a imités, c'était hilarant.

Et pourtant, j'ai à peine prêté attention à ce qui se passait! Et pourquoi, à votre avis? Ce n'était pas que la réunion était ennuyeuse ou débile. Pour une fois, c'était même génial... Mais j'étais trop occupée à regarder les enfants de la classe spécialisée qui étaient assis juste devant moi.

Au bout du rang, il y avait un garçon et une fille en fauteuil roulant. (Ils étaient placés l'un devant l'autre pour ne pas bloquer le passage en cas d'incendie.) La fille avait du mal à se tenir assise dans son fauteuil. Elle était attachée de partout : ses bras étaient maintenus par des courroies aux accoudoirs, et ses jambes au repose-pieds. Même sa tête devait être maintenue contre le dos de son fauteuil. Malgré tout ça, elle semblait glisser et s'affaisser sur son siège. Je l'avais déjà vue à l'école. Elle essaie parfois de communiquer avec les autres élèves, mais elle est encore plus difficile à comprendre que notre système d'annonce. Elle regarde toujours dans le vague. On dirait qu'elle n'a aucun os ou muscle dans le corps. J'ai entendu dire un jour qu'elle avait une paralysie cérébrale.

Le garçon n'avait pas besoin d'être ficelé à ce point. Il peut se tenir assis dans son fauteuil, mais il est en grande partie paralysé (enfin, je crois) et il ne peut pas parler. Une fois, je suis passée devant sa classe et j'ai observé comment cela se passait. J'ai pu voir de quelle façon il communiquait. Avec un bâton qu'il tient dans sa bouche, il appuie sur les touches d'un clavier d'ordinateur pour écrire des messages. Devinez quoi? Il sait aussi dessiner et peindre en coinçant le pinceau ou le crayon entre ses lèvres. Claudia trouve qu'il a du talent, et elle sait de quoi elle parle.

Les trois élèves assis sur le banc juste à côté des fauteuils roulants étaient trisomiques. J'avais cherché dans un livre ce que cela voulait dire. Les enfants atteints de trisomie 21 apprennent les choses un peu plus lentement que les autres, mais ils sont en général calmes et très sociables.

A côté d'eux, il y avait un garçon atteint d'hyperactivité : il s'agite sans cesse et peut piquer de terribles crises de colère. Le professeur a besoin d'un aide-éducateur pour s'occuper de lui. Je tiens quand même à faire remarquer une chose : ce garçon faisait bien plus attention que moi à ce qui se passait sur l'estrade. C'était d'ailleurs ça qui l'excitait à ce point. Il n'arrêtait pas de montrer la scène du doigt. Il faisait des bonds comme s'il voulait monter sur l'estrade et participer au spectacle, et il disait sans arrêt à son professeur : « Oh, super ! Oh, super ! »

La fille assise après le professeur était aveugle et sourde. Le garçon à côté d'elle était sourd. (Je me demande comment font les professeurs pour travailler avec des enfants si différents les uns des autres. Le garçon qui était sourd ne devait pas avoir de retard mental. La fille sourde et aveugle non plus, mais elle ne devait certainement pas apprendre les choses de la même façon que lui. Et tous deux devaient être bien plus avancés que les enfants atteints d'un handicap mental.)

L'un d'eux a retenu tout particulièrement mon attention. C'était le dernier de la rangée. Pourquoi lui ? Parce qu'il me faisait beaucoup penser à Susan. Il frappait dans ses mains sans raison apparente. (Alors que personne n'applaudissait à ce moment-là.) Il a aussi agité sa main droite devant son visage à plusieurs reprises, comme Susan. Ce qui m'a le plus frappée, c'est qu'il fixait soudain un point imaginaire... et qu'il se mettait à parler. La plupart du temps, il parlait trop bas pour que je puisse comprendre ce qu'il disait, mais parfois il parlait plus fort, et je l'ai entendu dire : « Tu as quel âge ? » et « Arrête, Jerry. » C'étaient des phrases qui ne voulaient rien dire dans ce contexte mais, au moins, il parlait. J'étais impressionnée. Soudain, il s'est tourné et il a dit à son professeur :

– On rentre à la maison, s'il vous plaît ? A la maison ?

– Non, Harry, lui a répondu calmement l'enseignante. Pas maintenant, plus tard.

– Non, maintenant, a insisté Harry. On rentre maintenant.

J'étais bouche bée. Harry pouvait communiquer ! C'était merveilleux. J'étais certaine qu'il était autiste. Et s'il pouvait parler, j'ai pensé que Susan pouvait en faire autant. Harry n'était pas en internat dans une école spécialisée comme Susan et, pourtant, il semblait avoir fait bien plus de progrès qu'elle. Et il avait certainement évolué ici, à l'école publique de Stonebrook. Alors pourquoi, pourquoi, pourquoi les Felder voulaient-ils envoyer Susan aussi loin ? Pourquoi ne faisaient-ils pas tout simplement comme la famille de Harry ? Ils pouvaient garder Susan chez eux tout en la laissant étudier dans un environnement familier. Harry s'en sortait beaucoup mieux que Susan. Peut-être parce qu'il était resté chez lui.

J'étais encore en train de comparer Harry et Susan quand Mary Anne m'a donné un coup de coude.

– Qu'est-ce qu'il y a ?

Elle voulait probablement me rappeler à l'ordre et me dire de suivre le spectacle. Ça m'a un peu agacée. Elle se prenait pour un prof ou quoi !

– Kristy, a-t-elle chuchoté, regarde.

Elle m'a montré deux garçons de sixième qui étaient morts de rire parce qu'un de leurs camarades s'amusait à faire rouler sa tête sur le côté en louchant.

Je n'en croyais pas mes yeux. Ils se moquaient de la fille en fauteuil roulant. Pourquoi personne ne leur disait d'arrêter ? Une fille à côté d'eux a lancé une boulette de papier qui a atterri sur la joue du garçon hyperactif. Ça l'a surpris et il a aussitôt piqué une crise. L'aide-éducateur a dû lui faire quitter la salle.

Heureusement qu'un autre professeur avait repéré le petit manège des élèves de sixième, et ils ont dû sortir à leur tour. J'espère qu'ils ont été envoyés dans le bureau du principal.

J'étais tellement en colère après eux que j'aurais voulu leur crier dessus de toutes mes forces. J'avais envie de hurler : « Vous savez ce que c'est d'être constamment montré du doigt ? Vous savez ce que c'est de recevoir une boulette de papier dans la figure ? J'espère qu'un jour quelqu'un trouvera votre point faible et le dira à tout le monde dans le collège. J'espère même que ce sera publié dans le journal ! »

J'étais bouleversée. Je venais de voir ce que pouvait subir un enfant handicapé dans une école « normale ». Les enfants « normaux » risquaient de se moquer de lui et de s'amuser à ses dépens. C'est ce qui arriverait à Susan si ses parents la laissaient venir ici. Mais je n'arrivais pas à me défaire de l'idée que c'était tout de même mieux pour elle que de partir en pensionnat.

A la fin du spectacle, j'ai pris mon courage à deux mains et je me suis avancée vers le professeur de la classe pour handicapés.

– Excusez-moi, madame. Je sais que vous êtes très occupée, mais je me posais quelques questions sur votre classe.

J'avais peur de l'ennuyer car elle avait déjà bien assez à faire avec ses élèves, mais au contraire, elle semblait contente de voir que je m'intéressais à sa classe. Cela m'a un peu rassurée et je me suis détendue.

– Ce garçon, ai-je dit tout bas en le montrant discrètement du doigt, est-ce qu'il est autiste ?

– Oui, m'a-t-elle répondu, étonnée. Comment le sais-tu ?

Je lui ai parlé de Susan. Puis je lui ai demandé comment elle et son assistant faisaient cours.

– Peut-être voudrais-tu venir dans notre classe un jour pour voir comment cela se passe ? m'a-t-elle proposé. Tu n'as qu'à venir pendant ton heure d'étude, tu seras la bienvenue.

– Eh bien... Oui, j'aimerais bien.

A la fin de la journée, au moment de la ruée générale vers les casiers, j'ai retrouvé Mary Anne et Carla.

Tout à coup, Carla s'est exclamée :

– Hé ! Regardez là-bas !

Mallory et Ben traversaient le couloir. Ils marchaient tellement près l'un de l'autre que leurs mains se touchaient presque.

– Vous avez vu ? a demandé Carla.

– Ouais, lui ai-je répondu. Je crois bien que Mal est amoureuse.

– Non, pas ça. Je voulais dire, vous avez remarqué que personne ne cherche d'ennuis à Ben.

– Oh, ça... Mm. Cela peut vouloir dire deux choses : soit que les plus grands se fichent de savoir que Ben est australien ; soit que les Hobart commencent à se faire accepter.

– Au revoir, madame Felder. Bon après-midi!
ai-je crié tandis qu'elle refermait la porte du
garage derrière elle.

Pour être parfaitement honnête, il faut avouer
que lorsque Mme Felder s'en allait de chez elle,
on aurait dit qu'elle s'échappait d'une prison.

Ce jour-là, elle allait au salon de coiffure pour se faire
couper les cheveux, se faire faire une manucure et une
pédicure. Elle m'avait dit avant de partir que c'était pile ce
qui lui fallait en ce moment pour se détendre. Et je peux
vous dire qu'elle en avait vraiment besoin! Elle avait aussi
besoin de repos. Elle m'avait raconté que cela faisait trois
nuits que Susan ne dormait presque pas. Et quand Susan ne
dort pas, M. et Mme Felder ne peuvent pas dormir. Elle se

réveillait brusquement en criant et en pleurant. Ils ne savaient pas pourquoi. Puis elle se levait et furetait partout dans la maison. Mme Felder m'a dit qu'elle et son mari avaient pensé un moment l'enfermer dans sa chambre le soir, mais qu'ils n'avaient pas pu s'y résoudre.

Cela m'a soulagée de savoir qu'ils n'avaient pas eu le courage de le faire.

Une fois Mme Felder partie, je me suis tournée vers Susan. J'avais prévu de l'emmener chez les Hobart pour voir James cet après-midi, et je voulais partir avant qu'elle ne s'installe au piano.

Je venais de lui prendre la main quand quelqu'un a sonné à la porte.

– Hé, Susan ! Ça, c'est la sonnette ! ai-je dit en articulant bien distinctement.

J'espérais ainsi lui apprendre quelques mots de vocabulaire.

– On va ouvrir la porte. Peut-être que c'est un ami qui vient te voir. Un ami de Susan. C'est peut-être James ou Mel.

Susan s'est contentée de claquer la langue. Je ne pense pas qu'elle m'ait comprise.

– Allez, Susan. Ouvre la porte.

Je l'ai aidée à appuyer sur la poignée et à tirer pour que la porte s'ouvre. Elle s'est servie d'une main tandis qu'elle agitait l'autre devant ses yeux. Sur le pas de la porte se tenait le garçon qui s'était moqué des Hobart avec son copain. Cette fois-ci, c'était le plus grand des deux – Bob, Craig ou autre chose, vu que le plus petit s'appelait en réalité Mel.

Je l'ai accueilli sans grand enthousiasme (j'espérais plutôt voir James).

– Salut, mais avant toute chose, dis-moi comment tu t'appelles pour de vrai.

– Je m'appelle Zach. Zach Wolfson.

– D'accord. Moi, je m'appelle Kristy Parker, et je suis la baby-sitter de Susan.

– Je sais. Je... je suis venu voir Susan.

– C'est vrai ?

On pouvait dire que Susan avait de la chance. J'étais épatée par le nombre d'enfants qui voulaient jouer avec elle.

– Ouais, a confirmé Zach. C'est vrai. Tu crois... tu crois qu'elle pourrait refaire le coup du calendrier pour moi ? C'était super.

– Bon, d'accord. Entre.

J'ai ouvert la porte en grand et j'ai invité Zach à entrer chez les Felder. Il ne quittait pas Susan des yeux.

– On n'a qu'à s'asseoir par terre, ai-je suggéré. C'est plus confortable.

J'ai installé Susan et Zach par terre. Non, ce n'est pas tout à fait comme ça que cela s'est passé. Zach s'est assis tout seul, tandis que j'essayais de mon mieux d'asseoir Susan à côté de lui. Elle se tortillait dans tous les sens pour rester debout. Zach a sorti un petit bout de papier de sa poche et a annoncé :

– Le 26 août 1943.

Aussitôt, Susan s'est assise par terre.

– Jeudi, a-t-elle dit en fixant le plafond.

Elle faisait attention à la question qu'on lui posait, mais pas à la personne qui la posait. Zach a consulté son papier.

– C'est ça ! Et le 10 juin 1962...

– Dimanche, a répondu Susan de sa voix monocorde.

Zach a hoché la tête, l'air impressionné.

– C'est encore ça ! Voyons, le 25 octobre 1954.

– Lundi.

– Ouais ! s'est exclamé Zach après avoir jeté un coup d'œil à son papier. Bon, je ferais mieux de m'en aller maintenant. J'ai... euh... plein de devoirs à faire.

– Oh ! ai-je fait, déçue.

Zach s'est levé. Je me suis relevée aussi, mais il m'a arrêtée.

– C'est bon, ne te dérange pas. Je connais le chemin.

Puis, il est parti. Mais il venait à peine de s'en aller que la sonnette a de nouveau retenti.

– Ce doit être Zach, ai-je dit à Susan. Il a probablement oublié quelque chose. Ça t'est déjà arrivé, Susan, d'oublier quelque chose ?

De nouveau, j'ai eu droit aux claquements de langue.

Je suis allée avec Susan ouvrir la porte pour la deuxième fois. Mais ce n'était pas Zach. C'était une fille. Je savais qu'elle habitait dans le quartier, mais je ne me souvenais pas de son prénom.

– Salut, a-t-elle lancé joyeusement. Je m'appelle Katie. Est-ce que je peux venir voir Susan ?

– Eh bien, euh…, ai-je bafouillé en me disant que j'étais loin d'avoir autant de succès.

Je me suis alors tournée vers Susan.

– Tu as une autre visite, lui ai-je annoncé.

Katie lui a fait un petit sourire.

Susan semblait vouloir se diriger vers le piano, alors je me suis assise par terre avec elle, invitant Katie à se joindre à nous. Devinez ce qui s'est passé ? Katie s'est mise à réciter une liste de dates, exactement comme Zach venait de le faire. Puis, elle est partie, prétextant avoir entendu sa mère l'appeler. Vous vous en doutez, je n'ai pas été étonnée d'entendre la sonnette retentir une troisième fois. Je n'ai même pas pris la peine d'emmener Susan avec moi pour lui expliquer comment répondre quand on sonnait. Je l'ai laissée dans la salle de séjour pendant que j'allais ouvrir. Avant même que j'arrive à la porte, Susan s'était mise à jouer du piano. Elle entamait un morceau de *West Side Story*. (Je commençais à connaître toutes les chansons par cœur.)

C'était une fille qui attendait à la porte. Elle avait un vieux disque 33 tours à la main. Elle s'est présentée : elle s'appelait Gina et venait voir Susan. C'était intéressant de constater que trois enfants étaient venus rendre visite à Susan en un seul jour. Peut-être que cela allait faire changer d'avis les Felder au sujet de l'école.

Je n'ai pas eu le temps de dire quoi que ce soit à Gina car elle est entrée dans la maison en s'exclamant :

– Elle sait jouer du piano ! C'est vraiment vrai !

– Susan est en train de jouer une mélodie du film *West Side Story*, l'ai-je informée.

– Oh. Eh bien, je me demandais si… enfin, Mel m'a dit qu'il suffisait à Susan d'entendre une fois une nouvelle chanson pour la connaître par cœur. C'est vrai ?

– En général, oui.

– Bon. J'ai une chanson ici, sur un vieux disque de mes grands-parents. Je parie que Susan ne la connaît pas. Est-ce qu'on peut la lui faire écouter ? Comme ça, on pourra voir si elle peut la jouer au piano après.

– Je suppose que oui. Mais vérifions d'abord qu'elle ne la connaît pas. C'est quoi le titre ?

– *Le Cheik d'Arabie*. C'est un tube des années vingt.

Je me demandais à quoi pouvait bien ressembler un tube des années vingt.

– Susan, ai-je dit en haussant la voix. Susan ! Tu peux jouer *Le Cheik d'Arabie* ?

Susan a continué à jouer l'air de *West Side Story*.

– Elle n'a jamais dû l'entendre, ai-je dit à Gina.

– Super. On va lui faire écouter.

– D'accord.

J'ai pris le disque de Gina et je l'ai posé sur la platine, même si Mme Felder ne m'avait jamais donné l'autorisation de me servir de sa chaîne.

– Écoute, Susan, ai-je dit en criant presque. C'est *Le Cheik d'Arabie*, une nouvelle chanson.

Susan s'est aussitôt arrêtée de jouer quand elle a entendu les premières notes du disque. Elle est restée assise devant le piano, sans bouger, la tête penchée, comme si elle se concentrait très fort. Malheureusement le disque était vieux et rayé et, au milieu de la chanson, il a sauté six fois de suite.

– Bon, maintenant, joue *Le Cheik d'Arabie*, Susan, lui a ordonné Gina sur un ton autoritaire.

Aussitôt, Susan s'est mise à jouer... et à chanter. La première partie du morceau était sans paroles avec plein d'instruments différents. Non seulement Susan a adapté la partition au piano, mais elle a su aussi exactement à quel moment il fallait chanter.

– Comment elle fait ça ? m'a demandé Gina.

Je m'étais déjà posé la question des millions de fois sans trouver de réponse !

Susan a continué à jouer et, vers la fin de la chanson, elle s'est mise à chanter :

– *Toutes les étoiles qui brillent au-dessus de nous éclaireront la, éclaireront la, éclaireront la, éclaireront la, éclaireront la, éclaireront la, éclaireront la route qui nous mène à l'amour...*

Susan avait joué et chanté comme si les fois où le disque avait sauté faisaient partie de la chanson. Ainsi elle mémorisait exactement ce qu'elle entendait. La musique et les mots n'avaient effectivement aucun sens pour elle. Je me suis subitement sentie très triste.

Ce n'était pas le cas de Gina qui a éclaté de rire.

– Elle chante comme un disque rayé ! J'y crois pas. Elle chante comme un disque rayé. Ben, ça alors ! Ça valait le coup !

– Comment ça, « Ça valait le coup » ? ai-je demandé sèchement.

Gina a soudain eu l'air gêné.

– Comment ça, « Ça valait le coup » ? ai-je insisté alors que Susan se remettait à jouer *Le Cheik d'Arabie*.

– Oh, rien.

Gina a bondi sur ses pieds, s'est emparée du disque et s'est dépêchée de regagner la porte.

Je l'ai suivie. Elle est sortie sans se retourner, a tourné au coin de la rue où elle a retrouvé Mel et tout un groupe d'enfants. Mel tenait dans sa main une poignée de billets d'un dollar.

– Tiens donc. A quoi vous jouez, là ? leur ai-je demandé.

Silence.

– Qu'est-ce qui s'est passé ? a finalement demandé Mel à Gina.

231

– C'est elle, a répliqué Gina, en me montrant du doigt. Elle s'est mise en colère. Rends-moi mon dollar.

– Comment ça, « Rends-moi mon dollar » ? ai-je répété, le souffle coupé.

– Ouais, tout à fait, a dit Gina. Mel nous fait payer un dollar chacun pour aller voir l'incroyable demeurée qui sait par cœur toutes les dates du calendrier. La débile qui sait chanter mais pas parler.

J'étais estomaquée.

Mel Tucker avait fait de Susan une curiosité de fête foraine. Il avait dû penser qu'il avait trouvé une attraction encore plus étonnante que sa stupide poule qui jouait du piano.

– Toi, ai-je dit en m'avançant vers Mel. (Je devais avoir l'air énervé, car malgré ma petite taille, j'ai fait fuir plusieurs gamins, effrayés.) Est-ce que tu te rends compte de ce que tu es en train de faire ? Tu utilises Susan. Tu en fais une attraction foraine.

Puis je me suis tournée vers les autres :

– Quant à vous, je ne veux plus jamais entendre les mots « demeurée » et « débile ». Vous avez bien compris ?

– Oui, ont murmuré les quelques enfants qui n'avaient pas fui.

– En ce qui concerne l'argent, Mel, ai-je poursuivi. La moitié au moins revient à Susan. C'est elle qui a fait tout le travail. Alors, donne-le-lui.

Bien sûr, il ne l'a pas fait. Il a empoché les billets et il s'est enfui, suivi des autres enfants. Quand ils ont été certains de ne pouvoir être rattrapés, ils se sont arrêtés et ont éclaté de rire. Comment les gens peuvent-ils être aussi cruels ?

Et comment avais-je pu être naïve à ce point? Comment avais-je pu croire un seul instant que ces enfants voulaient devenir amis avec Susan? J'aurais dû voir où ils voulaient en venir. Heureusement que Susan ne pouvait pas réaliser ce qu'ils avaient fait. Au moins, elle ne s'était pas rendu compte de ce qui s'était passé.

J'avais besoin de penser à autre chose et de décompresser.

J'ai alors emmené Susan chez les Hobart où je savais que Claudia faisait du baby-sitting.

(12)

Mercredi

J'ai fait du baby-sitting chez les Hobart aujourd'hui,
et j'ai gardé James, Chris et Johnny. Leur père était au travail,
leur mère avait un rendez-vous en ville, et devinez un peu où était
Ben ? À la bibliothèque en train de faire ses devoirs avec Mallory !
Les petits Hobart sont de chouettes gamins, même quand
les autres viennent les embêter. Ils commencent enfin à se défendre
un peu. Par exemple, aujourd'hui, James a dû montrer ce dont
il était capable, et il a fini par se faire un nouveau copain.
Tu es déjà au courant de tout ça, Kristy, puisque tu es arrivée
chez les Hobart avec Susan juste quand James venait
de nous montrer comment il s'en sortait.

Pendant que je m'occupais de Mel et de ses copains, Claudia gardait les trois petits frères Hobart. Ce n'était pas étonnant que James ne soit pas venu rendre visite à Susan; il était occupé à prouver qu'il n'était ni un Croco ni une poule mouillée... Le baby-sitting de Claudia a commencé avec un Johnny en larmes. Quand il a réalisé que sa mère allait le laisser avec quelqu'un qu'il connaissait à peine, il a éclaté en sanglots.

– Nan, maman, je veux pas que tu t'en ailles!

Claudia se tenait dans l'entrée de la maison, essayant d'avoir l'air le plus gentil possible.

– Johnny, lui a dit Mme Hobart d'une voix douce, tu ne seras pas tout seul, tes frères restent avec toi. Chris et James sont là.

Johnny se dandinait d'un pied sur l'autre en tirant sur le pull de sa mère. Elle s'est penchée et il lui a parlé à l'oreille. Elle a écouté un moment, puis elle a souri.

– Oui, je te promets que Claudia ne te traitera pas de Croco.

– Je te le promets aussi, a confirmé Claudia. Je t'appellerai par ton prénom: Johnny.

– Et moi, comment je t'appelle? a demandé Johnny à Claudia, sans lâcher la main de sa mère.

– Tu peux m'appeler Claudia. Gabbie Perkins, qui habite juste à côté, m'appelle parfois Claudia Koshi. Elle aime bien appeler les gens par leur nom et prénom.

Mme Hobart a souri à Claudia, qui lui a retourné son sourire. Claudia a remarqué que les Hobart avaient tous un air de famille, avec leurs cheveux blonds tirant vers le roux, leurs visages ronds et leurs taches de rousseur sur le nez.

Même Mme Hobart avait des taches de rousseur. Claudia n'avait pas encore eu l'occasion de voir M. Hobart de près, elle ne pouvait donc pas savoir s'il en avait lui aussi.

– Bon, Johnny, je dois m'en aller maintenant, a dit Mme Hobart.

– Non ! s'est écrié Johnny.

– Chris ! James ! a appelé Mme Hobart. Venez ici.

Les garçons ont dévalé les escaliers.

– Je m'en vais maintenant. Soyez gentils et donnez un coup de main à Claudia si Johnny boude. Et Johnny, toi aussi, tu peux donner un coup de main à Claudia. Je ne crois pas qu'elle sache où se trouve la télé. Ou peut-être pourrais-tu lui offrir une sucette.

– Des sucettes ? On peut avoir des sucettes ? s'est étonné Johnny.

– Oui. A condition que tu me lâches la main.

Johnny a aussitôt abandonné la main de sa mère pour se précipiter dans la cuisine. Claudia a alors rassuré Mme Hobart.

– Tout se passera bien. Ne vous inquiétez pas.

Les frères Hobart et Claudia ont pris chacun une sucette. (Claudia ne rate jamais une occasion de manger des sucreries.)

– Et si on regardait la télé ? a proposé Chris. J'aime bien les dessins animés.

– Moi aussi, j'aime bien, a dit Claudia, mais tu veux vraiment rester enfermé à la maison par une si belle journée ?

– Moi, oui, je préfère, a affirmé Johnny, tout poisseux à cause de la sucette.

– Il ne veut pas se faire traiter de Croco, a expliqué Chris.

– Les autres vous traitent encore de Crocos ?

– Ouais. Moins qu'au début quand même, a reconnu James.

– Bon, on va jouer dans le jardin, a décidé Claudia. Johnny, tu peux prendre ton nouveau camion. On va bien s'amuser, vous allez voir. Promis.

Elle a nettoyé les mains et la figure de Johnny avec un gant de toilette mouillé.

– Nous, c'est sûr, on va dehors, a annoncé James en entraînant Chris.

– Je viens aussi alors, a fini par dire Johnny.

Ainsi Claudia et les Hobart ont pris le risque de sortir. Johnny a attrapé son camion au passage et ils sont tous allés dans le jardin.

Les garçons se sont tranquillement amusés la première demi-heure. Johnny faisait rouler son camion dans tout le jardin en imitant les bruits du moteur. James et Chris jouaient sur la balançoire que leur avait fabriquée leur père. C'était un énorme pneu suspendu à une branche d'arbre par une corde. Les garçons pouvaient tous les deux se hisser dessus pour se balancer.

– D'enfer ! hurlait James à mesure que son frère et lui montaient de plus en plus haut.

– Moins haut ! leur a crié Claudia, terrifiée.

On lui avait dit quand elle était petite qu'il était possible de se balancer tellement fort et tellement haut qu'on pouvait faire un tour complet autour de la branche. Elle n'a jamais su si c'était vrai, mais elle n'avait aucune envie de vérifier cette théorie pendant un baby-sitting. Et elle avait encore moins envie d'avoir à expliquer à M. et Mme

Hobart que leurs fils avaient fait un tour de trois cent soixante degrés sur la balançoire.

– Ouais, moins haut, ont-ils entendu en écho.

Claudia s'est retournée.

Johnny a stoppé net son camion.

James et Chris ont sauté prestement de la balançoire. Zach Wolfson était entré dans le jardin des Hobart. Claudia ne le savait pas encore, mais il venait directement de chez les Felder où il avait payé un dollar pour avoir le droit de questionner Susan sur les dates. (J'ai réalisé plus tard qu'effectivement, Zach n'était déjà plus parmi les enfants que j'avais coincés avec Mel et Gina.)

– Écoutez bien ce que vous dit votre baby-sitter, les bébés, s'est moqué Zach.

– On n'est pas des bébés ! a vivement rétorqué James.

– Oh que si, vous êtes des bébés.

– Non.

– Si.

– Eh bien, moi, j'en suis pas un, a dit James. Je suis même dans une classe pour les forts en mathématiques.

– Forts en mathématiques ? Mathématiques ? Tu sais même pas comment on dit.

– Comment on dit quoi ?

– Mathématiques. On dit maths et pas mathématiques... James, est-ce que tu sais dire « maths » ?

James lui a répondu du tac au tac :

– Zach, est-ce que tu sais dire : « Tu veux que je te casse la figure ? »

– Bien sûr, a répliqué Zach. Tu veux que je te casse la figure ?

James était coincé.

Il a tourné les talons et il est entré dans la maison, pour revenir quelques instants plus tard avec une caisse en bois et un gant de boxe. Il a posé le tout à côté de Zach.

– Regarde un peu, lui a-t-il dit.

Il a enfilé le gant et il a donné un grand coup de poing qui a défoncé la cagette.

Claudia s'est retenue de demander à James s'il ne s'était pas fait mal. Elle savait qu'il valait mieux le laisser se débrouiller tout seul avec Zach. Ils devaient tous les deux régler ce problème à leur façon.

Les yeux écarquillés, Zach s'est écrié :

– Waouh ! Comment t'as fait ça ? C'est un truc à la Crocodile Dundee ?

– Non, lui a répondu James.

– Du karaté ?

– Non. Il suffit d'être fort. Et je suis très fort. Imagine ta tête à la place de la caisse.

Zach a esquissé une grimace de douleur. Il a reculé d'un pas. Il n'avait plus l'air aussi fier que ça. James a alors ajouté :

– Je pourrais t'apprendre à faire la même chose.

– C'est vrai ?

– Bien sûr. Pour ça, il faut de gros muscles, c'est tout. Est-ce que tu as de gros muscles ?

– Euh... eh bien, j'en aurais si je m'entraînais...

James a approuvé d'un signe de tête. Zach était une brute, mais il n'était probablement pas méchant.

– Ça te dirait d'aller faire un tour à vélo un de ces jours ? a demandé Zach à James.

– Ouais ! Ce serait giga... euh, ce serait génial. On pourrait aussi faire du skate-board. Tu as un skate ?

– Évidemment.

– On pourrait en faire maintenant, a proposé James. Tu peux emprunter celui de mon frère Ben, si tu veux. Comme ça, tu n'as pas besoin de retourner chez toi. Il n'y a pas de problème. Mon frère est cool avec ses affaires.

C'est à ce moment-là que je suis entrée en trombe dans le jardin des Hobart avec Susan. Je m'attendais à ce que James accoure vers sa copine Susan. Au lieu de ça, il s'est contenté de nous faire un signe de la main.

– Salut tout le monde ! ai-je lancé à l'assemblée.

– Salut ! m'ont répondu Claudia et les garçons.

– Voici Susan, ai-je annoncé inutilement.

– Salut, Susan, lui a dit James.

– Claudia, j'ai quelque chose à te dire, ai-je annoncé.

Puis, me tournant vers James, j'ai ajouté :

– Tu peux jouer un moment avec Susan pendant que je parle à Claudia ?

– Euh... est-ce qu'elle sait... faire du skate-board ?

– Je ne pense pas.

– Oh, Zach et moi, nous allions faire du skate-board.

James avait prononcé les mots « Zach et moi » avec un tel enthousiasme qu'on aurait pu croire que Zach était une superstar. Il avait l'air d'hésiter. Comme s'il craignait toutefois de blesser Susan ou de me décevoir.

– Bon, ce n'est pas grave, ai-je dit. Vous n'avez qu'à faire du skate tous les deux, et Susan restera avec nous.

Johnny s'est remis à jouer avec son camion, Chris est retourné sur la balançoire et je me suis installée sur le perron avec Claudia. Susan est restée debout à côté de nous. Elle refusait de s'asseoir.

J'ai alors raconté les événements de l'après-midi à Claudia. J'étais toujours indignée.

– Tu sais ce que Mel Tucker manigançait ?

– Je n'en ai pas la moindre idée.

– Il se faisait payer un dollar pour laisser les autres gamins venir chez les Felder poser des questions à Susan sur les dates et pour voir si elle arrivait à apprendre une nouvelle chanson. Comme si c'était un phénomène de foire ! Mel l'appelle la « débile qui sait chanter mais pas parler ».

– Mais c'est odieux ! s'est écriée Claudia.

Puis elle a ajouté à voix basse :

– Tu es sûre de pouvoir dire tout ça devant Susan ?

J'ai regardé Susan. Elle était exactement à l'endroit où je l'avais laissée. Comme d'habitude, elle agitait les mains, les yeux perdus au loin et la tête dodelinant d'une épaule à l'autre.

– Tu sais, je crois vraiment qu'elle ne nous entend pas. Je ne crois pas qu'elle sache qui nous sommes. Je ne crois même pas qu'elle sache où elle se trouve. Pire, je crois que cela n'a aucune importance pour elle.

Les yeux de Claudia se sont emplis de larmes. Les miens aussi.

– Je me demande où elle se sentirait assez bien pour s'ouvrir au monde…

– Peut-être pas ici, a soupiré Claudia. Peut-être pas avec des enfants ordinaires.

Susan et moi, nous sommes restées tout le reste de

l'après-midi chez les Hobart. James et Zach ont continué à jouer ensemble. James n'a pas une seule fois proposé à Susan de se joindre à eux, mais il lui faisait coucou de temps à autre.

Il avait trouvé l'ami dont il avait besoin. Et c'était Zach.

*Depuis que le Club des baby-sitters existe, il
ne m'est presque jamais arrivé d'aller à un
baby-sitting à reculons. C'était malheureusement le cas ce jour-là.*

Oh, bien sûr, il y avait eu des fois où je n'avais pas très
envie d'aller garder Jenny Prezzioso, ou des fois où j'avais
un peu peur de me retrouver avec Jackie Rodowsky, la
catastrophe ambulante.

Mais là, c'était différent.

Ce jour-là, j'ai fait mon dernier baby-sitting chez les
Felder. Susan partait bientôt pour sa nouvelle école. En
réalité, je ne venais pas pour la garder, mais pour aider sa
mère à finir ses bagages. Ça a été un travail bien plus
éprouvant qu'il n'en avait l'air. Vous pensez certainement

que Mme Felder n'aurait qu'à plier et à ranger dans une malle les vêtements de Susan et à y ajouter une ou deux peluches. Bien plus facile que pour Karen, ma sœur, qui insisterait pour emporter des livres, des jeux, des jouets, ses rollers et tout un tas d'autres trucs.

Mais cela n'a pas été aussi évident que ça. L'école avait envoyé aux Felder une liste (une longue liste) de tout ce que les nouveaux pensionnaires devaient avoir ; et chaque chose devait être marquée au nom de Susan. De plus, Mme Felder a insisté pour repasser tout le linge avant de le plier. Je suppose qu'elle voulait faire bonne impression.

Le pire, ce n'était pas de tout laver, repasser et plier, mais c'était l'idée de faire les bagages de Susan.

Cela voulait dire que je n'avais pas réussi à atteindre le but que je m'étais fixé : que Susan reste chez elle, là où elle devait être. Mais j'ai gardé ça pour moi, et je n'ai rien dit à Mme Felder.

Je suis arrivée à trois heures et demie. Mme Felder m'a ouvert la porte avec une pile de vêtements fraîchement lavés et repassés dans les bras.

– Bonjour, m'a-t-elle dit avec un large sourire. Entre, Kristy.

Susan jouait du piano et chantait : *Maria, Maria, I just met a girl named Maria.* Mme Felder et moi l'avons laissée seule dans le salon. Tant qu'on entendait le piano, on savait qu'elle était en sécurité.

J'ai aidé Mme Felder à porter la pile de vêtements de Susan dans sa chambre. Il y avait une grande malle ouverte.

– Voici la liste de l'école, m'a dit Mme Felder en me

montrant une feuille de papier sur le lit de sa fille. Les vêtements que j'ai cochés ont été lavés, repassés, pliés, étiquetés, et rangés. Je ne mets une croix qu'après m'être assurée qu'aucune des cinq étapes n'a été oubliée. Comme ça, je suis sûre que Susan aura...

Mme Felder n'arrivait pas à finir sa phrase, ses yeux étaient tout brillants. Je crois qu'elle retenait ses larmes, et j'espérais qu'elle n'allait pas craquer. (Je ne sais jamais quoi faire quand un adulte pleure, surtout quand c'est un adulte que je ne connais pas bien.)

– ... tout ce qu'il lui faudra, a-t-elle achevé d'une voix étranglée.

Je suppose que ce n'était pas facile pour Mme Felder de se séparer à nouveau de Susan. Il m'était arrivé de penser que c'était une solution de facilité pour les Felder d'envoyer Susan en pension. Mais je me rendais compte à présent que Susan était leur unique enfant, et que c'était loin d'être évident pour eux de la laisser partir.

– Tu sais coudre ? m'a demandé Mme Felder.

– Un peu, lui ai-je répondu. (Je déteste ça, mais je suis capable de me débrouiller quand il le faut.)

– Très bien. Dans ce panier, il y a des vêtements propres. Il faudrait coudre une étiquette à l'intérieur. Ne t'inquiète pas, ce n'est pas aussi long que ça en a l'air.

– D'accord.

Mme Felder m'a alors tendu un fil et une aiguille, et nous nous sommes mises au travail. Au début, aucune de nous ne parlait. Les notes d'une chanson de *West Side Story* parvenaient à nos oreilles depuis le rez-de-chaussée.

– Aujourd'hui, Susan joue toutes les chansons du film,

m'a dit Mme Felder. Elle les joue dans le même ordre que sur le CD que nous avons.

J'ai répondu d'un signe de tête. Puis, passant du coq à l'âne, je lui ai demandé :

– Comment était Susan quand elle était petite ?

Je pense que cette question m'est venue à l'esprit en voyant la chambre de Susan. On aurait dit une chambre d'hôtel : complètement impersonnelle. Rien n'indiquait qui pouvait y habiter. Il n'y avait pas de posters au mur, pas de livres, et très peu de jouets, vu que Susan n'attache aucune importance à tout cela. C'était triste. Même ma petite sœur Emily Michelle, qui n'a que deux ans et qui parle à peine, a plus de personnalité que Susan. Emily sait ce qu'elle aime et ce qu'elle n'aime pas. Quand elle est venue vivre avec nous, elle s'est découvert une passion pour les ours en peluche. Alors il y en a partout dans sa chambre, ainsi que des photos d'ours sur les murs. Elle aime aussi les ballons. Nous lui avons donc trouvé une lampe de chevet en forme d'ours tenant un bouquet de ballons. Elle a un mobile avec des ours et des ballons au-dessus de son lit, et Mamie est en train de lui tricoter un pull avec des ours et des ballons dessus. Emily n'a pas de secret pour nous. A l'inverse de Susan qui est tellement renfermée et réservée qu'on ne sait rien d'elle.

– Quand Susan était petite ? s'est étonnée Mme Felder. Tu veux dire quand elle était tout bébé ou quand elle a commencé à faire ses premiers pas ?

– Les deux, je suppose.

J'avais fini de coudre une première étiquette ; j'ai fait un nœud au fil, je l'ai coupé, j'ai plié la chemise de Susan et je l'ai rangée dans la malle. Puis j'ai fait une croix sur la liste.

– Eh bien, a commencé Mme Felder, les yeux perdus dans le vague. Je sais que cela paraît stupide – pourtant je crois que c'est pareil pour toutes les mères – mais, quand Susan est née, son père et moi, nous trouvions que c'était le plus beau bébé du monde. Elle était adorable. Elle n'était pas du tout fripée, chauve et rouge comme les autres bébés de la clinique. (J'ai souri.) Elle est venue au monde avec de belles boucles noires, les yeux grands ouverts et d'immenses cils recourbés. Elle était tout simplement... adorable.

– Elle est toujours très jolie.

– Merci. Son père et moi regardions ses doigts et ses orteils en nous émerveillant devant la petitesse de ses ongles, comme le font tous les parents du monde. Nous avons ramené Susan à la maison. Elle était si vive. Notre pédiatre nous avait assuré qu'elle était particulièrement éveillée. Elle faisait tout en avance. Elle a tenu sa tête très tôt, elle s'est assise toute seule très tôt, elle a marché à quatre pattes très tôt, elle a marché très tôt, elle a parlé très tôt. Elle a tout de suite fait des phrases. Elle a même commencé à apprendre à lire toute seule. Mon mari et moi, nous pensions que c'était un petit génie. Nous nous sommes renseignés sur les écoles pour surdoués, et nous rêvions de toutes les carrières fabuleuses qui l'attendaient. Nous avons épargné pour lui offrir les meilleures écoles... Nous n'avions jamais imaginé dépenser cet argent pour l'école dans laquelle elle va aller maintenant.

J'avais la gorge serrée et j'espérais ne pas éclater en sanglots.

– Mais, a-t-elle continué, mais quand Susan a eu deux ans et demi, tout s'est effondré. Elle a subitement arrêté de parler et de jouer. Elle s'est même remise à faire pipi dans sa culotte, alors qu'elle était propre depuis plus de six mois. Le pédiatre a dit que le cap des trois ans était toujours difficile à passer. Mais il s'est avéré que le problème n'était pas là. C'est à ce moment que j'ai commencé à lui apprendre à jouer du piano. C'était le seul lien possible avec elle. C'était aussi le seul moyen de rester près d'elle, car elle ne laissait plus personne la toucher ou la câliner. Elle a commencé à faire des choses bizarres comme agiter ses mains devant ses yeux. Quand elle est tombée par hasard sur le calendrier perpétuel de son père, nous l'avons laissée faire… pensant que c'était plus… normal. Cela semblait plus sain, plus instructif que de secouer les mains dans le vide ou de claquer la langue. Mais très vite, c'est devenu une obsession, comme le piano. C'est comme ça qu'elle a appris toutes ces dates. C'est vers trois ans et demi que nous l'avons complètement perdue. Elle n'a pas beaucoup changé depuis. Sauf qu'elle est propre la plupart du temps, et qu'elle peut manger toute seule si on la pousse un peu.

Waouh ! Je ne m'attendais pas à ça ! J'essayais de trouver quelque chose à répondre quand subitement, le piano s'est arrêté.

– Je vais voir ce qui se passe, ai-je dit.

Je me suis précipitée en bas où j'ai trouvé Susan en train d'arpenter le salon de long en large.

– Madame Felder ! ai-je appelé. Susan me semble un peu agitée. Vous voulez qu'on sorte ?

– C'est une bonne idée, m'a-t-elle répondu de la chambre. Elle est restée à la maison toute la journée.

J'ai traîné Susan dehors, même si ce n'était clairement

pas ce qu'elle voulait. Elle a essayé de retirer sa main de la mienne en poussant un gémissement étrange. Mais je suis restée inflexible.

– On va faire une promenade, lui ai-je dit fermement. Peut-être qu'on va croiser ton ami James.

Ça n'a pas été facile d'emmener Susan chez les Hobart. Nous y avons retrouvé James et Zach, ainsi que Johnny et... Simon Newton ! Johnny aussi s'était fait un copain.

– Salut, les garçons, ai-je lancé.

– Salut ! m'a répondu James, tout joyeux. Salut, Susan !

Susan avait ramassé une feuille morte et commençait à la faire tournoyer devant ses yeux.

Zach la fixait, l'air perplexe.

– Cette fille est la plus bizarre...

Un regard de James l'a coupé net dans sa phrase.

C'est à ce moment-là que Susan a fait pipi dans sa culotte. Juste sur le trottoir, devant tout le monde.

Je crois que j'aurais dû l'emmener aux toilettes avant de quitter la maison.

– On doit rentrer, ai-je annoncé soudainement.

Puis, j'ai tourné les talons et je suis repartie avec Susan. J'avais honte. J'avais honte pour nous deux : honte pour Susan, parce qu'elle ne comprenait pas assez pour avoir honte, et j'avais honte de moi parce que... parce que... Je ne sais pas trop pourquoi.

Tout s'embrouillait dans ma tête.

Le vendredi après-midi, c'était le dernier jour que Susan passait chez elle. Samuel m'a déposée chez les Felder après les cours, comme d'habitude, même si mon travail de baby-sitter était fini.

Les Felder devaient partir entre quatre heures et quatre heures et demie, et je voulais être là pour dire au revoir à Susan.

J'ai sonné à leur porte, et M. Felder est venu m'ouvrir. C'était la première fois que je le voyais. J'avais gardé Susan deux soirs mais, à chaque fois, il était retenu en ville pour son travail, et c'était Mme Felder qui m'avait raccompagnée. Je ne sais pas pourquoi, mais je m'attendais à rencontrer un petit homme austère et morose. La personne qui se tenait devant moi était à mille lieues de cela. Il était immense, avec une grande barbe, des cheveux bouclés et un sourire rayonnant. Il m'a accueillie en me serrant dans ses bras.

– Tu dois être Kristy. Ma femme m'a beaucoup parlé de toi. J'espère que tu sais que tu as été pour nous – et pour Susan – d'une aide précieuse.

– Merci, ai-je dit, complètement déconcertée.

Quel contraste entre le mutisme obstiné de Susan et la chaleur débordante de son père !

– Susan ! a appelé M. Felder. Regarde qui est là !

Il m'a invitée à entrer. Susan n'est pas venue à notre rencontre, bien évidemment. Elle ne vient jamais au premier appel. J'ai suivi M. Felder dans le salon. Susan était assise sur le canapé, toute raide. Elle frappait dans ses mains et claquait la langue. On aurait dit qu'elle sentait que quelque chose d'inhabituel se passait.

– Susan ? Ma chérie ?

M. Felder s'est assis à côté d'elle et a pris une de ses mains dans la sienne, mais Susan l'a aussitôt retirée.

– Regarde qui est là, ma chérie, a-t-il continué d'une voix douce. C'est Kristy. Elle est venue pour te dire au revoir.

Clic. Clic. Susan fixait quelque chose sur ma gauche. Elle avait l'air tellement concentré que je me suis retournée pour voir si Mme Felder n'était pas entrée dans la pièce entre-temps. Mais il n'y avait rien d'autre derrière moi qu'un fauteuil.

Susan ne fixait rien en particulier. Elle était perdue. Son esprit était… ailleurs, mais où ?

– Sa mère est en haut, m'a expliqué M. Felder. Des préparatifs de dernière minute. C'est difficile de… Enfin, nous essayons de penser à tout ce que les gens de la nouvelle école doivent savoir sur Susan. Alors ma femme a commencé à écrire une lettre. Et elle est de plus en plus longue.

J'ai souri.

– Je crois comprendre ce que vous voulez dire. Je me rappelle quand mon frère, ma sœur et moi sommes partis en colonie pour la première fois. Ma mère avait écrit un mot à l'animateur de Karen pour lui dire qu'elle n'aimait pas les navets. Comme si Karen ne pouvait pas le lui dire elle-même. Elle qui est un véritable moulin à paro…

Je me suis brusquement tue, réalisant ce que j'avais failli dire.

– Ne t'inquiète pas, m'a rassurée M. Felder. C'est dur pour tous les parents de se séparer de leur enfant.

– Oui, je sais.

Je me suis souvenue de ce que m'avait raconté Mme Felder quand nous faisions les bagages de Susan.

Puis subitement, alors que je ne connaissais le père de Susan que depuis quelques minutes, j'ai senti que je pouvais lui parler.

– La première fois que je suis venue ici, la première fois que j'ai vu Susan, j'ai cru que je pouvais la faire évoluer. J'espérais qu'en l'espace d'un mois, les choses changeraient tellement qu'elle n'aurait pas à retourner en pensionnat. Je pensais vraiment que Susan serait mieux ici. Je pensais qu'elle pourrait aller à l'école élémentaire de Stonebrook dans la classe spéciale pour enfants handicapés.

– Nous y avons déjà songé aussi. Mais nous avons trouvé que le programme scolaire n'était pas assez personnalisé ; de plus, les professeurs trouvaient que Susan avait un niveau trop bas et qu'elle progressait trop lentement. Susan avait alors cinq ans. C'est à cette époque-là que nous avons trouvé l'école où elle a passé les trois dernières années. Crois-moi, cela n'a pas été facile de nous séparer d'elle ! C'est notre seule enfant... mais nous savions qu'il fallait le faire. Maintenant, elle est de nouveau sur le point de partir.

A ces mots, M. Felder a regardé sa fille, et ses yeux pétillants se sont emplis d'une grande tristesse.

– Mais nous avons cherché encore et encore. Nous nous sommes renseignés sur toutes les écoles d'ici à la Californie, et nous pensons que la nouvelle école de Susan sera exactement ce qu'il lui faut. Nous avons de la chance qu'elle soit aussi près d'ici. Le programme de musique est particulièrement intéressant. Et la musique est le seul moyen pour nous de communiquer avec Susan. Et si elle arrive à améliorer sa technique, eh bien, qui sait ? Peut-être qu'un jour elle deviendra une virtuose du piano : Susan Felder, EN CONCERT ! Ça serait quelque chose, hein ?

– Oh oui, certainement, ai-je acquiescé.

Pour la première fois, j'ai réalisé à quel point les parents pouvaient mettre leurs espoirs en leurs enfants. Je me suis demandé ce que maman espérait pour mes frères, Emily et moi. Serait-elle déçue si je devenais autre chose que ce qu'elle avait imaginé pour moi ? Était-elle fière de moi ? Est-ce que mon père – où qu'il puisse être – pensait aussi à mon avenir ?

Puis j'ai pensé aux Felder, aux espoirs qu'ils avaient eus quand Susan était un bébé surdoué, et au mince espoir auquel M. Felder continuait de s'accrocher : Susan Felder,

EN CONCERT ! Je commençais à me sentir horriblement triste quand soudain, il m'a dit :

– Je suppose que ma femme t'a annoncé la bonne nouvelle...

Une bonne nouvelle ? Auraient-ils trouvé un nouveau moyen d'aider Susan ?

– Non, ai-je répondu. Elle ne m'a rien dit.

M. Felder a souri.

– Susan va bientôt être grande sœur. Ma femme attend un bébé.

– C'est vrai ? ai-je crié en sautant de joie. Oh, c'est fantastique ! C'est merveilleux ! Susan, tu vas avoir un petit frère ou une petite sœur !

J'étais tellement contente que j'ai essayé de la serrer dans mes bras.

– Elle va avoir une petite sœur, a précisé M. Felder. Nous savons déjà que c'est une petite fille car ma femme a fait une échographie ainsi que toute une série d'examens. Comme l'autisme peut être décelé avant la naissance, nous ne voulons courir aucun risque. En plus, on commence à se faire vieux. (J'ai souri.) Enfin, jusqu'ici tout va bien. Le bébé semble être en parfaite santé. Nous l'appellerons Hope. Ça veut dire « espoir ».

– Oh, je suis sûre que Hope sera un bébé merveilleux. J'en suis persuadée. Elle ira à l'école élémentaire de Stonebrook. Hé, elle pourra être copine avec Laura Perkins, un bébé qui habite dans mon ancienne maison. Elles auront à peu près le même âge. Et peut-être qu'un jour vous me laisserez faire du baby-sitting pour Hopie. C'est comme ça que je l'appellerai : Hopie.

– Bonjour Kristy ! a dit une voix qui se forçait à paraître gaie.

Comme si on pouvait être gai au moment de se séparer de sa fille. C'était Mme Felder. Elle descendait les escaliers en tenant une grosse enveloppe dans une main et l'oreiller de Susan dans l'autre.

– Bonjour ! ai-je dit. Félicitations ! Je viens d'apprendre la nouvelle. A propos de Hope. Je suis tellement impatiente ! C'est super !

– Merci, a-t-elle dit avec un franc sourire.

Elle s'est tapoté le ventre et elle a ajouté :

– Est-ce qu'on voit déjà que j'ai grossi ?

Je l'ai regardée attentivement. Je ne remarque jamais quand quelqu'un prend ou perd du poids, ou alors il faut que cela soit cinquante kilos au moins.

– Hum… je crois que oui, ai-je quand même dit. (Je crois que c'était ce qu'elle voulait entendre.) Ouais, un petit peu.

Le sourire de Mme Felder s'est élargi.

M. Felder a regardé sa montre.

– Nous ferions mieux de partir. On nous a recommandé d'arriver à l'école après le déjeuner. La chambre de Susan sera prête à l'accueillir dès cet après-midi, et elle doit dîner avec tous les autres élèves ce soir à six heures et demie au réfectoire.

J'ai approuvé d'un signe de tête, puis j'ai proposé :

– Est-ce que vous avez besoin de moi pour autre chose ?

– Oui, tu pourrais m'aider à transporter la malle de Susan ? m'a demandé M. Felder. Elle est un peu lourde et je ne veux pas que ma femme fasse d'efforts trop violents. Ce ne serait pas bon pour le bébé.

J'ai alors aidé M. Felder à charger la malle de Susan dans le coffre de la voiture. Mme Felder nous a rejoints à l'extérieur avec Susan. Elle était sur le point de l'installer sur le siège arrière avec son oreiller quand nous avons entendu :

– Salut !

A mon avis, c'était James.

En effet, c'était lui qui traversait la pelouse en courant à notre rencontre.

– Je suis venu dire au revoir ! Susan s'en va bien aujourd'hui ?

– Oui, ai-je confirmé. Monsieur Felder, je vous présente James Hobart. Il vient d'emménager avec sa famille pas très loin d'ici.

M. Felder lui a serré la main. Puis nous nous sommes écartés pour qu'il puisse s'approcher de Susan.

– A bientôt, Susan ! Je suis content d'être ton ami.

Aucune réponse.

– Susan ? a insisté James. Susan ?

Silence.

James a tendu la main vers elle, mais il s'est aussitôt ravisé, pensant que ce n'était peut-être pas une bonne idée après tout.

– Eh bien, a-t-il ajouté, au revoir. Tu vas me manquer. J'espère que tu reviendras bientôt.

Mme Felder s'est mise à pleurer, et James avait l'air au bord des larmes aussi, alors je lui ai passé le bras autour des épaules. Les Felder ont installé confortablement Susan, lui ont attaché sa ceinture de sécurité, et ils sont montés à leur tour dans la voiture. Ils ont baissé les vitres et, en démarrant, ils ont crié :

– Au revoir ! Merci, Kristy ! Au revoir, James !

– Au revoir ! avons-nous répondu en chœur.

– Si seulement Susan pouvait dire « au revoir », a murmuré James tandis que la voiture s'éloignait.

– Oui, ce serait génial. Peut-être qu'elle en sera capable la prochaine fois qu'elle reviendra de son école. Qui sait ce qu'elle va y apprendre ?

– Oui, qui sait ? a-t-il répété sur un ton qui trahissait qu'il doutait qu'elle puisse apprendre quoi que ce soit. Je plains vraiment les Felder. Je ne peux pas m'en empêcher. Susan est leur seule enfant, et elle ne parle pas ni rien. J'imagine ce qu'ils ressentent parce que j'ai essayé d'être ami avec elle, mais j'avais besoin d'un ami qui parle.

– Ne t'en fais pas. Maintenant, tu as Zach. Et devine quoi ? Je ne pense pas que ce soit un secret, alors je peux te le dire : Mme Felder attend un bébé.

James a écarquillé les yeux.

– Vraiment ? C'est gi... Je veux dire, c'est génial. C'est génial !

– Je trouve aussi.

J'ai traîné chez les Hobart jusqu'à cinq heures en attendant une nouvelle réunion du Club des baby-sitters.

Je suis arrivée chez Claudia en avance.
Je savais qu'elle ne faisait aucun baby-sitting
cet après-midi-là, et j'étais contente d'avoir
l'occasion de passer du temps avec ma copine.

Avant que les Cook et moi déménagions, je n'avais qu'à frapper à la porte voisine pour voir Mary Anne, ou traverser la rue pour rendre visite à Claudia, et ce, aussi souvent que je le voulais.

Une fois arrivée chez les Koshi, je suis directement montée à l'étage. J'ai alors aperçu Claudia au bout du couloir, devant la porte de sa chambre.

– Qu'est-ce que tu fabriques ?

– J'essaie de crocheter la serrure. Dis donc, tu es en avance.

– Je sais. Je voulais te voir. Mais, euh… Claudia, en général quand on essaie de forcer une serrure, c'est qu'on est enfermé dehors… ou qu'on veut cambrioler une maison.

Claudia m'a montré une épingle à cheveux en souriant.

– Je voulais juste vérifier qu'on pouvait crocheter une serrure avec ça.

– Pour quoi faire ?

– Parce qu'on ne sait jamais… Un jour, j'aurai peut-être besoin de savoir le faire. Alors là, je faisais semblant d'être une héroïne d'Agatha Christie qui devait résoudre une terrible énigme.

– Et ça marche, le truc de l'épingle à cheveux ? ai-je demandé.

– Non, c'est nul.

Déçue, elle a jeté l'épingle par terre. Puis elle l'a ramassée en souriant.

– Oh, de toute façon, si ça ne fait pas l'affaire, je me débrouillerai avec autre chose. Il suffit d'un peu d'imagination… comme Miss Marple.

Nous sommes entrées dans sa chambre. Elle a rangé l'épingle dans un tiroir, puis elle s'est écriée :

– Oh, les voilà !

– Quoi donc ?

– Mes bonbons à la menthe. Je les ai cherchés partout. Pourtant, j'aurais juré que je les avais mis dans ma boîte à bijoux.

Claudia a ouvert le rouleau de bonbons et me l'a tendu généreusement :

– Tu en veux ?

– Avec plaisir. Merci.

Je me suis installée dans mon fauteuil de présidente.
Claudia a avalé un bonbon, et a dit soudainement :

– Au fait, Susan devait partir aujourd'hui, non ? Elle
allait dans sa nouvelle école, n'est-ce pas ?

– Ouais, ai-je acquiescé.

– Je suis désolée. Je sais que tu aurais préféré qu'elle
reste ici.

– Eh bien, au début, je voulais vraiment qu'elle reste.
Mais c'est drôle, maintenant, je pense qu'elle sera mieux
dans sa nouvelle école.

– Vraiment ?

– J'ai mis du temps à réaliser, ai-je dit. Mais Susan a
besoin d'une aide qu'elle ne peut pas trouver ici. Elle est
très handicapée. Ce dont elle a besoin, ni ses parents ni moi
ne pouvons le lui apporter, et les professeurs de Stonebrook non plus.

– Même les professeurs spécialisés ? s'est étonnée
Claudia.

– Oui.

– Et les enfants qui étaient assis devant nous à la réunion
de l'école ?

– Ils sont bien plus avancés que Susan.

– Même le garçon autiste dont tu m'as parlé ?

– Oui.

– Même les enfants trisomiques ?

– Oui, surtout eux. Ils peuvent apprendre des tas de
choses. Ils veulent apprendre. Ils parlent. Il leur faut juste
beaucoup plus de temps que nous. Et ils ne sont pas repliés
sur eux-mêmes. Je pensais qu'il suffisait de faire mener à
Susan une vie normale, en restant chez ses parents, en

jouant avec les enfants du quartier, en se faisant des amis, en apprenant des jeux, pour la faire changer. Mais elle n'a pas changé. Elle n'a pas pu. Elle a besoin d'une aide très-très-très-très spéciale.

Je me suis levée et je suis allée à la fenêtre. J'ai aperçu James et Zach qui dévalaient la rue en skate-board.

– Les Hobart ont fini par s'intégrer, ai-je remarqué. Susan, elle, n'a pas pu.

– Qu'est-ce que tu veux dire? m'a demandé Claudia, occupée à changer ses boucles d'oreilles cactus pour ses boucles araignées.

– Je veux dire que... Bon, les Hobart ont emménagé ici à peu près au moment où Susan est revenue vivre chez ses parents. Au début, ils étaient mis à l'écart. Les enfants d'ici avaient du mal à les accepter parce qu'ils étaient différents. Mais les Hobart n'étaient pas si différents que ça après tout. Ils se sont défendus et, finalement, ils se sont intégrés. Par contre, Susan était trop différente. A moins de changer beaucoup, elle ne s'intégrera jamais ici... pas avec les enfants « normaux ». Tu me l'avais dit, d'ailleurs.

J'ai jeté un œil au réveil digital de Claudia, l'horloge officielle du Club des baby-sitters. Il affichait cinq heures vingt.

– Les autres ne devraient pas tarder.

Au même instant, des pas précipités ont résonné dans les escaliers.

– Salut, salut, tout le monde!

C'était la voix de Mallory. Elle a fait irruption dans la chambre et s'est plantée au milieu de la pièce, les mains sur les hanches.

– Oh, je suis contente que vous soyez déjà là. J'aurais eu

l'air bête s'il n'y avait eu personne, avec tout le boucan que je viens de faire.

– Eh bien, nous sommes là, a dit Claudia. Qu'est-ce qui se passe ? Un bonbon ?

Claudia lui a tendu le rouleau de bonbons

– Ce qui se passe ? Waouh ! Plein de trucs ! a dit Mal en prenant un bonbon et en s'asseyant par terre.

(Mal et Jessi s'assoient toujours par terre, même quand elles arrivent aux réunions en avance et qu'il reste encore plein de place sur le lit.)

– Tout d'abord, Simon Newton a invité Johnny Hobart à venir jouer chez lui.

– Super ! avons-nous commenté en chœur, Claudia et moi.

– Ensuite, Zach a invité James à son goûter d'anniversaire. Il est fou de joie. C'est la première fois qu'il va aller à une fête américaine, et il ne sait pas quoi offrir à Zach. Il est tout excité.

– Fantastique !

– Fantastiquement fantastique ! a renchéri Claudia.

– Ce n'est pas tout, les élèves de la classe de Chris ont voté, et c'est lui qui va jouer le rôle principal dans leur pièce de théâtre.

– Waouh-ouah !

C'était vraiment impressionnant.

– Comment tu sais tout ça ? ai-je demandé. Je reviens de chez les Hobart et ils ne m'en ont pas parlé.

– Je pense qu'ils sont un peu timides parfois. C'est Ben qui m'a tout raconté. En parlant de Ben, je ne vous ai pas encore dit le meilleur. Mais je vais peut-être attendre que tout le monde soit là.

– Ben dis donc ! ai-je sifflé. Ça doit être une sacrée bonne nouvelle !

– La meilleure. C'est le plat de résistance. La chose la plus importante, quoi !

– Oooh !

C'est Lucy qui est arrivée ensuite. Pas de brouhaha dans les escaliers cette fois. Elle se traînait plutôt d'un pas lent. Elle a fait son entrée dans la chambre et elle s'est effondrée sur le lit.

– Je prends le lit aujourd'hui, a-t-elle dit d'un air las. Carla n'aura qu'à s'asseoir sur la chaise du bureau. Je suis exténuée.

– Tu as une sale tête ! ai-je dit.

C'est plus fort que moi. Il faut toujours que ce genre de remarque m'échappe.

– Kristy ! s'est exclamée Claudia indignée.

– Ce n'est pas grave, a dit Lucy. Je me sens tellement patraque que cela ne m'étonne pas de ressembler à un épouvantail.

– Qu'est-ce qui ne va pas ? Si tu es malade, tu devrais rentrer chez toi.

– Non, je crois que je suis juste fatiguée. J'en fais peut-être un peu trop ces derniers temps, avec tous ces allers-retours entre ici et New York. J'ai perdu du poids aussi. Mais je n'ai pas de fièvre.

– En parlant de perdre du poids, ai-je dit. Devinez qui est en train d'en prendre ?

– Qui ? ont-elles demandé en chœur.

– Mme Felder. Elle est enceinte. Elle va avoir une petite fille. Elle s'appellera Hope.

– Oh, trop fort ! s'est écriée Claudia.

Nous nous sommes toutes mises à parler en même temps. Je ne m'étais même pas aperçue que Jessi, Mary Anne et Carla étaient arrivées. Mais je n'ai pas pour autant oublié de vérifier l'heure.

– Silence ! ai-je crié. La réunion du Club des baby-sitters va commencer. Quelque chose à signaler ?

Le silence était revenu. Aucune d'elles n'a dit mot, même si Mallory bouillait d'impatience de nous apprendre sa fameuse nouvelle.

– Bon, ai-je commencé. Mal et moi, nous avons des infos importantes à vous communiquer à propos de nos clients. Je vais parler en premier mais je vais faire bref. J'ai la joie de vous annoncer que Mme Felder va avoir un bébé.

J'ai tout raconté en détail à Jessica, Carla et Mary Anne qui n'étaient pas là avant. Puis Mallory leur a appris les nouvelles à propos de Johnny, Chris et James Hobart.

– Et maintenant, a-t-elle commencé, comme plat de résistance, nous avons…

Le téléphone l'a interrompue.

– Zut, zut, zut ! a-t-elle grommelé. Je n'y crois pas ! C'est pas possible !

Lucy a réprimé un sourire et a répondu au téléphone. C'était Mme Prezzioso. Nous avons alors planifié un baby-sitting pour Jenny, sa fille.

– Quand je pense que c'est Jenny qui me gâche ma surprise, a murmuré Mal. Bon, la grande nouvelle concerne Ben… Il m'a invitée au cinéma !

Bien évidemment, tous les membres du Club des baby-sitters ont accueilli la nouvelle à grand renfort de cris et de félicitations. Enfin, presque tous les membres. Jessi est restée silencieuse, et je savais à quoi elle pensait. Que deviendrait leur amitié si Mallory avait un petit ami ? Je savais qu'elle s'inquiétait à ce sujet parce que je m'étais aussi inquiétée lorsque Mary Anne avait commencé à sortir avec Logan. Je savais aussi que – très vite – Jessi verrait que Mal resterait sa meilleure amie car une meilleure amie, cela n'a rien à voir avec un petit ami. Généralement, l'un n'empêche pas l'autre.

Je me suis enfoncée dans le fauteuil et j'ai regardé mes amies féliciter Mallory et parler des Hobart. J'avais l'esprit ailleurs, ce qui m'arrive rarement au cours des réunions parce que j'essaie toujours de rester professionnelle. Mais là, mon esprit était auprès de Susan. Et auprès des élèves de la classe pour handicapés de mon école. J'ai alors pris une grande décision. J'ai décidé à ce moment-là que je deviendrais peut-être professeur pour des enfants comme Susan.

« Eh, Susan, ai-je pensé, j'espère que tu aimes ta nouvelle école. J'espère qu'un jour, tu reviendras à la maison et que tu pourras nous en parler, à James et à moi, à ton père et à ta mère, et à Hopie aussi. »

CARLA
à la rescousse

*L'auteur remercie chaleureusement
Peter Lorangis de son aide pour
l'élaboration de ce livre.*

①

– Dis, je peux lire la lettre de Rachel? Je peux être la première? Allez!

Vanessa Pike était complètement surexcitée.

Elle sautait dans tous les sens en brandissant une enveloppe et une photo si bien qu'elle a failli me rentrer dedans.

– Après c'est à moi! a annoncé Jordan.

– Et à moi après! s'est empressée de dire Margot.

– Et puis à moi! a hurlé Adam.

– Venez tous et asseyez-vous, leur a ordonné Mallory.

Vous avez déjà fait du baby-sitting dans une famille de huit enfants? Eh bien, bienvenue chez les Pike. Heureusement, quand on les garde, on est toujours deux. Mais quand même, huit enfants, ça fait beaucoup.

En fait, ils sont vraiment gentils, enfin la plupart du temps.

L'aînée de la famille, Mallory, est membre de notre club (je vous en dirai davantage sur le Club des baby-sitters un peu plus tard). Elle a onze ans et c'est une baby-sitter géniale. Et ce soir-là, nous gardions toutes les deux ses frères et sœurs.

Et moi, qui suis-je? Je m'appelle Carla Schafer. J'ai treize ans, et j'habite à Stonebrook, dans le Connecticut, depuis la cinquième. Avant je vivais en Californie et si jamais, un jour, vous me rencontrez, je suis sûre que vous vous direz : « Je l'aurais parié. » J'ai de longs cheveux blonds, les yeux bleus, je suis fan de diététique et j'adore le soleil (non que toutes les Californiennes soient comme ça, mais c'est ce que pensent la plupart des gens). Enfin bon, j'ai emménagé ici avec ma mère et mon petit frère, David, après le divorce de mes parents. Stonebrook est la ville où ma mère a grandi, et ses parents y vivent toujours. J'ai tout de suite aimé Stonebrook, mais David pas du tout, et il a fini par retourner vivre avec mon père en Californie. Il a l'air heureux maintenant, mais il nous manque énormément, à maman et à moi. Nous habitons une vieille ferme qui a été construite en 1795. Et vous ne devinerez jamais ce qu'elle renferme : une grange avec un passage secret qui débouche dans ma chambre ! Depuis que ma mère s'est remariée, mon beau-père et ma demi-sœur vivent avec nous (je vous en parlerai plus tard).

Voilà, c'est tout pour moi. Maintenant revenons-en aux Pike. Nos héros étaient en proie à un véritable dilemme (ce n'est pas vraiment exact, mais j'ai lu ça dans un livre et ça m'a plu). Adam, Jordan et Byron (des triplés de dix ans), Vanessa (neuf ans), Nicky (huit ans) et Margot (sept ans) étaient surexcités à cause des lettres et des photos qu'ils avaient reçues de leurs correspondants. Si vous avez bien compté, vous avez remarqué qu'il manque un enfant Pike. C'est Claire, qui a cinq ans. Elle est encore en maternelle et, du coup, elle n'est pas encore concernée par le programme « Correspondants à travers l'Amérique ».

Je pense que je devrais vous préciser qu'il s'agit d'un programme national qui va du CE1 au CM2. Les écoles qui y participent sont appelées « écoles sœurs ». Il y a quelques semaines, les élèves de l'école élémentaire de Stonebrook ont écrit à des... Zunis ! Zuni est le nom d'une tribu d'Indiens du Nouveau-Mexique, et il y a une école dans leur réserve, qui s'appelle aussi Zuni.

Les enfants n'ont jamais rencontré leurs correspondants, mais c'est amusant de voir comme ils se sentent proches d'eux. Prenez Vanessa. Elle mourait d'impatience de lire la lettre de sa correspondante, Rachel. On aurait dit que c'était une de ses sœurs qui lui écrivait (comme si elle n'en avait pas assez !).

– Montre-nous d'abord la photo ! a réclamé Margot.

Nous nous sommes tous penchés au-dessus de la table pour la regarder.

– Elle est jolie, a-t-elle déclaré. Moi, ma correspondante ne sourit pas !

Elle a brandi la photo d'une fille avec une drôle d'expression.

Vanessa a haussé les épaules.

– Peut-être qu'elle a un appareil.

– Ouais, a renchéri Adam.

– Montre-nous ton correspondant, Adam, lui a demandé Margot. Je parie qu'il a l'air idiot.

– Pas du tout. Il est comme les vôtres.

Margot s'est mise à rire.

– Il ressemble à une fille ?

– Non ! Je veux dire, c'est... un enfant, quoi.

Il a sorti une enveloppe de sa poche et en a tiré la photo d'un garçon aux cheveux bruns et courts. En haut, il y avait écrit au stylo : TON AMI, CONRAD.

– Tu espérais qu'il ressemble à quoi ? l'a interrogé Vanessa.

– Je ne sais pas... A un Indien, je suppose.

– Il aurait voulu qu'il ait des plumes et un habit d'Indien, est intervenu Byron. Comme à la télé.

– Et des peintures de guerre ! Woo-woo-woo-woo ! a crié Jordan.

– Mais non, arrêtez ! s'est défendu Adam en rougissant.

Je pense qu'Adam avait effectivement espéré voir des coiffes en plumes, des tipis et des choses de ce genre-là, et il se sentait un peu coupable. Mal lui a fait un sermon sur les idées reçues, surtout que tous les enfants de l'école avaient appris comment les Zunis vivaient de nos jours.

– C'est un « natif américain », Adam, lui a rappelé Mallory comme si elle le répétait pour la centième fois (ce qui devait sans doute être le cas). Les « Indiens » sont les habitants de l'Inde. Tu devrais le savoir maintenant !

– Je sais. Mais les Indiens, euh, les Amérindiens, sont censés avoir des noms comme, tu sais bien, Chien qui fume ou Soleil levant !

Adam regardait sa lettre d'un air triste.

– ... Et pas Conrad White.

– Peut-être que c'est un diminutif pour Cheval blanc, a suggéré Nicky.

– Ou pour Signaux de fumée blancs, a proposé Margot.

J'ai décidé de couper court à cette conversation.

– Adam, beaucoup des correspondants ont des noms à consonance anglaise. Ça ne veut pas dire qu'ils ne sont pas Amérindiens.

– Ma correspondante s'appelle Wendy Jackson, a rappelé Margot.

Nicky a hoché la tête.

– Et le mien Joey Evans.

Tout à coup, Vanessa s'est mise à râler :

– Je croyais que je devais vous lire ma lettre !

– C'est vrai. Allez, tout le monde écoute. Je vous présente... (j'ai fait un grand geste avec mes bras) Vanessa !

Elle a pris sa lettre et a commencé à lire :

Chère Vanessa,

Bonjour. J'ai vraiment aimé ta lettre. Ça doit être génial d'avoir des frères triplés.

Vanessa s'est arrêtée de lire et a murmuré :

– Ça, c'est ce qu'elle croit.

– Hé ! l'a interpellée Jordan.

Elle s'est dépêchée de continuer :

Ma famille est composée de douze personnes. Je suis la plus jeune. Il y a mes frères John et James, ma sœur April, mes parents, mes trois grands-parents (le quatrième est mort), mes tantes Martha et Connie et mon oncle Bob. Mon frère

John vit maintenant en Californie. Il a dix-neuf ans et il s'oc-cupe de combattre les feux de forêts. Mon père dit qu'il peut gagner beaucoup d'argent en faisant ça. Il me manque.

J'ai une question à te poser : pourquoi est-ce que tous les membres de ta famille n'habitent pas avec toi ? Ça doit être difficile pour que tout le travail soit fait.

– Ils vivent tous dans la même maison ? s'est exclamé Nicky. Elle doit être immense.

– Si tu avais écouté, tu le saurais, a répliqué Vanessa.

Elle s'est éclairci la gorge et a continué :

Notre institutrice, Mme Randall, est vraiment gentille. Elle est Anglo, comme toi. Elle nous a dit qu'il fallait qu'on vous parle de la façon dont les Zunis vivent, de nos maisons, des métiers de nos parents, de nos coutumes et d'un tas de choses comme ça. Eh bien, nous habitons dans un « pueblo ». C'est comme un village, avec plein de maisons autour d'une place. Nos maisons sont faites en argile et en bois. Elles ont des toits plats et un seul étage. Nous avons l'électricité, l'eau courante, la télé et toutes ces choses-là. A la maison, avec nos familles, on parle zuni. La plupart de nos mamans et de nos papas fabriquent des bijoux pour les vendre dans des boutiques en ville. J'ai demandé à maman si je pouvais t'en-voyer un bracelet mais elle a dit peut-être la prochaine fois.

A bientôt,

Rachel Redriver.

Tout le monde s'est mis à parler en même temps.

– Vous voyez, elle a un nom indien : « Rivière rouge » ! s'est exclamé Adam.

– Qu'est-ce que c'est qu'un « Anglo » ? a demandé Margot.

– Une personne blanche, je pense, lui a répondu Mal.

– A moi ! a hurlé Jordan.

Il a pris sa lettre et a commencé à la lire, en trébuchant sur les mots les plus longs :

Cher Jordan,
Mme Randall m'a demandé de te parler de Sha'la'ko.

(Jordan a eu beaucoup de mal avec ce mot.)

C'est une grande fête que nous, les Zunis, nous organisons pour la nouvelle année. Pour nous, l'année commence en décembre. Tous les ans, il y a huit maisons spéciales Sha'la'ko. Cette année, la nôtre en fait partie ! Ma mère décore la maison depuis des mois. Quand le soleil se couche le premier jour de Sha'la'ko, des danseurs viennent dans toutes les pièces pour bénir la maison. Ils dansent toute la nuit sans s'arrêter. Ils portent des masques, des plumes et d'autres choses de ce genre-là, et nous devons leur lancer de la farine pour leur porter chance. Tous les enfants ont le droit de rester debout pour les regarder.

Est-ce que le film de Superman passe chez toi ? Il est génial ! Et est-ce que tu as une Nintendo ? Raconte-moi quels jeux vidéo tu aimes !

Tout à coup, Jordan a éclaté de rire mais il s'est arrêté net.

– Qu'est-ce qu'il y a ? lui a demandé Vanessa.

– Rien, a-t-il répondu en cachant sa lettre. C'est tout ce qu'il a écrit.

– C'est pas vrai, il y a autre chose, a-t-elle insisté en attrapant la lettre. Allez, on va voir !

– Hé ! a hurlé Jordan. Carla ! Elle…

Avant même que j'aie pu faire quoi que ce soit, Vanessa a commencé à lire :

P.S. : Mafa profof afa l'aifair d'ufune vafache.

Elle s'est tue un moment, puis ses yeux se sont éclairés.

– Oh…

– Ma prof a l'air d'une vache ! a hurlé Adam. C'est en langue de feu !

– Oh là là ! s'est exclamée Margot.

Tous les autres enfants ont explosé de rire, même Claire.

– Adam, petite bêbête gluante, a-t-elle crié.

– C'est toi qui lui as appris ça, Jordan ? a demandé Adam.

Byron avait l'air déçu.

– Je croyais que c'était notre langage secret.

– C'est pas grave, Byron, lui a assuré Jordan. Sam est super, et je lui ai fait promettre de n'en parler à personne.

Byron a hoché la tête, d'un air grave, et je me suis retenue d'éclater de rire. Ils prenaient cette histoire de code secret très au sérieux.

– Regardez, a continué Mal. Vos correspondants vous ont envoyé des photos. Vous devriez réfléchir à ce que vous pourriez leur envoyer.

Cette idée ne pouvait pas mieux tomber. Les enfants se sont tus : ils se creusaient la tête. Je n'y aurais jamais pensé, ça ne m'étonne pas de Mal. Vraiment, c'est une grande sœur géniale. Comme vous pouvez le voir, elle conserve calme et esprit pratique, même dans les moments difficiles. Et elle a une sacrée imagination ! Son but dans la vie, c'est de devenir auteur-illustrateur de livres pour enfants, et je sais qu'elle est très douée. Le problème, c'est qu'elle est convaincue que ses parents l'empêchent de grandir. Ils ne la laissent toujours pas porter des vêtements à la mode et des lentilles de contact.

Enfin bon, l'idée de Mal a vraiment bien marché. Même Adam l'a trouvée géniale. Il s'est précipité dans sa chambre et est revenu quelques secondes plus tard avec un écusson de Stonebrook.

– Voilà ce que je vais envoyer !

– Moi aussi ! a hurlé Byron.

– Moi aussi ! a renchéri Jordan.

– Attendez ! ai-je protesté. Vous ne pouvez pas tous envoyer la même chose.

– Ouais, c'est nul, a affirmé Vanessa.

Margot s'est levée d'un bond.

– Et que pensez-vous des cahiers de l'école de Stonebrook ?

– Ou des autocollants de voiture ! a proposé Byron.

Mal a hoché la tête.

– Des souvenirs de Stonebrook, ça pourrait être bien… mais ce n'est pas aussi personnel que les photos qu'ils vous ont envoyées.

– On n'a pas encore eu nos photos de classe, a soupiré Nicky.

277

Je suis intervenue.

– Quel genre de choses avons-nous dans le Connecticut et qu'ils n'ont pas ?

– Le câble ? a suggéré Adam.

– La pluie, a annoncé Nicky. Mlle Fansworth nous a dit qu'il faisait toujours beau là-bas.

Vanessa a grogné.

– C'est vraiment génial comme idée ! Vous avez oublié de mettre votre cervelle en route ce matin ?

– C'est celui qui le dit qui l'est, a rétorqué Adam.

– On pourrait acheter quelque chose au centre commercial. Comme des T-shirts avec des photos de nous dessus ! a hurlé Jordan.

– Ou du papier à lettres ! s'est exclamée Vanessa.

Bref, voilà en gros ce qui s'est passé cet après-midi-là chez les Pike. C'était avant que les choses se compliquent, avant que nous, les grands, nous ne soyons impliqués. C'était simple, facile.

Si seulement j'avais su ce qui allait arriver...

Quand Mme Pike est rentrée chez elle après son conseil d'administration de la bibliothèque municipale, les enfants étaient tous en train de rédiger leurs lettres.

Adam avait décidé d'envoyer un badge et Nicky un agenda. Byron allait demander à son père s'il pouvait prendre des photos de la famille, Vanessa avait prévu d'écrire un poème et Jordan voulait s'enregistrer en train de jouer du piano. Margot, elle, n'avait toujours pas d'idée.

En rentrant chez moi, je n'ai pas pu m'empêcher de penser aux Zunis. Ils avaient vraiment l'air fascinants. Je mourais d'impatience d'en savoir plus sur leur style de vie, sur la fête de Sha'la'ko et un million d'autres choses. En fait, j'étais un peu triste : j'aurais aimé que notre collège aussi fasse partie du programme « Correspondants à travers l'Amérique ».

– Salut, Mary Anne, ai-je fait en entrant dans le salon.

Ma demi-sœur m'a regardée et m'a répondu :

– Ne me dis rien. Les triplés ont fait déborder l'évier ?

– Non.

– Nicky a cassé les lunettes de Vanessa ?

– Non !

– Margot était malade ?

J'ai souri.

– J'ai l'air si fatiguée que ça ?

Avant même qu'elle ait pu répondre, ma mère a hurlé depuis la cuisine :

– Bonjour, mon cœur !

Je dois vous dire une chose à propos de ma mère : elle n'est pas vraiment bonne cuisinière. Je veux dire, elle est capable de faire une salade digne de ce nom mais pour le reste, vous mangez « à vos risques et périls ». C'est la même chose pour tout ce qui concerne la maison. Elle laisse souvent tout en plan. Et Frederick, mon beau-père, c'est exactement l'inverse : il est super organisé. J'ai été contente de les voir tous les deux s'affairer ensemble dans la cuisine.

– Bonjour ! ai-je répondu en plongeant sur le canapé du salon. Je viens vous aider dans une minute.

– C'est bon, chérie, m'a répondu ma mère. C'est quasiment prêt.

– Avec Mary Anne, vous pourrez mettre la table d'ici dix minutes, a ajouté Frederick.

– D'accord.

Ma demi-sœur était toujours en train de me regarder, l'air de dire « je sais que quelque chose ne va pas ».

– Les enfants étaient un peu excités, mais pas trop. Ils ont écrit à leurs correspondants.

Mary Anne a hoché la tête.

– Ce projet a l'air vraiment amusant.

– Ouais. Les enfants sont ravis. Et, pour te dire la vérité, je suis vraiment déçue qu'on ne fasse pas partie du programme, simplement parce qu'on est trop vieilles.

– C'est exactement ce que dit mon père quelquefois : « Les jeunes ne se rendent pas compte de la chance qu'ils ont. » Peut-être que tu pourrais écrire à l'école élémentaire zuni pour leur demander de te trouver un correspondant de ton âge au collège.

Ce n'était pas une mauvaise idée. Vous voyez comme ma demi-sœur est géniale ! Souvent, j'ai l'impression qu'elle lit dans mes pensées.

Je vous avais promis de vous parler de ma belle-famille, alors j'y vais. Mary Anne Cook est ma meilleure amie. Comme vous avez pu le constater, elle est très à l'écoute des autres, sensible et patiente. Elle est aussi très timide et pleure très facilement. C'est une des premières personnes que j'aie rencontrées en arrivant dans le Connecticut (ce n'était pas encore ma demi-sœur, bien sûr). A cette époque-là, elle se faisait des nattes, s'habillait comme une petite fille modèle et devait être rentrée chez elle à cinq heures du soir (en cinquième !). C'était son père (Frederick) qui avait établi ces règles. Sa femme est morte quand Mary Anne était toute petite et ensuite ses parents aussi sont morts. Sa fille était donc la seule personne au monde qui lui restait et, du coup, il était ultra-protecteur avec elle.

Enfin bref, devinez avec qui ma mère sortait quand elle était au lycée de Stonebrook? Frederick! Quand on a découvert ça, avec Mary Anne, on s'est arrangées pour qu'ils se revoient et… hop! ils se sont mariés. Frederick s'est beaucoup adouci et il ne traite plus Mary Anne comme un bébé. D'ailleurs, c'est la seule fille du Club des baby-sitters qui ait jamais eu un petit ami stable. Il s'appelait (il s'appelle, ils ont rompu, mais il est toujours vivant) Logan Rinaldi. Enfin, Mary Anne est la secrétaire de notre club.

Vous aimeriez sans doute que je vous parle des autres membres du club, alors je vais vous les présenter. Tout d'abord, ce sont les meilleures amies que je pouvais jamais imaginer avoir. Si vous avez déjà déménagé et que vous êtes déjà arrivé dans une école en plein milieu d'année, vous savez à quel point il est difficile de se faire des amis. Eh bien, le Club des baby-sitters m'a vraiment bien accueillie. Tout le monde était gentil avec moi et ils m'ont acceptée comme je suis. C'est génial parce que je déteste les bandes où tout le monde est habillé pareil et où tout le monde se ressemble. Non pas qu'il n'y ait jamais de problèmes au Club des baby-sitters, mais chacune respecte la personnalité des autres.

Et il y a beaucoup de personnalités différentes.

Kristy Parker, par exemple. C'est la présidente, c'est elle qui a tout inventé et mis en place. Comme vous vous en doutez, elle sait très bien prendre les choses en main… et elle sait ce qu'elle veut. Ce que je veux dire, c'est qu'elle peut être un peu autoritaire. (Un peu ? Même beaucoup, de temps en temps.) Elle a toujours plein d'idées, elle est très responsable et elle garde toujours son sang-froid en cas d'urgence. Elle est très mature, mais elle paraît plus jeune que son âge (treize ans), sans doute parce qu'elle n'est pas très grande et que, en plus, elle n'a pas l'air de s'intéresser aux garçons. Et puis, elle se fiche complètement de son allure. Un polo, un jean, des baskets, pas de maquillage... voilà Kristy. Ses deux grands centres d'intérêt sont les enfants (essentiel pour faire partie du club) et le sport. Elle a même imaginé un moyen pour combiner les deux : elle a créé une équipe de base-ball pour les enfants qui ne font pas partie de la Petite Ligue.

Elle a une vie de famille plutôt originale. A côté, la mienne a l'air très simple. C'est vrai, c'est un peu comme un roman... La Saga de Kristy, chapitre 1 : le père de Kristy quitte sa famille en laissant sa femme avec un nouveau-né (David Michael), Kristy et deux autres fils (Samuel et Charlie). Chapitre 2 : Mme Parker trouve un travail et élève toute seule ses quatre enfants. Chapitre 3 : six ans plus tard, Sam et Charlie sont au lycée, Kristy est présidente du plus célèbre club de baby-sitters de l'histoire, et David Michael a six ans. Arrive Jim Lelland, un millionnaire divorcé. Mme Parker a le coup de foudre et c'est réciproque. Kristy n'a pas du tout envie d'avoir une belle-famille mais... Chapitre 4 : elle se fait finalement à cette idée et Jim épouse sa mère. La famille Parker a déménagé à l'autre bout de la ville dans l'immense maison de Jim, où chacun a sa propre chambre, même ses enfants,

Karen et Andrew, qui ne viennent qu'un week-end sur deux et deux semaines en été. Tout le monde vit heureux. Épilogue : la famille Parker-Lelland décide d'adopter une petite fille vietnamienne de deux ans et l'appellent Emily Michelle. Du coup, Mamie (la grand-mère de Kristy) vient s'installer avec eux pour garder les enfants. Et la saga continue...

Vous allez avoir du mal à le croire, mais Kristy l'hyper-active et Mary Anne la timide sont meilleures amies depuis leur naissance. C'est ce que j'apprécie au Club des baby-sitters : on est toutes différentes mais on s'entend quand même très bien.

Maintenant, parlons un peu de Claudia Koshi, notre vice-présidente. Elle est américano-japonaise et elle est super belle : elle a des cheveux noirs soyeux, des yeux en amande et une peau parfaite. Elle garde la ligne malgré son goût pour les sucreries. Vous ne pouvez pas passer deux minutes dans sa chambre sans qu'elle sorte des sucettes, des Mars ou autre chose du même genre d'une de ses cachettes. Elle a aussi plein de matériel d'arts plastiques, car la passion de Claudia (en dehors des sucreries), c'est l'art : peinture, dessin, sculpture, bijoux... Même sa façon de s'habiller est artistique. Par exemple, aujourd'hui, elle est arrivée à l'école avec une robe orange à pois des années soixante-dix et d'énormes boucles d'oreilles en forme de marguerites... et vous savez quoi ? Sur elle, ça rendait super bien.

Oh, une autre de ses passions, c'est Agatha Christie. Elle cache aussi ses livres partout dans sa chambre parce que ses parents pensent qu'elle devrait plutôt lire des classiques, comme sa sœur. Jane est un vrai génie, elle a un Q.I. extraordinaire. C'est le genre de personne à trouver des erreurs dans le dictionnaire. Elle s'entend assez bien avec elle, même si elles sont très différentes. Claudia n'est pas très bonne à l'école (sans doute parce qu'elle a toujours l'impression qu'elle ne pourra jamais rivaliser avec Jane). C'est vraiment dommage parce qu'elle est très intelligente. Un jour, quand elle sera célèbre en tant qu'artiste, ses notes n'auront plus aucune importance.

La meilleure amie de Claudia, c'est Lucy MacDouglas, qui est notre trésorière. Comme Claudia, elle adore les bijoux et les vêtements originaux. Elles ont toutes les deux quelquefois des petits amis, mais ce n'est pas encore sérieux. C'est là que les similitudes s'arrêtent. Tout d'abord, Lucy a une coupe courte super mode, elle a les yeux bleus, c'est fille unique et elle vient de New York ! Génial ! Comme moi qui suis une Californienne de cœur, Lucy est une vraie New-Yorkaise. Elle a un plan de la ville sur son mur, et quelque chose qui s'appelle un calendrier de stationnement alterné dans les rues, avec des dessins humoristiques sur le stationnement (ils sont vraiment débiles mais les New-Yorkais les trouvent, paraît-il, super drôles). Lucy a emménagé à Stonebrook quand son père a été muté ici (c'est un homme d'affaires), puis il a été de nouveau muté et elle est retournée à New York. Mais ils n'y étaient que depuis un an quand ses parents lui ont appris qu'ils allaient divorcer… et Lucy est revenue vivre à Stonebrook avec sa mère. Ça a été une décision très difficile pour elle, mais nous, on a été super contentes qu'elle revienne.

La vie de Lucy est compliquée à cause d'autre chose, eh oui, elle n'a pas beaucoup de chance. Elle a du diabète : son corps a du mal à contrôler le taux de sucre de son sang. Elle doit suivre à vie un régime très strict (ce qui veut dire pas de sucreries) et elle doit se faire tous les jours des injections d'insuline. Pour vous dire la vérité, je ne sais toujours pas comment elle fait pour résister au chocolat que nous propose Claudia sans devenir complètement hystérique.

Il y a deux membres juniors au Club des baby-sitters, « juniors » parce qu'elles sont en sixième (alors que nous sommes en quatrième). Vous en connaissez déjà une : Mallory. L'autre, c'est Jessica (Jessi) Ramsey. Elles sont meilleures amies. Elles aiment toutes les deux lire et sont fans de chevaux. Jessi est l'aînée de sa famille, comme Mal, mais elle a seulement une sœur (Becca, diminutif pour Rebecca) et un frère (P'tit Bout, diminutif pour P'tit Bout). En fait, son vrai prénom, c'est John Philip Ramsey Junior mais, quand il est né, il était tellement petit que les infirmières lui ont donné ce surnom. Becca a huit ans et P'tit Bout un peu plus d'un an.

Jessi est une danseuse talentueuse et elle veut en faire son métier. Je dois dire qu'elle est vraiment douée et qu'elle a beaucoup de cran. Les Ramsey sont une des seules familles noires de la ville. Au début, certains habitants de Stonebrook ont été odieux avec eux, mais, heureusement, les choses se sont apaisées et ça va beaucoup mieux.

Eh bien, voilà, vous connaissez maintenant les membres du club. Je vous parlerai de son fonctionnement bientôt, alors restez dans les parages !

Revenons chez moi : Frederick était en train de poser les assiettes sur la table et maman remplissait une carafe d'eau.

Tout à coup, je me suis rendu compte que j'avais une faim de loup et je me suis sentie un peu plus en forme qu'en revenant de chez les Pike.

Ce vendredi-là, comme d'habitude, Mary Anne et moi, nous nous rendions à vélo à la réunion du club. Et où allions-nous? Chez Claudia.

Sa chambre est notre Q.G. pour une raison très importante : c'est la seule d'entre nous à avoir sa propre ligne téléphonique dans sa chambre. C'est aussi pour ça qu'elle est vice-présidente.

C'était trois jours après mon baby-sitting chez les Pike et, pour vous dire la vérité, j'avais un peu oublié le programme « Correspondants à travers l'Amérique » et les Zunis. A chaque fois que je vais à une réunion le vendredi, je n'ai qu'une seule idée en tête : pas d'école demain. Nous avons aussi réunion le lundi et le mercredi de dix-sept heures trente à dix-huit heures, mais c'est celle du vendredi que je préfère. Tout le monde est beaucoup plus cool.

Enfin, normalement.

Je suis impatiente de vous raconter ce qui s'est passé pendant cette réunion, mais je dois d'abord vous expliquer quelques petites choses sur le club. En fait, c'est une véritable entreprise. Quand Kristy a eu cette idée, nous étions toutes en cinquième. Retour en arrière : avant, Kristy et ses deux grands frères gardaient David Michael tour à tour. Un soir, comme aucun d'eux n'était disponible, Mme Parker a téléphoné pour essayer de trouver une baby-sitter... téléphoné... téléphoné, mais personne n'était libre. Elle était en proie à un véritable dilemme (pardon, j'adore cette expression). Enfin bon, c'est ce jour-là que Kristy a eu le déclic. Elle s'est dit que ce serait génial si les parents pouvaient composer un seul numéro et joindre tout un groupe de baby-sitters !

Le Club des baby-sitters était né. Tout de suite, elle a demandé à Mary Anne, Claudia, et ensuite Lucy de devenir les premiers membres du club. Elles se sont mises d'accord sur les horaires de réunions durant lesquels les gens pourraient appeler pour retenir une baby-sitter. Comme ça, toutes les quatre pourraient avoir des baby-sittings et tout le monde serait content. Pour trouver des clients, elles ont fait passer une annonce dans le *Stonebrook News* et elles ont distribué des prospectus dans le voisinage. L'idée de Kristy a tout de suite eu du succès. Quand j'ai emménagé à Stonebrook en janvier, cette année-là, elles avaient tellement de travail qu'elles ne pouvaient plus faire autrement que d'embaucher un nouveau membre (une chance pour moi). Très vite, il y a eu également deux membres intérimaires : Logan Rinaldi et une amie de Kristy qui s'appelle Louisa Kilbourne. Ce sont juste des membres de réserve que l'on appelle quand on est toutes prises. Jessi et Mal sont devenues membres juniors quand Lucy est repartie à New York, et elles sont restées quand Lucy est revenue (une fois qu'on est membre, on le reste).

Kristy, comme je l'ai dit, est la présidente du club. Elle conduit les réunions et a constamment de nouvelles idées, comme le camp d'été ou les coffres à jouets. Ce sont des boîtes remplies avec nos vieux jouets, livres, jeux, albums de coloriages, papier et crayons. Nous les emportons avec nous de temps en temps pour nos gardes. Et laissez-moi vous dire que les enfants les adorent.

Kristy a aussi eu l'idée du journal de bord du club. Nous devons y décrire tous nos baby-sittings et lire les rapports des autres. C'est comme ça qu'on garde une trace de ce que les enfants aiment, n'aiment pas, leurs nouvelles habitudes, enfin des choses de ce genre. On y note aussi la manière dont on est venue à bout de certains problèmes de baby-sitting. Écrire n'est pas vraiment ma tasse de thé, mais je me rends bien compte que ça nous aide beaucoup.

J'ai déjà dit que Claudia était notre vice-présidente. Pour être honnête, elle ne fait pas grand-chose pendant les réunions. Mais comme nous utilisons son téléphone et que nous mangeons toutes ses friandises, c'est tout à fait normal qu'elle ait un poste officiel.

Mary Anne est notre secrétaire. Elle a la responsabilité de l'agenda (à ne pas confondre avec le journal de bord dont je viens de vous parler). L'agenda renferme la liste de tous nos clients avec leurs noms, adresses et numéros de téléphone; le décompte de l'argent que nous gagnons et nos emplois du temps. Vous imaginez ce que ça donne d'organiser le planning de sept filles, avec les cours d'arts plastiques de Claudia, les cours de danse de Jessi et les rendez-vous de Mal chez l'orthodontiste (ce sont juste des exemples). Eh bien, moi, ça me rend folle rien que d'y penser, mais vous savez quoi ? Mary Anne n'a jamais, je dis bien jamais, fait une erreur. Et elle tient tout ça à jour avec sa belle écriture soignée.

En tant que trésorière, Lucy s'occupe de l'argent. Elle fait partie de ces gens qui peuvent ajouter et soustraire des chiffres dans leur tête comme une calculatrice, elle est donc parfaite dans son rôle. Tous les lundis, elle collecte les cotisations du club. Oui, j'ai bien dit les cotisations. Nous grognons toutes au moment de les donner, mais nous savons qu'elles sont utiles. L'argent récolté sert pour les dépenses de groupe comme aider Claudia à régler sa note de téléphone, payer Samuel qui accompagne et vient chercher Kristy à chaque réunion (la maison de Jim est vraiment loin), acheter des fournitures pour les coffres à jouets, et (s'il reste des sous) organiser une soirée pizza ou une soirée pyjama de temps en temps. Lucy est très économe. Elle déteste dépenser de l'argent quand ça n'est pas absolument nécessaire.

Moi, je suis membre suppléant et ça me plaît bien. Je suis une sorte de remplaçante. Si quelqu'un ne peut pas être là à une réunion, je prends sa place. Pendant un moment, quand Lucy était retournée à New York, j'ai été trésorière. Mais je n'ai pas la bosse des maths, j'ai donc été ravie de lui rendre sa place à son retour. Je crois que j'ai dû remplacer tout le monde au moins une fois... sauf Kristy, bien sûr.

Nos deux membres juniors, Mal et Jessi, n'ont pas le droit de prendre des baby-sittings le soir sauf quand ils se passent chez elles. Du coup, elles en font plein l'après-midi, comme ça, nous sommes libres pour ceux du soir.

Maintenant vous savez tout ce qu'il faut savoir sur le club. Je vais enfin pouvoir vous raconter notre réunion.

Mary Anne et moi, nous sommes arrivées en avance ce jour-là. Claudia nous a accueillies à la porte de sa chambre avec une queue-de-cheval attachée à l'aide d'une énorme barrette en forme d'os ! Et elle portait une tenue plutôt originale : un bustier rose avec d'énormes pois et un panta-court noir effiloché dans le bas. Sur quelqu'un d'autre, ça aurait eu l'air débile mais, sur Claudia, c'était super.

Quand on est entrées dans sa chambre, son réveil indiquait dix-sept heures vingt-trois. Il y avait des livres de cours sur son lit (tous fermés) et un énorme bloc de papier sur lequel elle avait esquissé une créature mi-homme, mi-cheval.

– Est-ce que tu as déjà goûté ça, Mary Anne ? lui a demandé Claudia en prenant de nouveaux chocolats au caramel sous son oreiller.

– Non.

– Prends-en un.

Puis elle s'est mise à plat ventre et a attrapé un paquet de bretzels sous son lit.

– Tiens, Carla. Ça, c'est pour toi.

Elle n'a pas eu besoin de nous forcer la main. Nous nous sommes installées sur son lit en grignotant.

– Des appels ? ai-je demandé.

Quelquefois des clients oublient nos horaires de réunion et appellent à d'autres heures.

– Nnorrrp, a répondu Claudia la bouche pleine.

Nous avons aussitôt éclaté de rire, et j'ai senti un bout de bretzel remonter dans mon nez, ce qui m'a encore plus fait rire, et ce qui a fait rire encore plus Mary Anne. Claudia a mis sa main sur sa bouche et a fait d'étranges bruits, qu'apparemment elle n'a pas pu réprimer.

Et, comme par hasard, c'est à ce moment-là que Kristy est entrée.

– Qu'est-ce qui se passe ?

Vous savez comment c'est avec les fous rires : une fois que c'est parti, un rien vous fait rire. On se roulait sur le lit, et Kristy avait l'air prête à nous tuer. Elle a secoué la tête et s'est installée dans son fauteuil de présidente.

Peu de temps après, Lucy est arrivée et, ensuite, ça a été le tour de Jessi. Heureusement, on s'était un peu calmées et on discutait. Lucy s'est assise sur la chaise de bureau, Jessi s'est installée par terre. Elle touchait ses pieds, sa poitrine touchait quasiment ses genoux et elle parlait à Lucy comme si elle était dans la position la plus confortable du monde. Ça faisait mal rien que de la regarder.

A dix-sept heures vingt-neuf, les yeux de Kristy se sont scotchés au réveil. Au moment même où il est passé à dix-sept heures trente, elle a hurlé :

– La réunion est ouverte !

Nous nous sommes toutes tues et Kristy a regardé la porte.

– Est-ce que quelqu'un sait où est Mallory ?

Nous avons toutes haussé les épaules.

– Un rendez-vous chez le dentiste ?

Mary Anne a vérifié sur l'agenda et a secoué la tête.

– Non, pas que je sache.

Kristy était la seule à avoir l'air contrariée. Je veux dire, on est humain, et, de temps en temps, ça peut nous arriver d'être en retard.

Mais essayez d'expliquer ça à Kristy.

Elle a poussé un énorme soupir.

– Bon, j'ai pensé à quelque chose qu'on pourrait mettre dans les coffres à jouets. Lucy, tu pourrais regarder ce qu'on a comme argent...

C'est à ce moment-là que Mallory a fait son entrée. Normalement, quand l'une de nous est en retard, elle essaie d'entrer discrètement et elle s'assied le plus vite possible en murmurant « pardon » ou quelque chose de ce genre. Mais ce n'est pas du tout ce qu'a fait Mal. Elle est restée debout pendant quelques secondes, le front plissé et la bouche pincée. On a tout de suite vu que quelque chose n'allait pas.

– Mal ? Ça va ? s'est inquiétée Mary Anne.

Mallory a haussé les épaules.

– Ça va. Vous ne savez pas ce qui s'est passé ?

Six visages déconcertés se sont aussitôt tournés vers elle.

– Non, quoi ? a demandé Lucy.

– Vous avez entendu parler de l'école du Nouveau-Mexique, celle des correspondants ?

Nous avons hoché la tête.

– Elle a brûlé.

C'était bien la dernière chose à laquelle nous nous attendions. Nous l'avons regardée sans rien dire, atterrées par la nouvelle.

– Comment c'est arrivé ? a finalement demandé Kristy.

– Vanessa a reçu une lettre de sa correspondante, nous a expliqué Mal en s'asseyant au bord du lit. Un incendie s'est déclaré dans une station essence à côté de l'école. Il y a eu une explosion, puis le feu s'est propagé.

– Quelle horreur ! me suis-je exclamée.

– Personne n'a été blessé ? s'est inquiétée Claudia.

Mal a secoué la tête.

– Rien de sérieux. Mais l'école est détruite et aussi quelques maisons.

Personne ne savait quoi dire. Je n'avais entendu parler des enfants zuni que lors de mon baby-sitting chez les Pike, mais j'étais quand même triste. J'avais écouté toutes les lettres et, en un sens, j'avais l'impression que ces enfants étaient aussi mes amis.

– Vanessa est sous le choc, et les triplés aussi. J'ai dû les calmer et c'est pour ça que je suis en retard.

– J'espère qu'on va pouvoir faire quelque chose pour les aider, a murmuré Lucy.

– Oui, peut-être, suis-je intervenue.

– Et comment ? m'a demandé Mallory.

Je ne savais pas encore. Mais j'étais déterminée à trouver une solution.

On était vendredi soir, mais je n'avais pas du tout l'impression d'être à la veille du week-end. Normalement, le dîner du vendredi est l'un des meilleurs moments de la semaine à la maison.

Tout le monde est de bonne humeur.

Quelquefois, comme personne n'a envie de cuisiner, on commande une pizza, un repas chinois ou quelque chose de ce genre-là. Mary Anne et moi, on n'arrête pas de bavarder et, quand on ne parle pas, c'est qu'on est en train de manger ou de rire (je sais que ça nous fait passer pour des cochons, mais ce n'est pas du tout le cas).

Après la réunion du club, ce soir-là, c'était une autre histoire. Frederick avait acheté des plats mexicains végétariens en rentrant à la maison et, au lieu de nous jeter dessus joyeusement, nous étions très calmes et perdues dans nos pensées.

Enfin, moi, j'étais perdue dans mes pensées. Je pensais à ces enfants du Nouveau-Mexique. Mary Anne devait sans doute penser à eux mais, la connaissant, elle devait aussi se demander pourquoi j'étais si silencieuse. Maman et Frederick avaient senti que quelque chose n'allait pas et ils essayaient d'égayer l'atmosphère.

C'est maman qui a mis les pieds dans le plat.

– Carla, il s'est passé quelque chose au collège, ma puce ?

J'ai pris une profonde inspiration, puis je lui ai parlé des « Correspondants à travers l'Amérique », de Conrad White, de Rachel Redriver et de la fête de Sha'la'ko. Ensuite, j'ai raconté notre réunion et ce que nous avait appris Mal. Maman m'a écoutée patiemment en hochant la tête.

– C'est horrible, a-t-elle murmuré quand j'ai eu terminé.

– Peut-être qu'ils n'ont pas un bon système d'extinction d'incendie automatique, a ajouté Frederick.

Pour être honnête, cette réaction était un peu bizarre, mais j'ai juste répondu :

– Je suppose que non.

– Je comprends la réaction de Carla, est intervenue Mary Anne. C'est tellement… injuste.

– Oui, ai-je acquiescé. Ils ont l'air vraiment gentils et ils travaillent dur et ils n'ont pas beaucoup d'argent…

– Les Pike sont sous le choc, a précisé Mary Anne. Mal nous a dit que ses frères et sœurs étaient en larmes. Comme si c'était arrivé à leurs meilleurs amis.

Maman nous a regardées toutes les deux avec un sourire compatissant.

– C'est injuste mais, le plus important, c'est que personne n'ait été sérieusement blessé. Et ils vont reconstruire ce qui a été détruit. La vie continue.

– J'aimerais tellement pouvoir les aider d'une façon ou d'une autre, ai-je expliqué.

– Tu peux, m'a dit Frederick. Peut-être pas les enfants du Nouveau-Mexique, mais certainement les Pike... réconforte-les et encourage-les à écrire des lettres de soutien à leurs correspondants.

– Oui, tu as raison.

Je me suis jurée d'appeler Mal après le dîner et j'ai commencé à me sentir un peu mieux. La conversation a repris normalement. C'était mon tour de remplir le lave-vaisselle, mais ça ne m'a pris que quelques secondes puisque nous avions mangé des plats à emporter. Ensuite, je me suis précipitée pour téléphoner à Mallory.

– Salut, Mal !

– Oh... salut.

Nous avons discuté quelques minutes et Mallory m'a demandé :

– Et maintenant qu'est-ce qu'on va faire de tous les trucs que mes frères et sœurs voulaient envoyer ?

– Quoi ?

– Tu sais bien, les souvenirs pour les correspondants. Les badges, les carnets...

– Oh, oui ! Il faut les envoyer quand même, ça leur fera plaisir et ça leur remontera le moral.

– Tu crois ?

– Oui, pas toi ?

– Je ne sais pas, ça paraît un peu bizarre, non ? Si j'étais un des enfants zuni, que ma maison ait brûlé et que je reçoive un badge... Tu vois ce que je veux dire ?

– Ah, oui.

Je ne savais pas quoi dire. Je n'avais pas vu les choses comme ça. Envoyer des petits souvenirs pourrait leur faire penser que nous ne prenions pas au sérieux ce qui venait de leur arriver. J'étais en train de réfléchir quand Mal m'a dit :

– Je dois aller coucher Claire, Carla. On parlera de ça demain, d'accord ?

– D'accord, salut !

– Salut !

Il y avait beaucoup à faire pour remonter le moral des Pike. Je suis allée dans ma chambre, je me sentais complètement idiote. Je n'avais pas réussi à réconforter les Pike... Puis, lentement, une idée a commencé à germer dans ma tête : comparés aux Zunis, nous devions sans doute être riches. Les habitants de Stonebrook pouvaient sûrement faire quelque chose pour eux.

Mais quoi ? Et comment ?

J'ai essayé de me mettre dans la peau d'un enfant dont la maison avait été détruite. De quoi aurais-je besoin tout de suite ? C'était facile : un endroit pour dormir, de la nourriture, des vêtements et de l'argent.

Il n'y avait pas grand-chose que je pouvais faire pour les maisons. Je supposais (et espérais) que les familles s'étaient installées chez des amis provisoirement. Il restait donc la nourriture, les vêtements et l'argent... et je savais qu'on pourrait les aider pour ces problèmes.

Mon plan a commencé à prendre forme. J'étais de plus en plus excitée. J'en ai parlé à Mary Anne plus tard dans la soirée.

Elle était dans sa chambre, sur son lit, plongée dans un bouquin.

– Devine quoi ?

– Hum ?

– Mary Anne, c'est important ! Je peux te parler deux minutes ?

– Mmm-mm.

Elle était toujours plongée dans son livre. Ça devenait frustrant.

– Tu veux savoir ce qui est arrivé à l'homme à l'hôpital ? Il s'est avéré qu'il était vraiment...

– Carla ! Tais-toi ! Ne me raconte pas la fin !

– Il fallait que j'attire ton attention ! lui ai-je expliqué en me laissant tomber sur son lit.

– Bon, tu as l'air de meilleure humeur. Qu'est-ce qu'il y a de si important ?

– J'ai une idée pour aider les correspondants.

Tout à coup, elle m'a regardée avec intérêt.

– C'est vrai ? Et comment ?

– C'est simple ! D'abord l'école élémentaire pourrait faire une collecte de nourriture. Les enfants iraient sonner chez les gens pour leur demander des boîtes de conserve et des denrées non périssables. Puis, il pourrait y avoir une grande collecte de vêtements et, enfin, une collecte de fonds !

– Une collecte de fonds ?

– Ouais ! On ne récoltera peut-être pas beaucoup, mais ça sera toujours mieux que rien, non ?

– Attends une minute. Comment comptes-tu t'y prendre ?

J'ai haussé les épaules. (Pour être franche, je pensais qu'elle aurait été un plus enthousiaste.)

– Je ne sais pas. Je vais bien trouver quelque chose. Mais qu'est-ce que tu penses de l'idée ?

– Ça a l'air bien, Carla. Mais, tu sais, c'est un projet important. Beaucoup de profs devront s'impliquer. Est-ce que tu crois qu'ils seront d'accord ?

– Bien sûr que oui. Je ne suis pas du tout inquiète pour ça.

– Super, alors.

Je ne suis pas sûre que Mary Anne était aussi emballée qu'elle essayait de me le faire croire.

En fait, moi aussi, j'étais un peu inquiète. Ce soir-là, j'ai eu beaucoup de mal à m'endormir.

Le lendemain, le samedi, j'ai fait quelque chose que je n'aurais jamais fait en temps normal : j'ai téléphoné à un professeur... chez lui... et un prof que je ne connaissais même pas !

En fait, j'en avais quand même entendu parler.

Je vais vous expliquer. J'étais surexcitée à l'idée d'aller à l'école élémentaire de Stonebrook avec mon plan, mais je ne voulais pas attendre jusqu'au lundi. En plus, même si j'avais attendu, quand est-ce que j'aurais eu le temps d'y aller ? Les heures d'école sont les mêmes que les nôtres et je ne pouvais donc pas y aller après mes cours. J'ai décidé que je devais agir sans perdre une minute. Mais voilà le problème : souvenez-vous, je vous ai dit que j'avais emménagé à Stonebrook quand j'étais en cinquième. Vous avez compris : je ne suis jamais allée à l'école élémentaire de Stonebrook et je ne connais donc aucun instituteur !

Alors j'ai décidé de téléphoner à Mme Besser. Ça avait été l'institutrice de mon frère David. Je ne me serais sans doute jamais souvenue de son nom si David n'avait pas passé son temps à hurler : « Adieu, madame Besser ! » dans toute la maison à l'époque où il allait retourner en Californie.

En ouvrant l'annuaire, j'étais super excitée, mais j'avais en même temps un peu peur. J'essayais d'imaginer comment je réagirais si j'étais professeur et qu'un élève, que je ne connaissais même pas, m'appelait un jour de congé. Je ne pense pas que cela m'aurait dérangée, mais les adultes peuvent être bizarres parfois.

Enfin bon, j'étais dans les pages des B. J'espérais à moitié qu'il y aurait des centaines de Besser et que, comme ça, je serais obligée d'attendre, ou bien pas de Besser du tout. Mais il n'y en avait qu'un seul :

BESSER, J...........................555-7660

J'ai pris une profonde inspiration et j'ai composé le numéro. A la troisième sonnerie, j'ai perdu confiance en moi et j'étais sur le point de raccrocher quand une voix a répondu :

– Allô ?

– Bonjour... Est-ce que Mme Besser est là ?

Il y a eu un petit silence.

– Oh, oui, a répondu l'homme.

Puis il a dû poser sa main sur le combiné parce que les mots suivants ont été étouffés. Mais j'ai quand même pu les discerner : « Chérie, c'est une de tes élèves ! ».

Ces mots m'ont fait bizarre. Au début, je me suis sentie

un peu insultée. J'avais vraiment l'air si jeune ? J'ai eu peur que Mme Besser ne veuille pas me parler si je n'étais pas une de ses élèves. Puis je me suis souvenue que David était un élève turbulent et j'ai été persuadée qu'elle allait raccrocher à la seconde même où elle entendrait mon nom !

– Allô ?

– Bonjour, madame. Hum, je suis Carla Schafer. Vous avez eu mon frère David dans votre classe.

– Oh, bonjour Carla !

(Quel soulagement ! Elle avait l'air contente.)

– Oui, ta mère m'a beaucoup parlé de toi. Ça me fait plaisir de t'entendre. Comment va David ?

Je savais que ma mère était allée la voir à propos de David, mais pourquoi avaient-elles parlé de moi ? Je me le demandais bien.

– Il est vraiment très heureux. Il se plaît beaucoup en Californie.

– Oh, c'est très bien. Je suppose que c'était une sage décision de le faire repartir là-bas finalement.

– Oh, oui vraiment.

Nous étions bien loin du sujet qui m'intéressait, j'ai donc décidé de mettre les pieds dans le plat.

– Hum, madame, je me demandais si je pouvais vous parler de quelque chose.

– Bien sûr.

– C'est à propos du programme « Correspondants à travers l'Amérique ». Je ne sais pas si votre classe y participe...

– Si, si. Et alors ?

Elle avait l'air surprise.

– Eh bien, j'ai entendu parler de ce qui s'est passé...

– C'est terrible, non ?

– Oui, et c'est pour ça que je vous appelle. J'ai une idée pour leur venir en aide.

– Je vois.

Je lui ai expliqué les trois parties de mon plan : les collectes de nourriture, de vêtements et de fonds. Mme Besser m'a écoutée sans rien dire. Quand elle m'a posé des questions à propos de la collecte de fonds, j'ai été honnête et lui ai avoué que je ne savais pas encore comment m'y prendre.

Comme je ne voyais pas son visage, c'était difficile de savoir ce qu'elle pensait, mais elle n'avait pas l'air vraiment subjuguée par mon idée.

– Mmm... Ça semble intéressant, Carla. Je vais en parler lundi en salle des professeurs.

Je mourais d'envie de savoir ce qu'elle pensait, mais je ne voulais pas le lui demander directement, alors je lui ai dit :

– Vous pensez qu'ils vont être d'accord ?

– Eh bien, je crois, oui. Le but de ce programme est bien de renforcer la solidarité entre les peuples, non ?

– C'est vrai.

– Quel est ton numéro de téléphone, Carla ? Je t'appellerai lundi soir pour te dire ce qui s'est passé. Et, si ça marche, il faudra que l'on discute de la manière d'organiser tout ça.

J'étais tellement excitée que j'ai eu du mal à me souvenir de mon numéro de téléphone. Après avoir raccroché, j'ai poussé un hurlement de joie. Imaginez, moi, Carla Schafer, organisant une grande campagne de solidarité. C'était tout à fait le genre de choses que Kristy aurait pu faire.

Kristy.

Et si je la mettais dans le coup ? Cela ferait un projet parfait pour le Club des baby-sitters.

Je lui ai donc téléphoné. Heureusement, elle était chez elle. Et quand je lui ai présenté mon plan, sa réaction a été exactement celle que j'avais prévue.

– On fera une réunion d'urgence dès que tu auras eu Mme Besser. Il faudra qu'on mette tout au point : où et comment on va récupérer toutes ces choses, comment on va pouvoir faire pour que les enfants se sentent impliqués et soient emballés par cette idée, enfin bref, ce genre de choses.

– Ça va être super amusant !

– Ouais. Et surtout appelle-moi tout de suite, d'accord ?

– D'accord.

C'était Kristy tout craché : elle prenait tout en main. J'étais contente mais j'espérais qu'elle n'allait pas faire comme si c'était son idée.

« Hé, relax ! me suis-je dit. Le plus important, c'est d'aider les enfants et pas de savoir qui va en recueillir la gloire. »

En fait, les instituteurs ont été très enthousiasmés par mon idée. Mme Besser n'a même pas attendu de me téléphoner chez moi. Un de nos professeurs est venu me chercher pendant l'heure du déjeuner pour me dire qu'elle avait appelé. Elle voulait me prévenir que mon projet avait été accepté.

J'espère qu'il n'a pas pensé que j'étais impolie quand j'ai hurlé de joie et que je suis partie en courant pour trouver Kristy.

A la fin de la journée de cours, Kristy avait contacté tous les membres du club. Notre réunion du lundi commencerait une demi-heure plus tôt, à dix-sept heures. Nous devions mettre au point l'opération de solidarité.

Je suis allée chez Claudia un quart d'heure à l'avance. J'étais tellement énervée que je n'ai même pas pensé à avaler quoi que ce soit. En plus, j'ai passé mon temps à parler à Claudia de mon plan. Une par une, les autres sont arrivées. Mary Anne nous a informées que Jessi et Lucy avaient des baby-sittings jusqu'à l'heure habituelle de notre réunion, mais à cinq heures moins deux, toutes les autres étaient là.

J'ai senti mon cœur s'emballer quand Kristy a annoncé :

– La réunion est ouverte !

Bon, visiblement, je n'avais pas à m'inquiéter:
Kristy n'allait pas me voler la vedette. Voilà
comment elle a commencé la réunion:

— O.K. Certaines d'entre vous savent pourquoi une réunion extraordinaire a été organisée. Mais pour celles qui ne le sauraient pas, je vais laisser Carla leur expliquer.

Elle s'est tournée vers moi.

— Carla?

J'étais contente d'être celle qui avait eu une idée géniale pour une fois et, en plus, tout le monde m'a écoutée très attentivement.

Mallory, surtout, était surexcitée.

— Et on va voter pour ça? a-t-elle demandé à la fin de mes explications. Moi, je vote oui.

– Je vote oui, s'est empressée de répéter Mary Anne.

– Moi aussi ! a renchéri Claudia.

Kristy leur a coupé la parole.

– Attendez une minute ! Est-ce qu'il y a eu une motion pour mettre ça au vote ?

Claudia a grogné. D'une voix extrêmement impatiente, elle a annoncé :

– Je propose une motion pour que nous mettions ce sujet au vote.

– Mettre quoi au vote ? a dit Kristy. Tu dois être précise.

– Kristy ! a soupiré Claudia en levant les yeux au ciel. Je propose que nous votions pour savoir si le Club des baby-sitters va participer au projet de Carla, ça va comme ça ?

– Qui est d'accord ?

– J'approuve la motion, a hurlé Mary Anne.

– Toutes celles qui sont en faveur de cette motion, levez la main, nous a ordonné Kristy.

Toutes les mains se sont levées.

– Unanimité, a annoncé notre chère présidente.

– C'est génial, Carla ! s'est exclamée Mal.

– Oui. Je vais téléphoner à Mme Besser pour lui dire d'en parler à ses élèves.

– Et je vais demander à mes frères et sœurs d'en parler à leurs profs.

– Ça ne sera pas assez, est intervenue Kristy. Il faut mettre toute l'école au courant, et vite…

– Et si on faisait une affiche ? ai-je suggéré. Mme Besser la photocopierait et, ensuite, on en collerait partout dans l'école.

– Je vais la dessiner, a décrété Claudia.

Elle a sorti un carnet de croquis.

– O.K... qu'est-ce qu'on doit écrire dessus ?

– Qui, quoi, quand, où, pourquoi, a récité Kristy. Qui, ce sont tous les enfants du programme « Correspondants à travers l'Amérique ».

– Quoi, c'est une collecte de nourriture et de vêtements sous forme de porte-à-porte, ai-je dit. Des boîtes de conserve, des vieux vêtements, des chaussures...

– Les vêtements devront être propres, est intervenue Mary Anne. Il faudra bien qu'on le précise.

– Des vêtements propres, ai-je acquiescé. Pourquoi, c'est l'incendie dans la réserve zuni.

– Le tragique incendie, a souligné Claudia.

– Quand, c'est quelque chose qu'il va falloir demander aux profs, a ajouté Mal.

– Et où est le où ? a demandé Kristy.

– Quoi ? s'est exclamée Claudia.

– Où ? a répété Kristy.

– Où quoi ? s'est impatientée Mary Anne.

J'ai commencé à rire, je n'ai pas pu m'en empêcher : ça commençait à ressembler à un sketch.

– Où est le où ? Je veux dire, où est-ce que les enfants vont apporter les vêtements et la nourriture ? Il va bien falloir qu'ils les mettent quelque part.

– On peut utiliser ma grange. Je vais demander à maman et à Frederick. Je suis sûre qu'ils seront d'accord.

– Génial ! s'est exclamée Claudia. Je vais la dessiner.

– J'ai une idée, s'est écriée Mal. Si on veut vraiment que les enfants soient emballés par ce projet, il faudrait qu'on offre des prix et des récompenses...

– On pourrait organiser une grande fête pour tous les participants, a proposé Mary Anne. Comme ça, il n'y aurait pas trop de rivalité.

C'est alors que j'ai eu une idée géniale.

– Et une grande soirée pyjama? On pourrait faire ça dans le gymnase et peut-être que certains profs pourraient participer.

– Ce serait sympa, a dit Claudia.

Toute la soirée a commencé à prendre forme dans mon esprit.

– On pourrait commander des pizzas pour le dîner et, ensuite, organiser des jeux comme un championnat de basket, des chansons...

– La balle au prisonnier, a ajouté Mal.

– Les gendarmes et les voleurs, a dit Claudia.

– Oui. Et si on veut remettre des récompenses, il faut qu'on fasse une cérémonie. Bon. On va demander aux enfants d'apporter des sacs de couchage et, pour les matelas, peut-être qu'on pourra utiliser les tapis de gym. Et le matin, on fera des pancakes, ça serait vraiment chouette!

– Oui, a acquiescé Kristy. Et en plus, ça ne nous reviendra pas trop cher, à part pour la nourriture.

– Peut-être qu'on pourrait demander à une pizzeria d'offrir des pizzas pour l'occasion, ai-je suggéré.

– On peut toujours essayer, a affirmé Kristy. Bon, tout le monde est d'accord pour la soirée pyjama?

Encore une fois, tout le monde a levé la main, et Mal a même levé les deux mains.

– Je vais en parler sur l'affiche, a dit Claudia.

Tout à coup, Kristy a eu l'air perdue dans ses pensées.

– Attendez une minute. Je viens juste de penser à quelque chose. Vous croyez vraiment que beaucoup d'enfants vont lire les affiches ?

– Oups ! a bredouillé Mal. Certains d'entre eux ne lisent pas encore très bien.

– Il faut qu'on soit sûres que tout le monde est au courant, a insisté Kristy.

– On pourrait en parler aux parents aussi, non ? a proposé Mary Anne. Et à tous les habitants de Stonebrook ? Il ne faut pas qu'ils soient surpris quand les enfants viendront frapper à leur porte.

– Et pour la collecte de fonds ? a demandé Kristy. On n'a pas décidé de la façon dont les enfants vont récolter de l'argent.

Tout le monde s'est tu pendant un instant. On aurait pu entendre les pensées se bousculer dans nos têtes. Finalement Mal a pris la parole :

– Je pense qu'on pourrait les laisser faire comme ils veulent.

– Mais ce sont des enfants, a fait remarquer Claudia.

– Mes frères et sœurs sont aussi des enfants. Mais souvenez-vous quand mon père a perdu son boulot.

– C'est vrai, a souri Claudia. Je n'oublierai jamais Vanessa en train de faire des coiffures aux autres enfants dans la cour de récré.

– Et les tournées de distribution de journaux de Nicky, leur ai-je rappelé. Et la « société » que les triplés avaient montée pour effectuer des petits boulots chez les voisins.

– Ils s'étaient vraiment donné du mal, a renchéri Mallory.

Le téléphone a sonné juste au moment où Jessica et Lucy entraient dans la pièce. J'avais quasiment oublié où on était et quelle heure il était.

Dix-sept heures trente-deux. La réunion extraordinaire était désormais close. Claudia a attrapé le téléphone :

– Le Club des baby-sitters, à votre service. Oh, bonjour, madame Braddock !... oui... un instant, s'il vous plaît, je vérifie.

Pendant la demi-heure qui a suivi nous avons été très occupées à prendre des rendez-vous et nous n'avons pas eu le temps de trouver des réponses à toutes les questions de Kristy.

Malgré ça, j'étais toujours aussi excitée. Ça allait demander beaucoup de travail, mais mon projet allait devenir réalité.

Mercredi

Carla, ton idée est géniale ! J'étais surexcitée après
la réunion de lundi, j'avais envie de hurler pour annoncer
la bonne nouvelle à tout le monde. Ça a été très dur
de ne pas en parler après, quand je suis allée
chez Charlotte Johanssen.
Finalement, quand j'y suis retournée hier, je n'ai pas pu
garder le secret et tu sais ce qui s'est passé ensuite...
    Enfin bref, il y a une chose que tu dois savoir à propos
de Charlotte. En ce moment, elle adore lire la série
« Amandine Malabul » (Je te préviens, elle en est dingue !)
Elle ne pense qu'à ça, mais elle m'a aussi parlé
de sa correspondante.

Tu connais la suite.

Je n'aurais jamais imaginé que Charlotte pourrait résoudre notre problème sauf que, la connaissant, je n'ai pas vraiment été surprise.

Au cas où vous vous demanderiez de quoi parlait Lucy, je vais vous l'expliquer.

Charlotte Johanssen est vraiment intelligente. Elle a huit ans, pourtant elle est déjà en CM1 (elle a sauté une classe). C'est une petite fille calme et timide, mais elle commence à s'ouvrir un peu aux autres.

Elle est très proche de Lucy, et sa mère, le Dr Johanssen, pense qu'elle a aidée sa fille à sortir de sa coquille.

Ces lundi et mardi-là, les parents de Charlotte étaient tous les deux très pris : sa mère était de garde aux urgences et son père devait travailler tard sur un projet (il est ingénieur). C'est donc Lucy qui devait garder Charlotte.

Le mardi soir, elle a eu une idée géniale : elle a trouvé le moyen de mettre tous les élèves de l'école au courant de mon projet.

La soirée avait commencé normalement. Charlotte montrait à Lucy comme Puppy, son chien, était intelligent.

Puppy était assis à côté de la cheminée. Charlotte et Lucy étaient sur le canapé.

– Maintenant, regarde !

La petite fille a baissé les épaules, a fait la moue puis a fait tomber ses cheveux devant sa figure, comme si elle était triste.

Puppy a dressé la tête et a trotté vers elle. Puis il lui a léché la figure. Charlotte s'est mise à rire.

– Tu es vraiment génial, Puppy. Tu veux un...

Sans même finir sa phrase, elle s'est levée. Puppy a aboyé joyeusement et a couru dans la cuisine.

– T'as vu ? Je n'ai même pas eu besoin de dire quoi que ce soit !

– C'est super ! s'est extasiée Lucy.

Charlotte a donné des biscuits à son chien avant d'annoncer :

– J'ai faim. On pourrait prendre un goûter, s'il te plaît ?

– Ah, c'est pour ça que tu as fait venir Puppy par ici ! Bon, très bien. Ta mère a dit qu'on pouvait prendre quelques crackers, mais c'est tout.

Charlotte a fait une grimace.

– Tu veux dire ceux qui sont tout durs et qui ne sont pas salés ?

– Désolé, il n'y en a pas d'autres.

Et Lucy a sorti un paquet sur lequel était écrit : CRACKERS NATURE - ALLÉGÉS EN SEL.

Charlotte en a pris et s'est laissée tomber sur une chaise.

Lucy s'est assise en face d'elle et a posé le paquet ouvert sur la table, à côté d'une liasse de papier à lettres jaune. En regardant la grande écriture maladroite et enfantine, Lucy a compris qu'il s'agissait de lettres de la correspondante de Charlotte, Theresa Bradley.

– Tu as eu des nouvelles de Theresa ?

– Mm, mm, a répondu Charlotte qui avait la bouche pleine.

Elle a avalé avant de dire :

– Sa maison a été touchée par l'incendie.

– Oh, c'est affreux. Elle va bien ?

Charlotte a hoché la tête.

– Tu veux lire sa lettre ?

Elle l'a tendue à Lucy qui a lu à haute voix :

Chère Charlotte,

Merci pour ta lettre. Je ne connais pas encore Amandine Malabul, mais ça a l'air génial. Tu sais ce qui s'est passé ? Il y a eu un terrible incendie ! Il s'est déclaré dans la station-service, puis il a dévasté notre école ! Notre maison a pris feu, aussi. Je n'arrivais pas à y croire. Nous allons bien parce que nous étions dehors. Mon père et mes oncles ont pris des extincteurs. Ils ont éteint les flammes, mais beaucoup de choses ont brûlé. Maintenant, notre maison est en travaux. En attendant, nous vivons avec mon oncle et ma tante. Ma tante est professeur dans notre école et elle a perdu son travail.

Quelques-unes de mes affaires étaient dans la machine à laver, du coup, elles n'ont pas brûlé. Je les mets tous les jours maintenant. Notre télé et notre magnétoscope ont aussi brûlé. Ma tante et mon oncle ont une télé mais pas de magnétoscope.

Les choses ne vont pas trop mal. Mais mes frères se réveillent la nuit parce qu'ils font des cauchemars, et ma grand-mère et ma mère pleurent beaucoup.

Ma cousine dit qu'on a de la chance. Elle aurait bien aimé que son lycée brûle aussi. Ma mère était furieuse quand elle a entendu ça. Elle a dit que l'éducation est la chose la plus importante au monde. Je ne pense pas non plus qu'on ait de la chance. L'école me manque.

Écris-moi chez ma tante et mon oncle. Je note leur adresse sur l'enveloppe.

Salut,

Ton amie Theresa.

Le cœur de Lucy s'est serré en lisant la lettre (le mien aussi quand elle nous en a parlé pendant la réunion du mercredi).

– C'est triste, non ? a fait Charlotte.

Lucy a hoché la tête.

– Oui, vraiment.

– Qu'est-ce qui se passerait si ma maison brûlait, Lucy ?

– Oh, ma puce, ne t'inquiète pas...

– On pourrait venir vivre avec toi ?

Lucy ne savait pas quoi dire.

– Eh bien, je pense que oui... bien sûr, je veux dire. Maman...

– Parce qu'on n'a pas de tantes et d'oncles à Stonebrook, et je ne veux pas partir loin.

Charlotte tripotait nerveusement son biscuit. Lucy lui a pris les mains.

– Ne t'en fais pas, Charlotte. Ça n'arrivera pas.

C'est à ce moment-là qu'elle a décidé de lui parler de mon plan, même si nous avions promis de ne le dévoiler à personne pour le moment. Elle s'est dit que ça rassurerait Charlotte. Et nous avons toutes trouvé qu'elle avait bien fait.

– Tu peux garder un secret, ma puce ?

– Un secret ? A propos de quoi ?

– Eh bien... Carla a eu une idée pour aider les correspondants. Seuls les membres du Club des baby-sitters sont au courant. Nous voulons que toute ton école participe à une collecte de nourriture et de vêtements. Tu sais, en allant sonner chez les gens pour collecter des affaires. Nous allons aussi demander aux enfants d'essayer de réunir de l'argent par leurs propres moyens. Puis on enverra tout aux correspondants. Tu penses que c'est une bonne idée?

Les yeux de Charlotte se sont éclairés.

– Oui! Quand?

– Attends. Je n'ai pas fini: en plus, on va organiser une grande soirée pyjama dans le gymnase de l'école pour remercier tous ceux qui auront participé!

– Waouh! C'est trop génial!

– Mais n'en parle à personne. On veut trouver le meilleur moyen de prévenir tout le monde: l'école, les parents, toute la ville!

– Ooh! Vous allez faire une grande réunion?

Lucy n'en revenait pas. C'est fou: aucune d'entre nous n'avait pensé à organiser une réunion.

– Vous pourriez l'annoncer à toute l'école et puis, après, on en parlerait à nos amis et à nos parents. Et nos parents pourraient en parler à leurs amis, et ainsi de suite...

Lucy a souri.

– Charlotte, tu es géniale! Je suis impatiente d'en parler à Carla.

– Vraiment?

– Non. J'ai une meilleure idée. Puisque c'est toi qui as eu cette idée, tu pourrais lui proposer toi-même. On pourrait aller chez elle tout de suite.

– D'accord!

Charlotte s'est précipitée dans le garage pendant que Lucy écrivait un mot aux Johanssen au cas où l'un d'eux rentrerait plus tôt que prévu. Puis elle l'a rejointe.

Charlotte était déjà sur son vélo et comme Lucy était venue avec le sien, elle l'a enfourché.

– O.K., on y va, mais fais attention.

(Une baby-sitter est toujours prudente.)

Lucy a pédalé jusqu'à Kimball Street devant Charlotte. Elles allaient tellement vite qu'elles ont mis à peine cinq minutes pour arriver chez nous (enfin c'est ce que Lucy a dit, mais je pense qu'elle a exagéré).

Mary Anne et moi étions toutes les deux à la maison. Je dois vous dire une chose : je n'avais jamais vu Charlotte aussi excitée. Une fois, il y a eu une élection Mini-Miss à Stonebrook, et Charlotte y a participé, mais elle était tellement stressée qu'elle n'a jamais pu réciter le passage de *Charlie et la chocolaterie* qu'elle avait appris par cœur. Elle s'est enfuie de la scène en pleurant. Difficile de croire que c'était la même personne qui se tenait devant nous ce jour-là.

– C'est une super idée ! lui ai-je dit, et je le pensais. Je vais en parler à Mme Besser et organiser la réunion.

– Mais quand ? a demandé Mary Anne. Nous avons toutes cours, tu te souviens ?

– Ce n'est pas un problème. Il faut juste qu'on ait la permission de quitter le collège pendant un petit moment.

– Tu crois que vous pourrez ? s'est inquiétée Charlotte.

– Oui.

Je n'en étais pas sûre à cent pour cent, mais j'étais quasiment certaine qu'on réussirait à convaincre nos profs.

Nous avons parlé de tout ça pendant un bon moment,

puis Lucy a dit qu'il fallait qu'elles rentrent. Elle nous a raconté que Charlotte n'avait pas arrêté de parler de la réunion jusqu'à ce que sa mère rentre à la maison mais, ensuite, elle a gardé le secret et n'en a plus dit un mot.

Lucy a bien vu que Charlotte avait retrouvé sa bonne humeur et, en plus, elle allait sans aucun doute nous être d'une grande aide pour la réalisation de notre projet.

— *Kristin Renhardt?*

— *Présente.*

— *Jodi Reynolds?*

— *Présente.*

— Nicole Rogers?

— Présente.

J'avais beaucoup de mal à écouter mon professeur principal, M. Blake, faire l'appel. Mon cerveau était en ébullition. On était vendredi, le jour de la réunion à l'école élémentaire de Stonebrook.

Vous êtes surpris de la rapidité avec laquelle tout s'est mis en place? Moi aussi. Je n'avais parlé de la réunion à Mme Besser que le mercredi. Puis elle avait prévenu le directeur de l'école, qui avait tout arrangé. A dix heures et quart, tous les élèves du CE1 au CM2 devaient se réunir dans le préau. Pour m'écouter !

Eh oui, comme c'était mon idée, c'était moi qui allais la leur présenter. Normalement, ça ne me dérange pas de parler en public, mais là, j'étais vraiment nerveuse. J'allais me retrouver devant TOUTE l'école ! Et, en tant que baby-sitter, je sais bien que les enfants de cet âge sont loin d'être des anges. C'est déjà difficile de retenir leur attention quand on leur lit une histoire, alors leur faire un discours... !

Et voilà les questions qui me hantaient : est-ce que les enfants vont m'écouter ? Est-ce qu'ils vont vouloir s'impliquer ? Est-ce que je vais réussir à aller au bout de mon texte sans dire une idiotie ?

Et, pour la dixième fois, j'ai vérifié dans mon sac à dos que le discours que j'avais préparé était bien toujours là.

J'étais tellement préoccupée que je n'ai même pas entendu M. Blake m'appeler.

Mary Anne m'a donné un coup de coude (elle est assise à côté de moi pendant l'appel). Puis j'ai entendu Ray Stuckey, le clown de la classe, dire :

– Carla, ici la Terre, vous me recevez ?

Quelques élèves se sont mis à rire, mais je m'en moquais.

– Présente ! me suis-je dépêchée de répondre.

M. Blake a continué l'appel jusqu'à ce qu'il soit interrompu par le haut-parleur.

– Votre attention, s'il vous plaît. C'est M. Page qui vous parle.

M. Page est le directeur du collège de Stonebrook. Il parle très lentement et, chaque fois que j'entends sa voix, ça me donne envie de dormir.

Mais pas cette fois-ci parce que je savais qu'il allait parler de moi.

– Les élèves suivants sortiront à dix heures moins cinq. Mary Anne Cook, Claudia Koshi, Lucy MacDouglas, Kristy Parker, Mallory Pike, Jessica Ramsey et Carla Schafer. Tous les professeurs sont désormais informés.

Quand je me suis tournée vers Mary Anne, elle souriait et avait l'air complètement surexcitée. Elle n'était pas du tout stressée. Normal, ce n'était pas elle qui allait parler devant tout le monde.

– Euh, excusez-moi! est intervenu Ray. Si je rejoins le Club des baby-sitters, je pourrai quitter plus tôt aussi?

– Monsieur Stuckey! s'est indigné M. Blake.

M. Blake a terminé l'appel et est sorti de la classe. Puis le cours de maths a commencé, avec ces stupides équations (pour moi, c'est du chinois). Et j'aurais juré que les aiguilles de la pendule avançaient deux fois moins vite que d'habitude.

A l'instant même où elles ont indiqué dix heures moins cinq, j'ai levé la main. Mlle Berner, ma prof, a hoché la tête et m'a souhaité bonne chance.

Je pense que la nouvelle avait fait le tour des profs du collège. Du coup, je me suis sentie encore plus stressée.

Je me suis précipitée dehors. Mlle Downey, la secrétaire du collège, nous attendait dans un break.

– Merci pour ce que vous faites, lui ai-je dit.

– C'est un plaisir. Et puis je suis ravie de pouvoir échapper à cet écran d'ordinateur pendant une heure!

Alors que je m'installais à l'avant, j'ai entendu:

– Hé, Carla!

C'était Claudia et Mary Anne qui sortaient en courant du collège.

Kristy et Lucy suivaient juste derrière puis venaient Mal et Jessi. Elles ont toutes grimpé dans la voiture : Mary Anne à côté de moi, Claudia, Kristy et Lucy à l'arrière et Mal et Jessi dans le coffre.

Et nous sommes parties. Je ne me souviens pas vraiment du trajet jusqu'à l'école élémentaire. J'étais trop occupée à essayer de contrôler les gargouillements de mon ventre. (Je n'ose pas imaginer l'état dans lequel sont les acteurs avant de monter sur scène. Comment font-ils pour avoir l'air toujours aussi calmes ?)

Le parking de l'école était déjà plein ; du coup, Mlle Downey nous a déposées devant l'entrée où Mme Besser nous a accueillies chaleureusement.

– Bonjour ! Tu dois être Carla. Tu ressembles beaucoup à ton frère.

Je ne trouve pas, mais tout le monde le dit. Enfin bon, je crois que j'ai hoché la tête et que j'ai bredouillé un vague « merci ».

– Les enfants vont être emballés par votre idée, nous a-t-elle assuré en nous faisant entrer.

Nous avons traversé la cantine de l'école qui était vide et sentait le chou-fleur bouilli. Puis nous sommes arrivées dans un grand couloir.

– Ma classe est déjà là, avec deux autres, nous a précisé Mme Besser par-dessus son épaule.

C'est là que j'ai entendu le bruit provenant du hall : ça ressemblait au bruit d'une cour de récréation avec l'écho en plus. A peu près toutes les deux secondes, une voix d'adulte criait : « Tourne-toi, Justin ! » ou « Allez, asseyez-vous ! »

Tout à coup, j'ai regretté d'avoir eu cette idée. J'aurais voulu tourner les talons et partir en courant.

J'ai regardé mes copines et j'ai vu qu'elles étaient toutes en train de me fixer. Mary Anne m'a pris la main et l'a serrée.

– Tu vas être parfaite !

J'ai pris une profonde inspiration, puis j'ai suivi Mme Besser jusqu'à l'endroit où Mme Reynolds, la directrice de l'école, nous attendait. Elle est rousse et a un visage sérieux. Je l'ai tout de suite aimée. Elle nous a serré la main avec beaucoup de chaleur et nous a demandé :

– Est-ce que vous avez besoin de quelque chose ?

Tout le monde est resté sans voix, alors j'ai répondu :

– Non, je pense que nous allons simplement parler.

Elle a hoché la tête.

– Votre idée est vraiment extraordinaire, vous savez.

– Merci...

Ma voix tremblait un peu.

Derrière nous, il y avait des rideaux qui cachaient l'auditoire. Mme Besser a passé la tête dans l'entrebâillement, puis elle est revenue et nous a annoncé :

– Ils sont presque tous là. Vous êtes prêtes ?

J'avais l'impression d'être paralysée.

Mary Anne m'a à nouveau serré la main quand Mme Besser est retournée sur l'estrade en disant :

– S'il vous plaît, silence ! Asseyez-vous !

Dès que les enfants se sont calmés, nous avons suivi Mme Reynolds sur l'estrade. Il y avait un podium avec un micro. Derrière le podium, il y avait neuf chaises placées en demi-cercle. Mme Reynolds nous a fait signe de nous installer.

En m'asseyant, j'ai commis l'erreur de regarder la salle. J'ai eu l'impression qu'un million de petits yeux scrutaient chacun de nos mouvements. J'avais dans la gorge une boule de la taille d'un ballon de basket.

C'est étonnant comme une assemblée d'enfants peut être bruyante, même quand personne ne dit rien. Ils gigotent, ils soupirent, ils toussotent, ils hoquettent, ils font grincer leur chaise... il n'y a jamais le silence complet.

Mme Reynolds s'est avancée sur la scène.

– Bonjour. Certains d'entre vous connaissent déjà ces jeunes filles. Elles ont une chose en commun avec vous tous : elles s'inquiètent pour vos correspondants de Zuni, au Nouveau-Mexique.

A cet instant, les enfants se sont vraiment calmés. Mme Reynolds a continué :

– Bon, ces jeunes filles ont aussi cours, donc elles vont devoir partir juste après la réunion. Si vous avez des questions, vous pourrez les poser à Mme Besser.

Cette dernière, qui était assise à côté de nous, s'est levée et a souri.

– Maintenant je voudrais vous présenter le cerveau de ce projet. Elle va vous l'exposer en détail. Voici Carla Schafer !

C'était à moi. Je me suis dirigée vers le micro en serrant mon discours. J'étais complètement ailleurs. J'ai aperçu Vanessa Pike qui me souriait. Mme Reynolds avait réglé le micro plus bas, mais j'ai dû le baisser encore. Ça a fait un gros scrawwwwk, et quelques enfants se sont mis à rire.

– Bonjour, tout le monde.

Le son de ma propre voix m'a surpris. Elle retentissait dans les haut-parleurs qui étaient accrochés au mur, très aiguë et pas très compréhensible... bref, affreuse !

– Bonjour, Carla ! ai-je entendu dans le public.

J'étais quasiment sûre que c'était Helen Braddock, alors j'ai souri.

– Hum, d'abord je voudrais vous présenter mes amies, ai-je dit en me retournant. A côté de Mme Besser, c'est Mary Anne Cook...

Mme Besser a dit quelque chose à Mary Anne et elle s'est levée. Je ne l'avais jamais vue aussi rouge de toute ma vie.

– Hé, Mary Anne !

Cette fois-ci, ce n'était pas Helen. Il y a eu quelques applaudissements.

J'ai présenté tous les membres du club, l'un après l'autre. Et, de temps en temps, j'ai entendu des acclamations dans la foule. J'ai commencé à me détendre. Apparemment, nous avions des fans. (Ce qui n'est pas étonnant, vu toutes les heures de baby-sitting que nous faisons !)

Puis j'ai commencé à lire mon discours. J'ai dit à quel point nous nous sentions concernées par la situation des enfants zuni. A un moment, j'ai entendu bâiller bruyamment. Super, je les ennuyais à mourir.

J'ai décidé de lever les yeux de mon papier et de leur parler de mon projet en me rappelant ce que j'avais écrit. Et c'est allé comme sur des roulettes ! Quand j'ai présenté les collectes de nourriture, de vêtements et de fonds, tout le monde me regardait. Et lorsque j'ai demandé aux enfants de parler de notre projet autour d'eux, certains ont hoché la tête.

Et vous savez quoi ? J'ai commencé à me sentir plus détendue. Je voyais bien que les enfants étaient vraiment intéressés.

Bien sûr, j'ai gardé le meilleur pour la fin.

– Ça va nous demander beaucoup de travail. Et c'est toujours agréable de recevoir une récompense quand on travaille dur, non ?

Deux enfants ont répondu en même temps :

– Oui !

– Je pense que votre meilleure récompense sera de savoir que vous avez aidé vos amis. Mais nous aimerions vous remercier en organisant une fête rien que pour vous. Tous les participants aux collectes seront invités à une soirée pyjama qui aura lieu dans le gymnase de l'école. Et il y aura à manger, des jeux, des histoires... enfin tout ce que vous pouvez imaginer !

Tout à coup, ils sont redevenus des enfants. Quelques-uns ont sauté sur leurs chaises et ont applaudi. D'autres ont poussé des cris avant de commencer à discuter avec leurs voisins. Et d'autres encore ont levé la main, comme si nous allions choisir les enfants qui participeraient à la fête.

Quelques professeurs ont dû faire taire des enfants. J'ai regardé ma montre. J'avais terminé mon discours et il restait encore cinq minutes avant notre départ.

– Est-ce que quelqu'un a une question ?

Helen a aussitôt levé la main.

– Helen ?

– C'est la meilleure idée que j'aie jamais entendue, Carla! a-t-elle hurlé. Est-ce qu'on peut dire à nos correspondants ce qu'on va faire?

– Je suis contente que tu me poses cette question. La réponse est non. Ça doit être une surprise. Si vous leur écrivez, surtout ne leur en glissez pas un seul mot.

Puis j'ai donné la parole à Valérie Namm, une amie de Charlotte, qui avait levé la main.

– Valérie?

– Combien de temps la collecte va durer?

– A peu près trois semaines. Assez longtemps pour que ça puisse bien marcher.

La personne suivante était David Michael, le frère de Kristy.

– Quand on ira chez les gens, est-ce qu'on pourra aussi collecter de l'argent?

J'ai regardé les autres membres du club. Elles s'étaient toutes penchées vers Kristy qui s'est levée et a dit:

– Bien sûr. Puisque, pour la collecte de fonds, vous faites comme vous voulez.

– Rob, ai-je dit en montrant Rob Hines.

– Est-ce qu'on peut juste aller à la fête et ne pas faire les autres choses?

Trois ou quatre garçons à côté de lui ont commencé à rire.

– Pas de travail, pas de jeux, ai-je répondu.

Puis j'ai donné la parole à Jordan Pike.

– Hé, Mal, qu'est-ce que c'est que cette chose qui rampe sur le mur derrière toi?

Mallory s'est retournée et le groupe de Jordan a éclaté

de rire. C'est à ce moment-là que Mme Besser s'est levée et a annoncé :

– Très bien, si vous avez d'autres questions, de véritables questions, j'y répondrai pendant les cinq prochaines minutes. Mais, d'abord, applaudissons ces jeunes filles avant qu'elles ne s'en aillent !

Les enfants ont applaudi avec enthousiasme. En sortant, je leur ai fait un signe de la main. Une fois dans le couloir, nous avons sauté de joie et nous nous sommes toutes mises à parler en même temps.

– T'as réussi Carla ! a hurlé Kristy.

– Je crois.

J'essayais de ne pas trop m'emballer parce qu'il y avait maintenant une tonne de travail à accomplir. Mais, en vérité, j'étais sur un petit nuage. La réunion avait été un succès et nous étions sur la bonne voie !

Lundi

En fait, ça n'a rien à voir avec du baby-sitting.

Mais si, Mal. S'occuper de trente-cinq enfants, c'est comme un baby-sitting géant !

Je sais, Jessi, mais c'était une kermesse. Ce n'est pas pareil. Enfin bon, ce n'est pas grave. Je vais en parler, baby-sitting ou pas. Je pense qu'on a fait du bon travail, et que, finalement, on a gagné beaucoup d'argent. Si seulement Goober Mansfield…

Je savais que tu en parlerais en premier. Tu devrais commencer par les bonnes choses !

Eh bien, quoi ? C'était rigolo !

Mallory, il a tout gâché. Et c'était entièrement de ma faute.

C'est pas vrai. D'accord, d'accord, je connais ce regard. Peut-être que tu pourrais raconter ce qui s'est passé.

J'aimerais bien. Alors, tout a commencé vers dix heures le samedi matin...

C'était le samedi, une semaine et un jour après la réunion à l'école élémentaire. Mallory et Jessica avaient prévu d'organiser une kermesse dans le jardin des Pike, avec des stands, une pêche à la ligne, un spectacle de magie et plein d'autres choses.

Malheureusement, les choses ne se sont pas exactement déroulées comme on aurait pu l'espérer.

Ça avait très bien commencé. Toute la semaine, Mal et Jessi avaient passé leur temps ensemble pour tout mettre sur pied avec les petits Pike et quelques-uns de leurs amis. Ils avaient construit des stands avec des cartons et avaient utilisé de vieilles affaires des Pike qu'ils avaient trouvées dans la maison. Pour tout le reste, ils avaient fait une cagnotte.

Les enfants avaient eu plein d'idées pour la kermesse. M. Pike avait installé un panier de basket-ball devant le garage pour qu'Adam et Byron puissent organiser un concours de lancers francs. Nicky et Jordan avaient rempli un énorme sac marin de petits lots – des crayons, des images et des magazines – qu'on piochait en fermant les yeux. Pour la pêche à la ligne, Vanessa et Margot s'étaient servies d'une petite piscine gonflable pour faire un « étang » et elles avaient emprunté les canards en plastique de Claire. Si vous attrapiez un des canards, en utilisant une canne à pêche avec un gros crochet en plastique au bout, vous pouviez gagner un prix.

Jessi avait invité sa cousine Keisha (elle habite le New Jersey) pour le week-end. Toutes les deux, elles ont pris des photos Polaroïd des enfants devant le jardin des Pike contre une petite participation. (Quand elles n'avaient pas de clients, Jessi se promenait et prenait des photos, qui se sont très bien vendues aussi.) Marilyn et Carolyn Arnold, qui sont jumelles, avaient organisé un jeu d'anneaux avec des quilles en plastique. David Michael Parker fabriquait des badges pour ceux qui le voulaient. Lenny Papadakis, un de ses copains, avait préparé un spectacle de magie. Le public entrait dans son théâtre en passant un rideau qui était fait avec deux couvertures tendues sur une corde dans un coin du jardin.

Donc, à dix heures ce samedi-là, les enfants étaient prêts et complètement surexcités. Adam et Jordan dribblaient et lançaient leur ballon, on entendait un constant tap, tap, tap... bong ! (Ils loupaient leur coup la plupart du temps, et le bong ! était le bruit du ballon heurtant le bord du panier.) Lenny portait une fausse moustache et une grande cape noire, il était posté devant son rideau et hurlait sans arrêt : « Venez, venez tous voir le plus grand spectacle de marionnettes du monde ! » Vous ne pouvez pas imaginer le chaos qui régnait dans le jardin.

Mais c'était pour une bonne cause, non ?

Jessi faisait en sorte que le jardin soit beau : elle coupait les fleurs mortes et ramassait les jouets qui traînaient partout. Mal courait dans tous les sens pour vérifier les stands quand elle a aperçu Vanessa qui avait des problèmes pour gonfler la piscine.

– Vanessa, pourquoi tu ne demandes pas à papa ou maman de t'aider ?

Tout à coup, quelqu'un lui est rentré dedans. Elle a trébuché et s'est retournée pour voir Adam en train de courir à travers le jardin. Le ballon de basket se dirigeait tout droit dans le rideau de Lenny.

– Les garçons, si vous n'êtes pas capables de contrôler le ballon, je ne vais pas vous laisser organiser votre concours ! a-t-elle hurlé.

– Tu ne peux pas dire ça, a répondu Jordan d'un ton brusque. Tu n'as même pas de correspondant !

Mallory était en train de réfléchir à cette réplique quand Jessi s'est postée devant elle en disant :

– *Cheese* !

– Jessi, non !

Mais c'était trop tard. Jessica a appuyé sur le bouton et la photo est sortie.

Alors qu'elles regardaient la photo en train de se développer, Mal s'est mise à grogner : ses yeux étaient à moitié fermés et ses lèvres faisaient une étrange grimace.

– Argh ! Jette-la !

– Je t'avais dit de dire *cheese*.

– Oh, c'est pas grave. Boober est arrivé ?

En entendant ça, Claire a hurlé :

– Boober le magicien vient ?

– Goober, les a corrigées Jessi. Il va faire trois spectacles : un à midi, un à deux heures et un à quatre heures.

– Très bien, a dit Mal. Nous l'installerons devant le garage.

– Oh, non ! Tu ne peux pas faire ça ! a crié Adam. On en a besoin.

– Les spectacles ne sont pas très longs. En plus, je ne veux pas que qui que ce soit joue au ballon pendant le spectacle.

– Tout le monde le regardera, de toute manière, a ajouté Jessi.

Vous devez mourir d'envie de savoir qui est Goober Mansfield. Son vrai nom, c'est Peter, et c'est la vedette des pièces de théâtre du lycée d'une ville voisine qui s'appelle Mercer. Il a même déjà participé à une pièce de théâtre professionnelle. Jessi a entendu parler de lui à son cours de danse par Julie Mansfield, sa cousine. Elle lui a dit que Goober faisait des spectacles pour enfants.

Bon, du coup, Jessi lui a téléphoné et il avait l'air tellement drôle qu'elle l'a engagé.

Il est arrivé chez les Pike à bord d'un minibus vers dix heures et demie le jour de la fête. Mal l'a tout de suite apprécié. Rien qu'en le regardant, elle avait envie de rire.

Ses deux frères l'ont aidé à sortir un lourd tronc de bois du véhicule. Mal les a conduits dans le jardin et leur a montré l'endroit où ils pouvaient poser leur matériel.

– Mettez tout là, à côté du panier de basket.

Adam a commencé à protester, mais Mallory lui a jeté un regard noir. Adam et Jordan ont boudé pendant que Goober s'installait. Il a sorti une tête de tyrannosaure en papier mâché, une paire d'énormes pattes de dinosaure faites avec des palmes, deux masques bizarres, un magnétophone et un porte-voix.

A ce moment-là, Claire a déboulé en criant :

– Ils arrivent !

– Qui ? a demandé Mal.

– Les gens !

Il y a eu des hurlements d'excitation (qui provenaient des stands que nous avions préparés) et de panique (de ceux qui n'étaient pas prêts). Tout le monde courait dans tous les sens pour régler les derniers détails.

Mal a essayé de couvrir le vacarme :

– O.K., la fête va commencer, c'est parti !

Les premiers visiteurs ont été les parents de Lenny Papadakis et leurs deux filles. Bien sûr, ils se sont directement dirigés vers le spectacle de magie. Quelques minutes plus tard, Betsy Sobak et ses parents sont arrivés et ensuite les Prezzioso.

Très vite, le jardin a été rempli. Mal emmenait les enfants vers les stands. Jessi et Keisha prenaient des photos. Goober a déplacé son attirail assez loin du panier de basket pour qu'Adam et Jordan puissent organiser leur concours. Lenny avait constamment des clients pour son théâtre de marionnettes.

A midi pile, un coup de sifflet a retenti.

Mallory a regardé sa montre.

– Oh ! C'est l'heure du spectacle !

Elle s'est éclairci la voix et a annoncé :

– Votre attention tout le monde...

– Ahhhhhhh !

Elle n'a même pas pu finir sa phrase car Goober s'est mis à crier dans son porte-voix :

– Je suis un dinosaure ornithorynque géant ! S'il vous plaît, aidez-moi, je meurs ! Aiiidez-moiii ! Ahhhhhh !

Il avait mis un masque affreux et ses palmes vertes. Il s'est agité dans tous les sens comme s'il suffoquait, puis il est tombé à genoux.

– Aiidez-moiii !

Les enfants se sont dépêchés de finir leurs jeux. Un par un, ils se sont rassemblés autour de Goober et le regardaient, fascinés. Tout à coup, il a arrêté de hurler et a baissé la tête. Puis il a sauté sur ses pieds et s'est mis à rugir.

Quelques enfants ont eu peur et ont hurlé, ce qui a fait rire Goober.

– Voilà, c'est mieux ! Je suis un dinosaure, il faut que je fasse peur aux gens, quand même !

En quelques instants, il avait capté l'attention de tout le monde. Même Jordan et Adam avaient posé leur ballon de basket et le regardaient. Goober imitait différents dinosaures et parlait de leurs caractéristiques : l'époque à laquelle ils vivaient, s'ils mangeaient des végétaux ou de la viande, enfin bref, ce genre de choses. Il a même chanté une chanson rap dinosaure, le tout déguisé en stégosaure.

Quand Mallory m'a raconté le spectacle, j'ai regretté de n'avoir pas été là.

Les Perkins sont arrivés pendant le deuxième spectacle. (Ils habitent dans l'ancienne maison de Kristy, et ce sont des clients réguliers du club.) Comme beaucoup d'enfants avaient déjà vu le premier spectacle, les stands étaient pleins. Gabbie Perkins, qui a presque trois ans, est arrivée en courant dans le jardin avec une balle de tennis et en riant. Elle était avec Shewy, son chien.

— Argh! Est-ce que c'est cet animal qui va prendre la relève quand on s'éteindra? a hurlé Goober.

Gabbie s'est retournée. Goober portait son masque de tyrannosaure et montrait Shewy du doigt.

Tout le monde a reporté son attention sur le spectacle, qui prenait une autre tournure. Goober a fait un pas vers le chien.

Gabbie avait l'air mi-intéressée, mi-apeurée, mais Shewy, lui, a retroussé ses babines et a grogné.

— Dis, copain, a fait Goober d'une voix grave et rauque, comment est-ce qu'une petite chose comme toi peut survivre au vingt et unième siècle?

En même temps, il s'est penché pour caresser Shewy.

Et alors, peut-être à cause de l'affreux masque, peut-être à cause de la voix de Goober, tout à coup, le chien a fait volte-face et a détalé à toute allure.

— Shewy! s'est exclamée Gabbie.

— Shewy, non! a crié Myriam, sa grande sœur.

Il se trouve que Simon Newton a un peu peur des chiens, surtout des chiens qui sautent comme des fous dans tous les sens!

Le hurlement de Simon nous a glacé le sang. Il s'est mis à courir... droit dans le stand de Marilyn et de Carolyn en renversant toutes leurs quilles.

Marilyn courait après les quilles. Mme Newton courait après Simon, et Myriam et Gabbie couraient après Shewy.

Le chien a foncé dans le rideau du théâtre de marionnettes pour se cacher et l'a fait dégringoler.

Les trois enfants qui regardaient le spectacle se sont levés, effrayés.

– Hé, tu as gâché mon spectacle ! a hurlé Lenny.

– Shewy ! a crié Gabbie.

– Ahhhhh ! a braillé Simon.

Jessica était catastrophée. Elle s'est précipitée aux côtés de Simon alors que Mallory aidait Marilyn, Carolyn et Lenny.

Heureusement, tout est rentré dans l'ordre assez vite. Simon s'est ressaisi et il est rentré chez lui. M. Perkins a ramené Shewy à la maison. Les stands ont été réinstallés et Goober a continué son spectacle.

Par contre, Mal et Jessi ont mis un petit moment à reprendre leurs esprits ! Avec ses bêtises, Goober avait bien failli gâcher leur fête !

Lundi

Hier, il y avait la braderie chez les Rodowski.
Les filles, j'ai été contente de lire votre histoire sur la Cairemesse.
Ne m'en voulez pas, mais ça me rassure : je n'ai pas été
la seule à passer un moment difficile.
Vous vous souvenez quand j'ai été désignée pour superviser la vente,
j'avais dit que si Jacky Rodowski s'en mellait, ça allait tourner
au désastre ? Eh bien, ce qui est drôle, c'est que ce n'est même pas
Jacky qui a semé la pagaille.

L'histoire de Claudia avait, en fait, commencé une
semaine avant. Pendant notre réunion du lundi (après la

conférence à l'école), elle avait reçu un coup de téléphone de Mme Rodowsky.

– Bonjour, madame Rodowsky. Est-ce qu'on peut vous aider ?

Je dois avouer que nous étions toutes en train de nous dire : « Oh, non ! Pas les Rodowsky ! »

Car, franchement, pour garder Jackie Rodowsky, il faut être courageux. Je n'ai jamais vu d'enfant qui s'attire autant d'ennuis à la minute. S'il y a à manger sur la table, vous pouvez être sûr qu'il va tout renverser par terre. S'il y a quelque chose par terre, il va se prendre les pieds dedans. S'il porte un nouveau vêtement, vous pouvez parier qu'il l'aura troué avant la fin de la journée. Quand Claudia garde les Rodowsky, elle met toujours une tenue spéciale qui ne craint rien, mais si elle pouvait mettre une armure, ça serait sans doute encore mieux.

– Les enfants m'ont parlé de votre projet, a commencé Mme Rodowsky. Et Jackie a eu une merveilleuse idée : une braderie dans le jardin. On pourrait demander aux familles de donner des choses dont elles ne se servent plus. Je serais heureuse de prêter mon jardin, mais je me demandais si l'une de vous pourrait superviser la braderie.

– Oh, a répondu Claudia. C'est génial.

Elle essayait de paraître enthousiaste, mais elle ne pouvait s'empêcher d'imaginer Jackie en train de s'étaler sur une table remplie de porcelaine.

– Que penses-tu de dimanche ? Est-ce que tu crois que ça nous laisse assez de temps ?

– Hum, oui. Laissez-moi juste en parler aux autres.

– Très bien. Je vais dire aux garçons de faire passer le

mot à l'école et je vais contacter leurs professeurs. On se rappelle dans la semaine pour mettre au point les détails.

– D'accord.

– Parfait. Au revoir, Claudia.

– Au revoir.

Eh bien, personne ne s'est battu pour participer à la braderie. On a même dû tirer à la courte paille ! Et c'est Claudia qui a tiré la plus petite.

– Souhaitez-moi bonne chance, a-t-elle soupiré.

Jackie et Archie étaient super enthousiastes. Ils lui ont demandé de dessiner une affiche pour la braderie, puis ils en ont fait des photocopies et les ont collées partout dans l'école. Et ils ont convaincu un tas d'enfants de faire des dons. Dès que Claudia avait un moment de libre, elle les aidait à aller chercher toutes les choses que leurs amis donnaient : des lampes, des vieilles chaises, des tableaux, des livres, des appareils ménagers, de l'argenterie...

C'était la même semaine que Mallory, Jessica et les Pike organisaient leur kermesse. C'était aussi la même semaine que toute l'école avait été prise d'une frénésie de dons. Je le sais parce que tous les soirs, avec Mary Anne, nous faisions « grange ouverte ». Les enfants passaient nous apporter toutes sortes de dons de nourriture et de vêtements.

Nous avons été impressionnées par l'intérêt qu'ils portaient à leurs correspondants jusqu'à ce que certains enfants nous demandent des reçus ! Ils voulaient être certains d'être récompensés pour leur générosité. Quand j'ai demandé à un enfant pourquoi, il m'a répondu :

– Pour que je puisse gagner le premier prix à la soirée pyjama !

J'ai dû leur assurer que nous avions bien noté qui avait apporté quoi.

Claudia avait aussi remarqué à quel point les enfants étaient entrés en compétition. Mais elle s'en est encore mieux rendu compte le dimanche.

Le jardin des Rodowsky était quasiment aussi rempli que l'avait été celui des Pike la veille. Claudia avait passé la matinée à installer les choses sur les tables, avec toute la famille. Même Archie, le petit frère de Jackie qui a quatre ans, les avait aidés.

Jackie et Archie n'arrêtaient pas de faire l'aller-retour entre la maison et le jardin pour rapporter des objets qu'ils n'avaient pas pensé à donner. Neuf fois sur dix, M. ou Mme Rodowsky les grondaient et leur faisaient remettre les choses à leur place.

A un moment, Jackie s'est précipité vers Claudia, complètement surexcité.

– On a eu le mixeur !

– Le mixeur ?

– Ouais, maman et papa ne s'en servent jamais, mais papa ne voulait pas le donner. Et je l'ai fait culpabiliser de ne pas donner pour une si bonne cause, a expliqué fièrement Archie.

– Ils nous ont donné aussi un vieux grille-pain, a continué Jackie, et un presse-fruits, et un gaufrier, et ces saladiers en verre qu'on n'a jamais utilisés.

Il est allé jusqu'à la table et a attrapé un saladier en verre, assez lourd, qui était posé au milieu d'un tas d'appareils ménagers.

– Ils sont de très bonne qualité. Regarde…

Le bord du saladier a cogné contre le grille-pain, le grille-pain a basculé et a poussé une pile d'assiettes.

– Non! a hurlé Claudia.

Trop tard! La pile s'est effondrée par terre. Deux assiettes se sont tout de suite brisées. Et quand le grille-pain est tombé par-dessus, il a cassé toutes les autres.

– Oh! s'est exclamé Jackie. Désolé.

– Bon, ce n'est pas grave. Peut-être que tu pourrais aller chercher un balai dans le garage? lui a proposé Claudia.

– Oui, d'accord.

– Attention!

Jackie s'est retourné juste à temps pour ne pas rentrer dans une autre table.

En soupirant, Claudia a ramassé les gros morceaux cassés des assiettes. (Vous comprenez maintenant pourquoi on surnomme Jackie «la catastrophe ambulante».) Quelques instants plus tard, il est revenu, sain et sauf, avec le balai, et ils ont ramassé le reste des assiettes brisées. Puis Claudia est retournée installer le jardin. Elle a dû demander l'aide des garçons, qui ont inscrit avec précaution les prix sur tous les objets et qui les ont même classés par catégories.

A treize heures, la brocante a ouvert ses portes.

Et personne n'est venu, sauf Mary Anne et moi, mais on ne compte pas vraiment. Claudia sentait ses jambes faiblir.

Mais ça n'a pas duré. A treize heures vingt, le jardin était plein. Claudia ne savait plus où donner de la tête.

Au bout d'une demi-heure à peine, Mme Delaney a attrapé une grosse lampe (qui avait l'air chère) et s'est exclamée :

– Mais… c'est ma lampe !

Peu de temps après, le beau-père de Kristy, Jim, est allé voir Claudia.

– Bonjour, Claudia. Tu as de bons bouquins en rayon ?

– Oh, oui ! De la grande littérature !

Claudia a pris le livre qui était sur le dessus d'une pile d'exemplaires reliés de cuir.

– Duti… Doze…

(C'était Dostoïevski.)

Elle s'est empressée de regarder le titre et a annoncé :

– *Crime et châtiment.*

Jim lui a pris le livre des mains avec un grand sourire et a commencé à le feuilleter.

– Désolé, mais j'ai déjà cette édition. Une édition précieuse. Comment peut-on vouloir s'en sépa…

Tout à coup, il est devenu tout blanc. Son nom était noté à l'encre bleue sur la page de garde. Il a reposé le livre et a en a ouvert un autre.

– Attends une minute… c'est ma collection !

Claudia ne savait pas quoi dire.

– Euh, c'est-à-dire que…

– David Michael ! a tonné Jim.

Ses yeux lançaient des éclairs.

David Michael était devant la table des jeux, en train de regarder un puzzle. Il s'est retourné et a demandé d'une petite voix :

– Quoi ?

– Viens ici, s'il te plaît.

Il s'est approché, tête baissée.

– Quoi ?

– C'est toi qui as donné ces livres aux Rodowsky ?

David Michael est devenu tout rouge.

– Euh… ils… ils sont tellement vieux, et tu ne les lis jamais, et…

– Jim ? l'a interrompu sa femme.

Elle se dirigeait vers lui en tenant une boîte pleine de cadres poussiéreux.

– Tu sais que c'était sur une table à côté de l'entrée ?

Jim a fusillé son beau-fils du regard alors qu'il protestait :

– Ils étaient dans le grenier ! Et tu as dit que tu voulais les jeter !

– David Michael n'est pas le seul, a précisé sa mère. Mme Kilbourne a retrouvé un de ses colliers, et Mme…

Juste à ce moment-là, Archie est arrivé en hurlant. Son père était derrière lui, il tenait une raquette de tennis et secouait la tête, l'air furieux.

– Soixante-trois dollars, a-t-il dit aux parents de Kristy. Si je n'avais pas vu quelqu'un en train de l'acheter…

Il a dû sentir que quelque chose n'allait pas non plus avec les Lelland, parce qu'il s'est arrêté. Jim a hoché la tête.

– Nous venons aussi d'avoir une surprise.

Pauvre David Michael, il était quasiment en larmes.

M. Rodowsky s'est pris la tête dans les mains.

– Et Mme Delaney, et…

– Mais c'est ma radio ! a hurlé une autre voix. Ton père me l'avait offerte pour notre premier anniversaire de mariage !

C'était Mme Addison qui était en train de passer un savon à sa fille, Corrie.

Claudia était effondrée.

M. Rodowsky est alors monté sur une chaise pour crier :

– Votre attention, tout le monde ! Votre attention, s'il vous plaît !

La foule s'est calmée.

– J'ai appris que certaines choses dans cette braderie n'étaient... hum, pas autorisées à la vente, dirons-nous. Je pense que certains de nos collecteurs ont été un peu trop zélés. Je veux vous présenter mes excuses, et j'espère que ça ne va pas décourager votre esprit de solidarité. Peut-être que nous pourrions prendre quelques instants pour séparer les objets en vente de ceux qui ne le sont pas, avant de continuer... Et je vous assure que si quelque chose manque, j'en assumerai la responsabilité. Merci.

Il y a eu quelques gloussements dans la foule. La première voix que Claudia a entendue a été celle de Mme Delaney :

– Vous savez, cette lampe est un peu bringuebalante de toute façon. Je vais la laisser en vente.

– Eh bien, moi, je veux ma radio.

C'était Mme Addison, mais elle a ensuite ajouté :

– Donc je vous donne dix dollars...

Elle a tendu un billet de dix dollars à Mme Rodowsky qui était derrière la table. Un sourire a illuminé son visage.

– Après tout, c'est pour les enfants, non ?

La plupart des parents se sont mis à discuter entre eux et à rire. Jim a tapoté le livre quelques instants avant de dire :

– Je vais racheter mes livres pour cinquante dollars.

Il a souri.

– Et ce n'est pas négociable !

Claudia a poussé un soupir de soulagement. Elle avait vraiment eu peur que le projet tombe à l'eau. Mais finalement, ça a été un grand succès et ça a rapporté beaucoup d'argent. Il y a eu encore quelques malentendus, mais la majorité des parents se sont montrés très compréhensifs. Ils devaient être contrariés, mais ils se sont conduits en… eh bien, en adultes.

– *Il est énorme ton carton, Buddy!*
Je l'ai aidé à mettre le carton dans la grange. Il
était très lourd. **Les Barrett habitent tout près**
de chez nous, mais j'étais quand même impres-
sionnée qu'il ait réussi à le porter tout seul.

   – Là, lui ai-je indiqué en montrant un coin. Tu sais, tu es
vraiment très fort pour un garçon de huit ans.

   – Ouais, je suis costaud, a-t-il répondu avec un grand
sourire.

   – Tu veux que je te donne un reçu? lui ai-je demandé
en espérant qu'il dirait non.

   Il a hoché la tête.

   Pour la centième fois, j'ai attrapé mon bloc-notes.
J'avais déjà terminé un petit carnet de reçus.

Au début, quand j'avais accepté que ma grange devienne un entrepôt pour les collectes, je pensais que ce serait facile. Que tout ce que nous aurions à faire, Mary Anne et moi, ce serait de nous asseoir en attendant que les enfants viennent déposer de temps en temps un carton ou deux. Facile, hein ?

Eh bien, non !

La fête foraine et la braderie avaient suscité un incroyable engouement pour notre projet. Certains jours, les enfants faisaient la queue pour déposer leurs affaires dans la grange.

On était vendredi, quasiment une semaine après le « grand week-end », et je n'en pouvais plus. J'ai sorti les affaires de Buddy de leur carton et j'ai noté :

3 paires de chaussures femme

2 paires de baskets homme

1 petite robe bleue

1 chemise de nuit en soie

1 peignoir

4 tabliers enfant

4 bocaux de sauce tomate

1 assortiment de boîtes de conserves

4 boîtes de lait en poudre

1 carton de boîtes de lait en poudre pour bébé

– Buddy, est-ce que tu es sûr que ta maman veut donner une caisse entière de lait maternisé ?

– Ouais. Maud ne prend plus ces trucs depuis long-temps !

– Et ta maman t'a dit que tu pouvais prendre la caisse ?

Buddy a levé les yeux au ciel.

– Caaaarlaaaaa, tu vas me donner ce reçu, oui ou non ?

J'étais trop fatiguée pour discuter. J'ai griffonné rapide-ment un reçu et Buddy est reparti. Trois autres enfants sont arrivés et j'ai recommencé le même manège... J'ai revu un petit garçon nommé Rob Hines qui revenait pour la troisième fois de la semaine !

A neuf heures moins le quart, le défilé s'est enfin arrêté (ouf!). J'étais assise sur un carton, en train de regarder dans le vide, quand j'ai réalisé que j'avais passé un temps fou à collecter toutes ces affaires mais que je ne les avais pas vraiment regardées.

Et il y en avait beaucoup... Pour être honnête, il y avait pas mal de vieilleries que j'aurais été gênée d'envoyer au Nouveau-Mexique. Certains vêtements avaient l'air de dater de la préhistoire, comme ce chemisier en polyester bleu pâle avec des fleurs orange. Et puis des chaussures tellement vieilles et déformées que vous auriez pu dire exactement quelle était la forme des pieds de son proprié-taire et la façon dont il marchait.

Mais il y avait aussi des vêtements vraiment jolis et même des choses magnifiques. J'ai fait courir mes doigts sur une chemise de nuit géniale avec une fleur peinte dessus. Il y avait plusieurs robes de soirée magnifiques. Et quelqu'un avait apporté des tennis qui semblaient n'avoir jamais été portées.

J'ai commencé à fouiller dans la section nourriture. Il

n'y avait quasiment que des boîtes de thon, de soupe, de corned-beef, des céréales, de la farine et des raisins secs. C'était parfait : nutritif, pas trop cher et longue conservation. Mais au milieu de tout ça, il y avait aussi six paquets de chewing-gum et de barres chocolatées, des gâteaux, une tablette de chocolat, une énorme boîte de cacao, trois boîtes de caviar...

Du caviar ?

Qu'est-ce que ça faisait là ? Quel esprit tordu avait pu envoyer du caviar à des gens en plein dénuement ?

A moins que ce ne soit pas les parents qui aient donné tout ça. Et si c'était encore les enfants qui avaient fait des leurs sans demander l'autorisation ?

Mes yeux se sont posés sur un costume gris en flanelle et je me suis approchée. Il y avait un reçu de retoucheur épinglé à l'intérieur. Je l'ai décroché. Sous le nom HINES, j'ai lu la date du mercredi précédent.

M. Hines avait acheté un costume la semaine dernière, l'avait fait reprendre à sa taille, et ensuite il avait changé d'avis et l'avait donné, alors qu'il était tout neuf ?

Quelque chose clochait. Et après l'aventure de la braderie, j'avais ma petite idée sur ce qui s'était passé...

Le lendemain matin, samedi, j'ai parlé de mes soupçons à Mary Anne pendant le petit déjeuner.

– Tu sais, m'a-t-elle répondu, je commençais moi aussi à me dire qu'il y avait quelque chose de bizarre.

– Pourquoi tu ne m'as rien dit ?

– Je ne voulais pas l'admettre. En plus, je m'imaginais à quel point les correspondants allaient être contents quand ils verraient d'aussi belles choses... Je suppose que c'était pour me rassurer que je pensais ça.

J'ai hoché la tête.

– Enfin, on n'en est pas encore sûres... Qu'est-ce qu'on va faire ?

Mary Anne a pris une grappe de raisin et s'est mise à réfléchir.

– Je pense qu'on devrait parler à certains enfants.

– Tu veux dire aller chez eux ? On ne peut pas faire ça.

– On n'a pas besoin d'y aller, Carla. De toute façon, ceux qui sont susceptibles d'avoir fait des bêtises, ce sont ceux qui passent leur temps à venir ici. Ils viennent pour avoir des prix. Il n'y a qu'à les attendre.

Comme pour donner raison à Mary Anne, Rob Hines est arrivé à ce moment-là. Nous avions vraiment de la chance : justement, ses parents étaient avec lui. Nous sommes allées les accueillir à leur voiture et les avons accompagnés dans la grange.

Pauvre Rob. A la minute même où Mary Anne a dit à ses parents : « Merci pour votre incroyable générosité, monsieur et madame Hines », j'ai bien vu qu'il ne savait plus où se mettre.

M. Hines a souri.

– Oh, c'est normal.

– C'est particulièrement gentil de votre part d'avoir donné ce costume, a continué Mary Anne.

Le visage de M. Hines a changé de couleur (celui de Rob aussi).

– Pourquoi... je... qu'est-ce qu'il fait ici ?

Rob était rouge tomate.

– Rob ? l'a interrogé Mme Hines.

– Hum... je... je crois que j'ai dû le prendre par erreur...

M. Hines était en train de fouiller dans le carton qui était au-dessous du costume.

– Et mes nouvelles chaussures ! Je les ai cherchées partout hier !

– Mais tu ne les as jamais mises ! a protesté son fils.

– Ce n'est pas le problème, a répondu sa mère. Ces affaires ne sont pas à toi.

Rob a baissé la tête.

– Je suis désolé.

M. Hines a soupiré.

– Je suis affreusement désolé, les filles. Je crois qu'on va devoir faire un échange. Je vais reprendre mes affaires neuves et vous laisser deux sacs.

Il était embarrassé.

– J'ai peur que ce qu'on vous laisse ne soit pas aussi bien.

– Toutes les affaires sont les bienvenues.

Après le départ des Hines, nous avons eu d'autres scènes du même genre. Heureusement, il n'y avait pas trop d'enfants qui s'étaient livrés à ce petit jeu.

Mais, comme d'habitude, Mary Anne a trouvé une solution au problème : des fiches de permission !

Alors, au lieu de faire simplement un inventaire des affaires et d'écrire nos reçus, il fallait en plus qu'on vérifie les fiches de chaque enfant, signées par les parents.

Ça donnait :

```
    Je, soussigné                                    ,
  reconnais par la présente que, en tant que
  parent(s)/tuteur(s) de          , je suis
  d'accord pour donner
  les affaires décrites ci-dessous, afin
  qu'elles soient envoyées à l'école de Zuni,
  Nouveau-Mexique:
  _____
  _____
  _____
  _____
  _____
```

(Les lignes à la fin servaient à noter la liste des affaires et à signer.)

Mary Anne l'avait tapée sur notre ordinateur et imprimée en plus de cent exemplaires. A partir de ce moment-là, nous n'avons plus laissé aucun enfant déposer des cartons sans fiche (s'ils n'en avaient pas, nous les renvoyions chez eux, avec leur bazar).

Et ça a marché. Les enfants n'étaient pas si ambitieux que ça, après tout. Mais pour être honnête, je crois que nous l'avions été un peu trop!

J'étais complètement exténuée.

⑪

Jeudi

Hier, j'ai gardé Matt et Helen Braddock pendant que leurs parents étaient à une réunion de parents d'élèves. J'espérais un peu faire une pause et oublier pour un temps le projet des correspondants.

Je n'avais pas du tout prévu de participer à une collecte de fonds de dernière minute. Je n'avais pas non plus prévu de passer mon temps avec Mme Lachance, reine des voyantes.

– Tu ne crois pas que c'est une idée géniale, Mary Anne ? lui a demandé Helen. Je sais que je peux gagner de l'argent. S'il te plaît, laisse-moi jouer à Mme Lachance.

Tout ce que j'ai à faire, c'est m'installer devant la maison et prédire l'avenir. S'il te plaît, s'il te plaît, s'il te plaît, s'il te plaît, s'il te plaît, s'il te plaît ?

– C'est peut-être une idée géniale, mais c'est trop compliqué. Le temps que tu sois prête, il sera l'heure que je parte.

– Je vais juste mettre mon déguisement d'Halloween ! Toutes les affaires sont dans ma chambre. Et je sais exactement quoi dire. Je me suis entraînée !

– C'est vrai ? Tu as fait ça pour qui ?

– Pour ma correspondante. Allez, s'il te plaît, Mary Anne. Il ne reste plus que deux jours avant la soirée pyjama. Je pourrais gagner plein d'argent… tu sais, pour les correspondants.

– Mmm.

Mary Anne se rendait bien compte qu'Helen voulait absolument gagner un prix. En plus, elle avait énormément travaillé pour le projet et elle était tellement déterminée…

– Bon, d'accord. Mais promets-moi que tu seras contente, que tu gagnes ou non de l'argent.

– Ouais !

Helen s'est mise à sauter dans tous les sens en battant des mains.

– Oh, je savais que tu étais géniale, Mary Anne !

Helen s'est retournée vers son frère, Matt, qui venait d'entrer dans la pièce.

Matt est sourd de naissance. Il suit des cours dans une école spéciale pour malentendants, à Stamford, depuis qu'il a deux ans. Sa sœur lui parle en utilisant la langue des signes. C'est très beau à regarder, tous ces gestes de doigts rapides et délicats, mais c'est très difficile à apprendre. De nous toutes, Jessica est la seule à très bien connaître les signes.

Helen a signé pour expliquer ce qui se passait à Matt, elle était complètement surexcitée. Il a souri et s'est immédiatement précipité au sous-sol tandis que sa sœur disparaissait dans sa chambre.

Pendant à peu près deux minutes, Mary Anne a eu la paix.

Puis Helen est réapparue, vêtue d'un costume incroyable, avec une grande jupe à fleurs et plein de colliers. Un voile noir à franges, très fin, lui couvrait le visage.

– Bonjourrrrr.

Mary Anne a éclaté de rire.

– Qvoi ? Du ozes de moquer de la fameuze Madahme Lachance ?

– Tu es obligée de parler comme ça ?

– Z'est comme za qve nous parlons en Trrrannnsylvfanie.

– Transylvannie ? Mais Lachance, c'est un nom français !

– Z'ai déménazé qvand z'étais une pedide fille.

– Oh, ça explique tout.

– Qu'est-ce que tu en penses ? a demandé Helen avec sa voix normale. C'est bien, non ?

– Euh... oui. Allez, il faut qu'on se dépêche. Tes parents reviennent dans une heure.

– Tout ce dont on a besoin maintenant, c'est d'une pancarte.

Elle a couru dans le bureau et a rapporté une feuille de papier et des marqueurs. Mary Anne a dessiné une grande pancarte qui ressemblait à ça :

MADAME LACHANCE
Reine des voyantes

Diseuse de bonne aventure
pour petits et grands !
Seulement 25 cents !!!
Toutes les recettes iront
à l'école élémentaire de Zuni

Pendant ce temps-là, Matt était revenu du sous-sol avec deux chaises pliantes. Il a hoché la tête et a souri quand il a lu la pancarte.

– Parfait ! Ooh, ça va être super… heu, je veux dire, za va êdre drès bien pour la conzultation de Madahm Lachance.

– Venez par ici.

Mary Anne a emmené les deux enfants Braddock devant la porte d'entrée. Elle portait une table et une chaise, Matt l'autre chaise, et Helen la pancarte et un paquet de cartes qu'elle avait trouvé dans sa chambre.

Mary Anne a installé la table sur le trottoir. Puis Helen a commencé à répartir les cartes en petits tas, elle avait l'air de très bien savoir ce qu'elle faisait. Matt a signé quelque chose à Helen et est retourné en courant dans la maison.

– Qu'a-t-il dit ? s'est inquiétée Mary Anne.

– Il m'a promis de m'aider, mais il veut s'entraîner à rattraper des balles pendant qu'on attend les clients.

Matt est revenu avec une casquette de l'équipe de base-ball de New York et un gant. Puis il a commencé à jouer.

Très vite, Helen a eu un client.

Mme Barrett, la mère de Buddy, est passée devant nous avec ses deux filles Liz et Maud. A la minute même où elle a vu Helen, elle a fait un grand sourire.

– Tiens, tiens, à qui ai-je l'honneur ?

– Ze zuis Madahm Lachance, reinnne des voyantes ! Comme z'est inzcrit zur la pancarde !

– Oh, très bien. C'est un plaisir de vous rencontrer, madame.

Liz a essayé de faire une révérence, tandis que Maud regardait Helen avec des yeux ronds en tirant sur la main de sa mère. (Liz a cinq ans mais Maud en a seulement deux.)

– Z'est moi qui zuis honorée.

Elle a fait de grands gestes en montrant la chaise vide que Matt avait tirée comme s'il était serveur dans un restaurant.

– Ze vous zen prrrie, que l'une de vous prrrenne plaze et ze lui dirrrai zon avenirr ! Lizzz ? Mauddd ?

– Je peux, maman ? a demandé Liz.

– D'accord. Et ensuite, ce sera le tour de ta sœur, lui a répondu sa mère en cherchant de l'argent dans son porte-monnaie.

Maud s'est agrippée à la jupe de Mme Barrett. Elle n'avait pas l'air du tout emballée par la proposition de sa mère.

Dès que Liz s'est assise, Helen a posé sa main droite sur son front.

– Abricadabricadabroc! s'est-elle mise à fredonner. Mm, mm. Ah, ah!

Avec sa main gauche, elle a commencé à retourner les cartes.

– Trrrès interrrrréssant!

– Quoi? Quoi? a imploré Liz.

– Vous avez un frrrèrre, non?

– Ben, oui, Buddy. Mais tu le connais, Helen!

– Helen? Qui est Helen? Ze zuis la grrrande Madahm Lachance!

– Oh, pardon.

– Oui. Booon, ze vois votrrre frrèrrre dans une drès grrrande pieze, avec... à l'intérrieurr, des grrrands cerceaux et des filets.

– Un gymnase! a dit Liz.

– Gymnazzze... oui! Ze vois auzzi comme une fête, et plein d'enfants en pyzama en trrrain de manzer des pizzas.

– La soirée pyjama!

– Ah, oui, za doit êtrrre za.

Puis Helen a enlevé sa main du front de Liz et s'est rassise.

– Vous voyez, Madahm Lachance a corrrrectement prrrédit l'avenirr! Zuivant, z'il vous plaît.

– Hé, c'est pas juste, Helen! Tu étais déjà au courant!

– Chérie..., a dit doucement Mme Barrett.

– Je veux que tu nous rendes notre argent! a hurlé Liz en se levant.

– Liz, ça va. Laisse Maud se faire dire son avenir, et peut-être qu'on pourra revenir pour un autre essai. Buddy nous attend.

Puis elle a fait avancer Maud.

– Ah, madahm Lachance adorre les petits zenfants !

Mais ce sentiment n'était décidément pas partagé.

– Non ! a hurlé Maud.

Elle est devenue écarlate et a éclaté en sanglots.

Mme Barrett l'a prise dans ses bras.

– D'accord, mon bébé, ça va.

Puis elle s'est adressée à Mary Anne et Helen :

– Désolée, les filles. Je crois qu'il vaut mieux qu'on y aille.

Les Barrett sont parties. Matt, qui avait eu l'air inquiet à propos de Maud, a haussé les épaules et est retourné à sa balle.

– Je crois que le voile lui a fait peur, a dit Helen.

– Ce sont des choses qui arrivent. Et de toute manière, Helen, c'était bien pour que tu mettes les choses en place. Par contre, tu n'es pas obligée d'être aussi précise, tu sais.

– D'accord.

Les choses se sont bien passées pendant l'heure qui a suivi. Helen était géniale. Plus les gens venaient, plus elle prenait de l'assurance. Mary Anne nous a dit qu'elle était tellement dans son rôle que c'était difficile de ne pas rire. Les enfants l'ont adorée et leurs parents avaient aussi l'air de la trouver très bien.

Puis Mary Anne a vu Alan Gray, Justin Forbes et Peter Black marcher sur le trottoir d'en face. Elle a croisé les doigts pour qu'ils ne traversent pas.

Pourquoi ? Eh bien, tout d'abord, parce que Alan Gray est le garçon le plus immature de tous les quatrièmes. Une fois, pendant une fête, il s'est amusé à mettre des M&M's

jaunes devant ses yeux pour faire le clown. Quant à Justin, il passe son temps à faire des blagues débiles au téléphone. En fait, Peter n'est pas trop idiot mais quand il traîne avec Alan, il devient comme lui.

Mary Anne était certaine que s'ils venaient voir Mme Lachance, ils allaient faire les andouilles et qu'elle ne pourrait jamais s'en débarrasser. Du coup, elle espérait qu'ils ne verraient pas Helen. Enfin bon, ils marchaient vite et ils étaient en train de rire.

– Dis, on les appelle ? a proposé Helen.

– Euh, non.

– Pourquoi ?

Mais c'était trop tard. Alan les avait vues :

– Hé, regardez !

Et bien sûr, les garçons ont traversé la rue.

– Bonzourr, qu'est-ce que ze peux fairre pour vous, les garzons ?

Ils se sont mis à rire quand ils ont entendu son accent.

– Je veux connaître mon avenir ! a annoncé Alan en s'affalant sur la chaise. Allez-y, madame Padechance ?

Vous voyez, ce que je vous avais dit sur Alan, ce n'était pas des histoires. Et, bien entendu, les deux autres l'ont trouvé incroyablement drôle.

– Toutes les prrrédiczions coûtent vingt-cinq cents, z'il vous plaît, a répondu Helen sans se laisser impressionner.

– Quoi ? Tu ne vas pas faire la mienne pour rien ?

– J'ai vingt-cinq cents, a proposé Peter en sortant une pièce de sa poche et en la posant sur la table.

Helen a battu ses cartes en chantant :

– Abricadabricadabroc...

Alan a regardé ses copains et a explosé de rire.

– Pour vous, la grrrande madahm voit…

Elle s'est arrêtée et a soufflé :

– Oh, ze ne peux pas le crrroirre !

– Quoi ? a demandé Alan en se calmant un peu.

– Ze n'ai zamais vu de carrrtes comme za de toute ma carrrièrrre !

– Ah, oui ?

Il s'est mis à regarder les cartes avec intérêt.

– Qu'est-ce que tu vois ?

– Ze vous vois en zeune homme, un zeune homme trrrès comme il faut…

– Alan, a dit Justin en souriant.

– Tais-toi.

Helen a continué à tourner ses cartes, tout excitée.

– Ze vois de l'arrrzent, beaucoup de zuccès, et de la rrre-nommée. Oh, mon Dieu ! Vous zallez êtrrre connu à travers le monde, vous serez un grrrand…

Tout à coup, Helen s'est tue.

– Un grand quoi ? Un grand quoi ?

– Ze vous ai dit votrrre avenirrr pour vingt-cinq cents. Zi vous voulez en zavoirrr plus, vous devez payer vingt-cinq cents zupplémentairrres.

– Oh, a fait Alan en prenant une pièce dans sa poche. Tiens, allez.

– Hé ! s'est exclamé Peter. Pourquoi tu m'as pris ma pièce si tu en avais une ?

– Je te rembourserai.

Puis il s'est adressé à Helen.

– Allez.

Helen en a rajouté des tonnes, et a raconté à Alan qu'il allait devenir une star de cinéma. Bien sûr, les garçons ont prétendu qu'ils ne prenaient pas du tout ça au sérieux, mais ils ont insisté tous les trois pour qu'on leur dise leur avenir. Helen leur a finalement extorqué deux dollars.

Elle a ensuite avoué qu'elle se sentait un peu coupable, mais Mary Anne lui a dit de ne pas s'en faire pour ça.

A vrai dire, je n'ai pas pu m'empêcher d'être fière d'elle.

Et moi, vous vous demandez où j'étais, le mercredi? Eh bien, en train de passer des coups de fil de dernière minute pour la soirée pyjama. Elle devait avoir lieu dans deux jours! Et il y avait encore tellement de choses à faire.

Je mourais d'impatience que Mary Anne rentre de chez les Braddock. Je savais que son sens de l'organisation et son calme me seraient utiles. J'ai bien dû regarder cent fois ma montre avant son arrivée.

Elle est enfin rentrée. Elle m'a rapidement raconté l'histoire de Mme Lachance, et ensuite nous avons commencé à discuter.

– Bon, tu as prévenu le journaliste du *Stonebrook News*? m'a-t-elle demandé.

– Mm. En fait, il m'a carrément interviewée par téléphone! Il va venir une fois au début et une fois à la fin de la soirée, accompagné d'un photographe.

– Génial. Et pour la pizzeria?

– Ils vont nous donner autant de pizzas que nous voudrons... et ils les livreront quand le photographe sera là.

– La boutique de jouets?

– Pareil. Ils vont nous donner des prix, mais ils veulent savoir quand le photographe va venir.

– Ça leur fera de la publicité.

– Oui, et ils le méritent bien.

– Mm. Et les professeurs, ils vont venir ?

– Il y en aura quatre. Ils apporteront leurs sacs de couchage. Il y a aussi quatre employés de la cantine qui sont volontaires pour venir préparer le petit déjeuner... et le supermarché nous donne des pancakes et des jus de fruits !

– Super boulot, Carla ! Je suppose que tu n'as pas eu le temps de commencer l'emploi du temps...

– Tu ne crois pas que ça serait plus drôle de laisser les enfants s'amuser sans leur faire faire des tas de choses ?

– Ouais, mais s'ils s'ennuient, ils risquent de devenir intenables. Il faut qu'on ait un plan de secours au cas où. Et si on n'a pas besoin de s'en servir, tant mieux !

Pendant l'heure suivante et même plus, nous avons préparé un programme de jeux et d'activités. Mais, même après avoir fini, on n'a pas pu s'empêcher de continuer à parler de tout ça. Je ne sais pas quelle heure il était quand Mary Anne s'est glissée hors de ma chambre pour aller se coucher.

Le compte à rebours avait commencé. J'étais tellement surexcitée que j'avais l'impression que je ne pourrais jamais attendre jusqu'au jour J.

– *Comment est-ce qu'on branche le poste aux enceintes ?*

– *Tu peux apporter l'échelle par ici ?*

– *Où est Claudia ?*

– Ouille !

– Vous ne pouvez pas vous désister !

– Bonjour, madame Besser !

– Par ici !

– Bouge-le vers la droite !

Vendredi était arrivé ! (Vous l'aviez deviné, n'est-ce pas ?)

Il était presque dix-huit heures, l'heure officielle de l'ouverture de la soirée pyjama. Je ne sais pas comment on avait réussi à tout faire (et avant que les enfants n'arrivent !).

Enfin bref, c'était moi qui avais dit : « Vous ne pouvez pas vous désister ! » J'étais à la cabine téléphonique juste devant le gymnase. M. Morton, le propriétaire de Pizza Express, venait de m'annoncer que sa livraison spéciale de farine n'était pas arrivée.

– Qu'est-ce que les enfants vont manger ? lui ai-je demandé, quasiment en larmes.

– Je suis désolé, mais je ne peux pas faire de pizzas sans farine. Et je suis en train de payer deux hommes à ne rien faire, alors...

– Vous ne pourriez pas acheter la farine à un autre endroit ?

– Non, c'est trop tard... surtout pour trente pizzas.

– Les enfants vont penser que vous les avez laissés tomber, monsieur Morton. Ils ont grandi avec vos pizzas et ils les aiment tellement.

– Mais ce n'est pas ma faute, c'est... c'est la faute à pas de chance.

J'ai soupiré.

– Bien, j'espère qu'ils comprendront. Hum, il y a une pizzeria à Mercer qui reste ouverte tard, non ? Vous auriez leur numéro de téléphone ?

M. Morton est resté silencieux pendant un moment, puis il a dit :

– Vous savez, je peux peut-être appeler Jerry au supermarché. Ça vous gênerait si quelques pizzas étaient faites avec de la farine de blé complet ?

– Pas du tout ! Oh, monsieur Morton, vous êtes génial !

J'ai raccroché et je me suis précipitée dans le gymnase. A l'intérieur, Mary Anne était en train d'essayer de démêler les fils du poste CD. Mal et Jessi aidaient Mme Besser à installer des tapis par terre. Kristy organisait les tables pour les pizzas et les prix. Lucy et Claudia accrochaient les décorations : des banderoles, des posters du Nouveau-Mexique, des photos et des souvenirs qui avaient été envoyés par les correspondants zuni.

J'avais l'impression que sept ans s'étaient écoulés depuis le mercredi soir. Nous avions passé une partie du jeudi à l'école élémentaire de Stonebrook, à mettre au point les derniers détails. (C'est à ce moment-là que nous avions découvert que quasiment cent enfants s'étaient inscrits !) Ce soir-là, Mary Anne et moi avions compté l'argent que nous avions récolté (je vous en reparlerai plus tard). Puis, le vendredi après-midi, tout avait commencé à aller de travers en même temps. D'abord, le journaliste pensait ne plus pouvoir venir parce qu'il couvrait une réunion de la ville qui n'en finissait pas. Puis Mme Reynolds n'avait pas été en mesure de se procurer le lecteur de CD qu'elle nous avait promis, du coup Mary Anne avait dû convaincre Frederick de la laisser emporter son poste. Puis il y avait eu le problème des pizzas…

Enfin bon, je ne vais pas vous embêter avec tous les détails. Le résultat, c'était que finalement les choses s'étaient arrangées.

Juste après dix-huit heures, Jim a déposé David Michael. J'étais super contente : la soirée pyjama allait enfin débuter !

Puis les enfants sont arrivés, tous avec leur sac de couchage. Helen a été une des premières avec Buddy Barrett et Rebecca Ramsey. Très vite, il y a eu un attroupement de parents et d'enfants à la porte du gymnase. Des douzaines de voix se mélangeaient :

– Au revoir, chéri... N'oublie pas de te brosser les dents!... Dors quand même un peu, sinon tu seras fatigué demain... Où sont les pizzas?... Je ne veux pas dormir sur ces tapis dégoûtants!... Et si j'ai envie en plein milieu de la nuit?...

Je vous laisse deviner quelles phrases étaient celles des parents et lesquelles étaient celles des enfants. Finalement, M. Selden, un des maîtres, a dû faire une annonce:

– Pourriez-vous avoir la gentillesse d'entrer dans le gymnase ou de sortir? Il faut dégager l'entrée!

Dans un coin, j'ai remarqué que des enfants étaient en train de dérouler leurs duvets.

– Hé, les enfants! Ne vous occupez pas encore de ça, d'accord? Il va y avoir beaucoup de va-et-vient dans toute la pièce avant l'heure du coucher!

Tout à coup, une voix a retenti dans les haut-parleurs, tellement fort que j'ai dû me boucher les oreilles.

– ET ÇA FAIT COIN, COIN, COIN! COIN, COIN, COIN! HI HA HI HA HO!

Immédiatement le volume a été baissé et une voix timide a marmonné: « Ça marche! » Mary Anne avait finalement réussi à brancher tous les fils.

– Sans blague, a remarqué Archie Rodowsky.

Et les enfants ont éclaté de rire.

A dix-huit heures quarante-cinq, le journaliste et le photographe ont fait leur entrée. Je me suis présentée puis je leur ai fait faire le tour de la pièce.

Les enfants ont adoré! Le journaliste les interviewait et le photographe prenait des photos. J'ai entendu un gamin se vanter:

– J'ai l'intention de poursuivre mon ambition de devenir neuro... neurolog... neurobiolo... est-ce que je peux recommencer ?

C'est à peu près à ce moment-là que j'ai remarqué un petit garçon dont les lèvres commençaient à trembler.

– Ça va ? lui ai-je demandé en m'agenouillant.

Il a hoché la tête mais, au moment même où je repartais, il a explosé :

– Je veux ma maman !

– Oh, ça va aller, tout va bien se passer.

– Ouuuiiin, man-man... tout de suite !

Il y a une chose à savoir avec les pleurs, c'est que c'est contagieux. Deux ou trois autres enfants ont commencé à pleurer doucement. Mary Anne est allée en voir un et Claudia un autre. Des sanglots éclataient un peu partout. Pendant un moment, j'ai paniqué. On n'allait quand même pas devoir renvoyer tous ces enfants chez eux... après tout le mal qu'on s'était donné ! Et qui allait manger les pizzas ?

Heureusement, nous n'avons eu à appeler que les parents de deux enfants. Ils sont partis heureux, et les autres se sont calmés... surtout quand il a été sept heures cinq.

Pourquoi sept heures cinq ? Parce que c'est l'heure à laquelle les pizzas ont été livrées ! On a tout de suite su que la camionnette était arrivée sur le parking grâce à l'odeur délicieuse qui s'en échappait.

Les enfants se sont tous bousculés pour avoir les pizzas avant même que les livreurs n'aient eu le temps de les poser.

– Stop, stop, stop ! a crié Mme Besser. Tout le monde

s'assied. On ne mangera pas tant que tout le monde ne sera pas assis !

Les enfants ont obéi à contrecœur. Ils regardaient, en bavant presque, les livreurs apporter les pizzas, les boissons et des piles d'assiettes en carton et de serviettes en papier. M. Morton supervisait les opérations (et se débrouillait pour être sur toutes les photos).

Mme Besser a désigné quelques enfants (parmi les plus grands) pour nous aider à distribuer les parts. Inutile de dire que les pizzas ont disparu en quelques minutes (excepté celles aux anchois). Il faut dire qu'elles étaient bonnes... surtout celles à la farine de blé complet.

Mais laissez-moi vous dire une chose : la pizza froide abandonnée dans une assiette, ce n'est pas fameux. Et devinez qui sont les sept filles qui ont dû nettoyer ?

En fait, ça ne nous a pas trop dérangées parce que ça voulait dire que la partie la plus difficile de la soirée était passée. Les gens du magasin de jouets allaient bientôt arriver avec les récompenses. Alors les choses amusantes pourraient vraiment commencer.

(13)

Le journaliste et le photographe étaient partis depuis un bon moment quand les gens du magasin de jouets sont arrivés, ce qui, d'ailleurs, n'a pas eu du tout l'air de les déranger.

De toute manière, ils sont déjà tellement populaires chez les enfants qu'ils n'ont pas vraiment besoin de publicité. La preuve : quand ils ont fait leur entrée dans le gymnase, on aurait dit que c'était le Père Noël en personne qui arrivait. Un vent d'excitation a balayé le gymnase.

Quand ils sont partis, on a fait un rapide décompte des lots pour essayer de voir quel prix serait attribué à quel enfant. Puis Mme Besser a pris « sa voix de professeur » pour annoncer :

– Un peu de calme, s'il vous plaît. Voici le moment que vous attendez tous !

– Ooh, les récompenses ! Les récompenses ! a hurlé Helen.

Les enfants se sont précipités vers nous.

Pendant que Kristy, Mme Besser, et deux autres professeurs essayaient de les calmer, je me suis retournée vers Mary Anne. Je venais de réaliser que nous avions oublié de prévoir un détail.

– Mary Anne, qui va remettre les prix ?

– Toi, a-t-elle répondu du tac au tac.

– Moi ?

– Pourquoi pas ? C'est ton idée et c'est toi qui as travaillé le plus dur sur ce projet.

– Ouais, mais qu'est-ce que je vais dire ?

– Il faut que tu trouves quelque chose. Exactement comme le jour de la réunion à l'école.

– Oui, mais...

– Allez, lance-toi. Tout le monde compte sur toi.

Les enfants étaient redevenus silencieux et ils étaient tous en train de me fixer. Kristy, Lucy, Mal, Claudia et Jessi aussi.

Je me suis éclairci la gorge.

– Hum, bienvenue à la cérémonie des récompenses !

Les enfants ont applaudi. On aurait dit qu'ils participaient à une émission de télé.

J'ai décidé de continuer comme ça.

– Derrière moi, il y a les prix que vous attendez tous, offerts par votre magasin préféré, *Toy Box* !

Encore des acclamations.

– Tu es prête, Mary Anne ?

– Prête ! a-t-elle répondu, les mains posées sur les boîtes de jouets.

– Vous êtes prêts ? ai-je demandé aux enfants.

– Oui !

– Je ne vous entends pas bien !

– OUI !

– D'accord, est-ce que je peux avoir un roulement de tambour, s'il vous plaît...

Kristy a commencé à tambouriner avec ses doigts sur la table. Quelques enfants du premier rang se sont joints à elle en tapant des pieds... et très vite, le sol s'est mis à trembler.

J'ai finalement dû crier :

– Stop, stop !

Ça n'a pas marché. Alors, j'ai décidé de commencer en parlant tout bas :

– Le prix de...

Instantanément, le silence s'est fait.

– Le prix de l'idée la plus originale pour la collecte de fonds est attribué à... Helen Braddock !

– Ouais !

– Allez, on applaudit bien fort Helen, notre Mme Lachance !

Les enfants ont applaudi et Mary Anne lui a remis son cadeau.

– Pour que tu continues l'étude des étoiles, voici un télescope !

– C'est vrai ?

Elle a ouvert le paquet et en a sorti un télescope miniature qu'elle a brandi pour que tout le monde le voie bien.

– Oh, merci, Carla !

Alors qu'elle retournait s'asseoir, j'ai annoncé :

– Et maintenant la personne qui a donné le plus de vête-ments...

Cette fois-ci je n'ai pas eu besoin de demander les roule-ments de tambour.

– ... Rob Hines !

La cérémonie a continué comme ça. Il y a eu une douzaine de prix principaux, tous très beaux : un skate-board, des rollers, des jeux vidéo, une luge et plein d'autres choses. J'avais peur que certains enfants soient tristes ou déçus de ne pas avoir gagné. Mais les gens de *Toy Box* avaient tout prévu. Ils avaient donné un grand sac rempli de petits lots : des badges, des autocollants, des albums de coloriage et des puzzles. Tout le monde a donc fini par recevoir une récompense. Quand la remise des prix a été terminée, j'ai remercié tout le monde et j'ai fait un petit discours sur la solidarité. Puis j'ai annoncé :

– Allez, maintenant, on va s'amuser ! A quoi voulez-vous jouer ?

– A chat !

– Aux chaises musicales !

– A 1, 2, 3, soleil !

– Très bien, que ceux qui veulent jouer à chat viennent me voir.

– Moi, je m'occupe de ceux qui veulent jouer à 1, 2, 3, soleil ! a dit Kristy.

– Mary Anne et moi, on va jouer aux chaises musicales, a annoncé Lucy.

– Mallory et moi, on organise une balle au prisonnier, est intervenue Jessi.

Pendant une heure, les enfants se sont défoulés. Puis on les a fait revenir à des activités plus calmes comme des jeux de cartes, par exemple. Il était presque neuf heures et ils commençaient à être fatigués. Les professeurs avaient pensé à apporter tout un tas de livres. Très vite, le gymnase a été divisé en plusieurs petits cercles d'enfants, regroupés autour d'un professeur ou d'un membre du club qui lisait. J'avais une bande d'enfants d'à peu près sept ans et, quand j'ai prononcé la dernière phrase de mon livre, j'ai vu beaucoup d'yeux se fermer.

C'était le moment parfait pour leur annoncer la grande nouvelle de la soirée. Je me suis excusée auprès de mon groupe et je me suis levée :

– Hum, avant que tout le monde aille au lit...

Il y a eu des grognements, mais pas trop.

– ... je pense que vous devez avoir envie de savoir combien vous avez récolté pour vos correspondants.

J'ai feuilleté mon bloc-notes et j'ai annoncé la somme.

Le total des gains était phénoménal. J'avais moi-même eu du mal à le croire quand on avait fait le calcul. J'avais fait recompter Lucy quatre fois.

Il y a eu des « ouah ! » et des « hourra ! » et quelques enfants ont applaudi.

J'étais fière d'eux et heureuse qu'ils aient mesuré à quel point cette somme était importante. J'ai applaudi aussi.

Et vous savez quoi ? Leurs sourires m'ont fait oublier toutes les difficultés que j'avais rencontrées.

Enfin presque.

Il était l'heure d'aller au lit, et essayer de coucher une centaine de petits enfants fatigués n'est pas une mince affaire. On a commencé avec les CE1, on les a emmenés dans les vestiaires pour qu'ils se changent. Certains d'entre eux étaient tellement exténués qu'on a quasiment dû les porter. Puis on a attendu patiemment pendant qu'ils se brossaient les dents et on est revenues dans la pièce pour aller chercher le groupe suivant.

Un petit peu avant dix heures, il s'est passé quelque chose que je ne suis pas près d'oublier. Il y avait un petit garçon qui s'était montré très calme pendant toute la soirée, un élève de CE1 dont je ne connais pas le nom. Je me souvenais qu'il avait apporté quelques affaires à la grange la première semaine, pas énormément, mais quand même deux bons cartons. Je me souvenais aussi qu'il ne m'avait jamais regardée quand il était venu. Il avait l'air gêné.

Il était très fatigué après s'être brossé les dents mais, alors que je l'emmenais se coucher, il m'a regardée droit dans les yeux et m'a demandé :

– Est-ce que Johnny va avoir à manger maintenant ?

– Johnny ?

– Mon correspondant. Il m'a dit qu'il n'avait plus à manger parce que sa maison a brûlé et qu'il doit habiter à l'hôtel.

– Je... j'espère.

– J'ai donné beaucoup de nourriture, du thon, de la soupe et des choses comme ça.

– Ne t'en fais pas, on va s'assurer que Johnny ait bien à manger.

Il s'est glissé dans son sac de couchage. Et, alors qu'il se pelotonnait dans une position confortable, un grand sourire a illuminé son visage.

– Merci, Carla. Tu es la fille la plus gentille que j'aie jamais rencontrée.

– Je... Je... Je... Je...
C'était une petite fille qui avait du mal à articuler entre deux sanglots. Je ne la connaissais pas mais c'est vers moi qu'elle avait décidé de venir.

Il était dix heures neuf et j'avais presque fini de border les enfants.

– Qu'est-ce qu'il y a ? lui ai-je demandé en lui prenant la main.

– Je... Je... Je ne veux pas rester ici !

– Tu ne t'amuses pas ?

Elle s'était bien amusée, je l'avais vue courir dans tous les sens pendant toute la soirée.

– S-si.

– Quelqu'un t'a tapée ?

– N-non.

– Alors qu'est-ce qui ne va pas ?

Elle a reniflé.

– J-je je veux rentrer chez moi.

– Oh. Tu te sens un peu seule ?

Elle a hoché la tête.

– Ça te fait drôle de ne pas dormir dans ton lit ?

Elle a hoché la tête de plus belle.

– D'accord, viens avec moi.

Je l'ai emmenée dans le couloir pour téléphoner à ses parents. Ils ont été très compréhensifs et sont tout de suite venus la chercher.

Quand ils sont partis, il était dix heures vingt. Tous les enfants étaient dans leurs sacs de couchage, ce qui ne veut pas dire qu'ils étaient endormis. Beaucoup d'entre eux reprenaient du poil de la bête dès qu'ils étaient allongés. Il y avait des discussions et des rires dans tous les coins. Chaque fois que quelqu'un disait « chuuut! », les conversations s'arrêtaient... pendant quelques secondes puis repartaient de plus belle.

Enfin, vers onze heures, la plupart des enfants dormaient ou étaient sur le point de s'endormir.

Et moi ? J'étais prête, aussi, à aller me coucher. Nous étions installés avec les professeurs et les autres membres du club sous l'un des paniers de basket.

C'était la première fois que je pouvais parler à Mme Besser depuis le début de la soirée.

– Félicitations, Carla. C'était parfait. Mon seul regret, c'est que ton frère n'ait pas été là pour voir ça. Il aurait été très fier.

J'ai hoché la tête. J'aurais aimé que David soit là, aussi. C'était dur, il me manquait dans des moments comme celui-ci.

L'enseignante s'est tournée vers tous les membres du club.

– Vous avez toutes été formidables.

Malgré la fatigue, j'ai souri.

– Merci. Mais sans vous, rien n'aurait été possible.

Tout le monde était d'accord avec moi.

– Faites-moi une faveur, a-t-elle repris. Vous pourriez ne pas vieillir pendant quelques années, jusqu'à ce que j'aie un enfant qui soit en âge d'être gardé?

Nous avons ri. Quelques enfants se sont retournés pour voir ce qui se passait.

– On verra ce qu'on peut faire, ai-je répondu. Je ne sais pas pour vous, mais moi, je suis exténuée.

– Moi aussi, ont dit Mary Anne, Claudia et deux professeurs.

C'était à notre tour d'utiliser les vestiaires pour nous changer. C'était drôle, on avait l'impression d'être en colonie de vacances, mais on n'a pas fait de bruit pour ne pas risquer de réveiller les enfants.

Vers onze heures vingt, je me suis endormie.

A onze heures trente et une, j'ai entendu une petite fille dire:

– J'ai envie d'aller aux toilettes!

– Vas-y, a répondu Mary Anne, d'une voix pâteuse.

– Je peux pas.

– Pourquoi pas?

– J'ai peur!

Quand j'ai entendu des pas, je me suis rendormie.

Mais pas pour longtemps.

– J'ai envie d'aller aux toilettes ! a annoncé quelqu'un d'autre.

– Moi aussi !

– Moi aussi !

Péniblement, je suis allée chercher les trois enfants. Péniblement, je les ai accompagnés aux toilettes. Et péniblement, je les ai ramenés. J'ai essayé de me rendormir... plusieurs fois. Et, juste au moment où je commençais à faire un merveilleux rêve, j'étais réveillée.

A minuit moins huit, Jordan Pike s'est disputé avec son voisin pour savoir où ils avaient le droit de mettre leurs pieds pendant leur sommeil.

A minuit six, une fillette a fait un cauchemar et a hurlé. Ce n'était pas drôle. Pendant que Lucy était en train de la calmer, deux autres enfants se sont mis à pleurer et ont dû être consolés.

Par contre, je ne sais pas à quelle heure toutes ces choses-là se sont passées :

Buddy Barrett a commencé à marcher en dormant et M. Selden l'a suivi patiemment dans tout le gymnase (il vaut mieux éviter de réveiller un somnambule, paraît-il).

Un élève de CM2 a eu une crampe.

Un autre de CE1 a eu un... accident dans son sac de couchage et s'est réveillé en pleurs.

Quelqu'un avait mangé trop de pizza. (Heureusement, un professeur l'a emmené aux toilettes à temps !)

Pendant toute la nuit, il y a eu des groupes d'enfants qui voulaient aller faire pipi.

Inutile de dire que, quand le matin est arrivé, aucun de nous n'avait beaucoup dormi.

Les livreurs du supermarché sont venus vers six heures et demie et nous les avons conduits dans la cafétéria.

A peu près vingt minutes plus tard, les volontaires de la cantine sont arrivés et ils ont commencé à préparer le petit déjeuner.

Je crois que je n'oublierai jamais l'odeur des pancakes qui s'est engouffrée dans le gymnase. Ça m'a donné une faim de loup.

Et ça a commencé à réveiller les enfants. On aurait dit qu'ils venaient de passer la nuit la plus tranquille et la plus reposante de toute leur existence.

C'était une nouvelle journée qu'ils étaient impatients de commencer, c'était le moins qu'on puisse dire.

– J'ai faim ! a hurlé un des enfants.

– Où est la télé ? a demandé un autre.

– Hé, regardez les cheveux de Jimmy !

Le dénommé Jimmy a essayé d'aplatir sa coiffure de hérisson d'un air furieux.

Un groupe de garçons s'est mis à courir dans tous les sens. Ils avaient accroché leurs sacs de couchage sur leurs épaules comme des capes et faisaient semblant de tirer sur des extraterrestres.

Enfin bon, nous les grands, on a essayé de faire des groupes pour la toilette. Puis, bien sûr, il a fallu que les enfants s'habillent dans les cabines, ce qui a été une autre aventure. Ça a pris une éternité. Ils ne voulaient pas se déshabiller devant les autres ou ricanaient comme des idiots. J'ai bien cru que les pancakes allaient s'être transformés en pierre le temps qu'on emmène tout le monde à la cafétéria. Heureusement, ça n'a pas été le cas. En fait, c'était bien meilleur que tout ce que j'avais pu manger quand j'allais à la cantine. Les enfants avaient le choix entre des petites crêpes au beurre, à la fraise, au cassis ou nature. Et il y avait du jus d'orange, du jus de pamplemousse et plein de lait et de café.

– Dis donc, tu as une tête ! m'a dit Lucy en souriant.

– J'ai l'impression qu'un bus m'est passé dessus.

Elle m'a tendu un verre de jus d'orange.

– Tiens, ça va te réveiller.

J'ai secoué la tête.

– Non, merci.

J'avais l'impression que mes paupières pesaient une tonne. Et il fallait vraiment que je me réveille, parce que le petit déjeuner ressemblait à... eh bien, imaginez à quoi peut ressembler un petit déjeuner avec cent enfants.

– Hé ! a tout à coup hurlé Vanessa Pike.

Un pancake avait atterri sur sa tête et un tas d'enfants se sont mis à rire. Je l'ai emmenée dans les toilettes des filles.

Le temps que je revienne, tous les profs et les baby-sitters avaient les mains prises.

Sploch ! Une fille avait renversé un pot de confiture sur une table.

Splash ! Jackie Rodowsky avait glissé dans une flaque de jus de fruits.

– Hé, regardez-moi !

Byron Pike était en train de montrer à tout un groupe de garçons comment se mettre deux morceaux de pancake sous le nez pour faire des moustaches.

– Charlene m'a pris mon jus d'orange !

– Eh, c'est ma place !

Et ainsi de suite...

Puis Claudia m'a donné un coup de coude :

– Carla, tu vois ce que je vois ?

J'ai levé les yeux. Un homme et une femme étaient en train de franchir la porte de la cafétéria.

– Maman ! Papa ! a hurlé un enfant.

– Les parents ! ai-je crié comme quelqu'un qui aurait aperçu de l'eau dans le désert.

Mais au fur et à mesure que les parents arrivaient, le chaos s'intensifiait. Les enfants reposaient (ou non) leurs plateaux de petit déjeuner, retournaient dans le gymnase, prenaient leurs affaires, avaient du mal à les ranger, les mélangeaient avec celles d'un autre, enfin bref, vous imaginez la scène.

Au milieu de tout ça, le journaliste et le photographe sont revenus pour faire un autre reportage avec plus de détails.

Les Barrett ont été les derniers parents à arriver et les derniers à s'en aller. On les a regardés partir en leur faisant des signes de la main.

Puis enfin, on s'est retrouvés entre nous.

– Hourra ! a hurlé Kristy. On a réussi !

Et on s'est toutes les sept prises dans les bras. Les professeurs nous regardaient en souriant.

Puis nous avons regardé le gymnase.

Par terre, il y avait des lacets, des brosses à dents, des tasses en plastique, des chaussettes... et même des parts de pizza qu'on n'avait pas vues la veille.

Mais vous savez quoi ? Malgré toute ma fatigue, tout à coup, je me suis sentie pleine d'énergie. Mon super plan avait marché. Et ça avait été un véritable succès !

En nettoyant les restes de la soirée pyjama, j'avais l'impression d'être sur un petit nuage.

Une fois le ménage terminé, mes amies et moi, nous sommes allées chez moi avec les professeurs et nous avons empaqueté toutes les affaires pour les envoyer à Zuni.

Nous avons chargé les voitures et le minibus de Mme Reynolds en rangeant les cartons pour gagner le plus de place possible, mais nous avons quand même dû faire trois voyages. Nous avons payé les frais postaux avec l'argent que nous avions récolté. Puis nous avons fait un chèque au directeur de l'école de Zuni avec l'argent qui nous restait. Le super détective Claudia avait réussi à trouver son nom dans une des lettres des enfants Pike, puis elle avait téléphoné aux renseignements du Nouveau-Mexique pour avoir son adresse personnelle.

CARLA À LA RESCOUSSE

Une semaine plus tard, nous avons eu de ses nouvelles. La lettre est arrivée à l'école élémentaire de Stonebrook, et voici ce qu'elle disait :

Aux enfants de Stonebrook, Connecticut,

En tant que professeur, j'essaie d'apprendre à mes élèves à s'exprimer avec les bons mots mais, pour la première fois de ma vie, je ne trouve pas de mots pour exprimer mes sentiments, nos sentiments.

Beaucoup d'entre nous ont été surpris par votre générosité et par votre don de temps désintéressé. Les vêtements et la nourriture ont été distribués là où ils étaient nécessaires, et les gens ont été très heureux. L'argent nous a aidés à obtenir un financement pour la reconstruction d'une nouvelle école.

Mais la récompense de votre travail va au-delà des dons eux-mêmes. Les enfants ont suivi votre exemple et ont décidé de mettre en place une collecte de fonds. Ils ont planifié une foule d'activités et la communauté les soutient, les encourage et les aide.

Le gouvernement, sans doute en partie en réaction à tous nos efforts, a décidé aujourd'hui de nous accorder une aide substantielle.

Avec un peu de chance, notre nouvelle école sera prête à nous accueillir à la prochaine rentrée.

Nous espérons qu'il restera un peu d'argent de la collecte pour que nous puissions faire un voyage d'échange avec nos correspondants de Stonebrook.

Encore une fois, merci à vous tous.

Affectueusement,

Joseph Woodward

Super gentil, non ? J'ai eu des frissons en lisant cette lettre. J'espère qu'il y aura vraiment un échange scolaire un jour... et j'espère qu'ils auront besoin d'élèves plus âgés pour assurer l'encadrement !

Enfin bon, dans les semaines qui ont suivi, les enfants ont reçu plein de lettres de leurs correspondants. Charlotte m'a montré la sienne :

Chère Charlotte,

Tu te souviens que, dans ma dernière lettre, je te disais que ma mère pleurait beaucoup. Eh bien, quand toutes vos affaires sont arrivées, elle a encore plus pleuré. Mais elle nous a dit que c'était parce qu'elle était heureuse !

Moi aussi, je suis contente. J'ai eu une super veste en jean, est-ce qu'elle était à toi ? Nous nous sommes régalés avec les chocolats et les boîtes de raviolis. Par contre, je n'aime pas trop le thon, mais ce n'est pas grave. Ma cousine dit qu'elle regrette encore plus que son école n'ait pas brûlé.

Je pense toujours qu'elle est folle.

Merci d'avoir été si gentils avec nous.

Je t'embrasse.

Theresa, ta correspondante

Et il y a eu une lettre qui est arrivée chez Mary Anne dans une enveloppe sur laquelle était écrit :

Nancy Green
P.O. Box
Zuni, NM

        Mme Lachance
        c/o Mary Anne Cook
        171 Burnt Hill Rd
        Stonebrook, Ct 06800

    ATTENTION: CONFIDENTIEL
  A REMETTRE A MME LACHANCE EXCLUSIVEMENT

– Hum, Helen? Qui est Nancy Green? lui a demandé
Mary Anne le soir où elle est allée porter la lettre chez les
Braddock.

– Ma correspondante. Pourquoi?

– C'est bizarre. Pourquoi est-ce qu'elle t'écrit chez moi,
en t'appelant Mme Lachance?

– Oh, je... je lui ai écrit une lettre sous le nom de Mme
Lachance, c'était une blague, tu vois? Et comme je ne
voulais pas qu'elle sache que ça venait de moi, je lui ai
donné ton adresse. Je voulais te le dire, Mary Anne, mais
j'ai oublié.

– Ça ne te ressemble pas, Helen!

– Je sais. Je ne le referai pas. Je suis désolée.

– Très bien. A bientôt, lui a dit Mary Anne en partant.

– Au revoir!

Helen s'est dépêchée de fermer la porte.

En rentrant chez elle, Mary Anne n'a pas pu s'empêcher

de sourire. Ce qu'elle n'avait pas dit à Helen, c'est qu'elle avait ouvert par erreur la lettre et qu'elle l'avait lue. Helen, sous le nom de Mme Lachance, avait écrit à sa correspondante juste après la grande réunion à l'école élémentaire. J'avais demandé aux enfants de ne rien dire à leurs correspondants à propos de notre projet. Helen mourait d'envie d'en parler à Nancy Green, mais elle savait qu'elle ne pouvait pas.

Par contre, Mme Lachance, elle, n'était pas tenue au secret...

Enfin bon, voilà ce que la lettre disait :

Chère Madame Lachance,

Vous aviez raison. Tout ce que vous aviez dit, toutes ces choses sur de l'aide qui nous arriverait d'un endroit mystérieux de l'est du pays, tout était vrai. Quand j'ai raconté à mes amis vos prédictions, personne ne m'a crue. Puis, le lendemain, on a reçu toutes ces affaires géniales de nos correspondants. Des vêtements, de la nourriture, et même un énorme chèque pour reconstruire notre école ! Je n'arrive pas à croire que ma correspondante Helen Braddock ne m'en ait pas dit un mot !

Maintenant, j'aurais quelques questions à vous poser :

Vous saviez que nos correspondants habitent exactement dans la même ville que vous ? Comment avez-vous eu mon adresse ? Et comment avez-vous entendu parler du programme « Correspondants à travers l'Amérique » ?

En tout cas, je vous remercie de m'avoir envoyé vos prédictions.

S'il vous plaît, envoyez-moi une autre lettre pour me prédire mon avenir. Avec mes amis, on est impatients d'avoir de vos nouvelles !

Veuillez accepter mes salutations respectueuses,

Nancy Green

P.S. La prochaine fois, Helen, déguise mieux ton écriture !

A propos de l'auteur

ANN M. MARTIN

Ann Matthews Martin est née le 12 août 1955. Elle a grandi à Princeton, aux États-Unis, avec ses parents et sa jeune sœur, Jane.

Elle a été enseignante, puis éditrice de livres pour enfants, avant de se consacrer à la littérature. Pour écrire, elle s'inspire d'expériences personnelles, mais aussi de sa connaissance du monde de l'enfance et de l'adolescence.

Tous ses personnages, même les membres du Club des baby-sitters, sont des personnages imaginaires (ainsi que la ville de Stonebrook). Mais beaucoup d'entre eux ressemblent à des gens qu'Ann M. Martin connaît.

Ann M. Martin vit actuellement à New York et ses passe-temps favoris sont la lecture et la couture – elle aime particulièrement réaliser des habits pour les enfants.

Sa série *Le Club des baby-sitters*, dont nous avons regroupé ici trois titres, s'est vendue à plusieurs millions d'exemplaires et a été traduite dans plusieurs dizaines de pays.

Retrouvez
LE CLUB DES BABY-SITTERS
dans six volumes hors série :

Nos plus belles histoires de cœur

Mary Anne et les garçons
En vacances au bord de la mer, Mary Anne rencontre un garçon formidable. Le problème, c'est qu'elle a déjà un petit ami. Et elle ne sait lequel choisir...

Kristy, je t'aime !
Kristy, la présidente du club, reçoit de mystérieuses lettres anonymes. Qui peut bien être son admirateur secret ?

Carla perd la tête
Pour plaire à son petit copain, Carla a décidé de changer... et de devenir une nouvelle Carla. Mais ses copines du club ne sont pas vraiment d'accord !

Nos passions et nos rêves

Le rêve de Jessica
Jessi a décroché le premier rôle de son spectacle de danse, mais elle commence à recevoir d'étranges menaces. Malgré la jalousie, elle est prête à aller jusqu'au bout de son rêve...

Claudia et le petit génie
Claudia garde une enfant prodige qui chante, danse, joue du violon... mais elle aimerait elle aussi avoir du temps pour se consacrer à sa passion : la peinture.

Un cheval pour Mallory
Mallory va prendre son premier cours d'équitation, quelle aventure ! Elle a beaucoup de choses à apprendre et à découvrir, même si ce n'est pas toujours facile.

Nos joies et nos peines

Félicitations, Mary Anne
Le père de Mary Anne va épouser la mère de Carla ! Il faut préparer le mariage, déménager... Que de bouleversements en perspective... mais aussi tant de joies !

Pauvre Mallory
Le père de Mallory se retrouve brusquement au chômage. Heureusement, Mallory a plein d'idées pour faire vivre sa grande famille.

Lucy aux urgences
Lucy ne se sent pas bien du tout : elle n'arrive plus à contrôler son diabète et doit aller à l'hôpital. Mais ses parents et ses amies sont là pour la soutenir.

Nos dossiers TOP - SECRET

Carla est en danger
C'est la panique au club. Les événements bizarres se multiplient : coups de fil et lettres anonymes... Les filles sont très inquiètes. Il faut agir vite et démasquer le coupable !

Lucy détective
Lucy et la petite fille qu'elle garde, Charlotte, sont témoins de phénomènes étranges dans une maison abandonnée. Quel secret abritent ses tourelles biscornues ? Serait-ce une maison hantée ?

Mallory mène l'enquête
Mallory entend un miaulement à vous glacer les sangs... dans une maison où, normalement, il n'y a pas de chat ! Les filles partent à la recherche du chat fantôme..

Quelle famille!

Une nouvelle sœur pour Carla
Mary-Anne est devenue la demi-sœur de Carla. Mais depuis qu'elles vivent sous le même toit, elles se disputent souvent. Pas si facile de former une nouvelle famille!

D'où viens-tu, Claudia?
Claudia se sent vraiment différente du reste de sa famille. Elle se demande si elle n'est pas une enfant adoptée. Pour en savoir plus sur ses origines, Claudia décide de mener l'enquête.

Mallory fait la grève
Entre les cours, les baby-sittings et ses sept frères et sœurs, Mallory n'a pas une minute à elle. Pour réussir à participer au concours des jeunes auteurs, elle ne voit qu'une solution : faire la grève!

Amies pour toujours

Pas de panique, Mary Anne !
Ça ne va vraiment plus au Club ! Kristy, Claudia, Lucy et Mary Anne se sont disputées et refusent de se parler. Il faut faire quelque chose !

La revanche de Carla
Grâce au concours de Mini-Miss Stonebrook, Carla espère prouver qu'elle est la meilleure baby-sitter en faisant gagner ses protégées. Mais ses amies du Club ont eu la même idée... La compétition s'annonce acharnée !

La meilleure amie de Lucy
Lucy est folle de joie : Laine, sa meilleure amie de New York, vient passer une semaine à Stonebrook ! Mais quand Laine arrive, rien ne se déroule comme prévu...

Jessica

Kristy

Carla

Maquette : Natacha Kotlarevsky

Loi n° 49-956
du 16 juillet 1949
sur les publications
destinées à la jeunesse

ISBN : 978-2-07-057539-8
Numéro d'édition : 157755
Numéro d'impression : 88107
Imprimé en France
sur les presses de la Société Nouvelle
Firmin-Didot
Premier dépôt légal : septembre 2006
Dépôt légal : décembre 2007